PRINCESAS quase ESQUECIDAS

CONTOS DE FADAS RAROS

PRINCESAS quase ESQUECIDAS

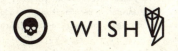

TRADUÇÃO Luiz Henrique Batista Cláudia Mello Belhassof (Princesa Leve) e Carlos Rabelo (Tuvstarr) **PREPARAÇÃO** Verena Cavalcante	**CAPA** Erica Nascimento **DIAGRAMAÇÃO** Marina Avila **REVISÃO** Lorena Camilo e Bárbara Parente

1ª edição, 2024, Ipsis

DADOS INTERNACIONAIS DE CATALOGAÇÃO NA PUBLICAÇÃO (CIP)
Catalogação na fonte: Bibliotecária responsável: Angélica Ilacqua CRB-8/7057

Princesas quase esquecidas / Elsie Spicer Eells; Mary de Morgan; Edith Nesbit; George MacDonald; Flora Annie Webster Steel; Parker Fillmore; Yei Theodora Ozaki; Andrew Lang; Ethel L. McPherson / tradução de Luiz Henrique Batista. -- São Caetano do Sul : Editora Wish, 2024.
    272 p. : il.
ISBN: 978-65-5241-000-9
1. 1. Contos de fadas I. Batista, Luiz Henrique

24-3589   CDD 398.2

ÍNDICE PARA CATÁLOGO SISTEMÁTICO:
1. Contos de fadas 398.2

  EDITORA WISH
www.editorawish.com.br
Redes Sociais: @editorawish
São Caetano do Sul - SP - Brasil

© Copyright 2024. Este livro possui direitos de tradução e projeto gráfico reservados e não pode ser distribuído ou reproduzido, ao todo ou parcialmente, sem prévia autorização por escrito da editora.

Este Tesouro pertence a

Princesas quase Esquecidas

SUMÁRIO

HISTÓRIAS FANTÁSTICAS
DE PRINCESAS E HEROÍNAS
DE OUTROS TEMPOS

- 26 * **A PRINCESA DE BRINQUEDO**
  Mary de Morgan | 1877
- 40 * **A PRINCESA LEVE**
  George MacDonald | 1864
- 90 * **A FILHA DA ESPADA**
  Ethel L. McPherson | 1919
- 97 * **A HISTÓRIA DA PRINCESA HASE**
  Yei Theodora Ozaki | 1903
- 108 * **A PRINCESA E O OURIÇO**
  Edith Nesbit | 1912
- 129 * **O COLAR DA PRINCESA FIORIMONDE**
  Mary de Morgan | 1880
- 155 * **A PRINCESA MAIS BELA**
  Elsie Spicer Eells | 1918
- 163 * **MELISANDE**
  Edith Nesbit | 1901
- 180 * **A PRINCESA NO CAIXÃO**
  Andrew Lang | 1897
- 196 * **A PRINCESA PIMENTINA**
  Flora Annie Steel | 1894
- 204 * **A PRINCESA SÁBIA**
  Mary de Morgan | 1886
- 210 * **O ROUXINOL NA MESQUITA**
  Parker Fillmore | 1921
- 228 * **O CORAÇÃO DA PRINCESA JOAN**
  Mary de Morgan | 1880
- 260 * **A SAGA DO ALCE E DA PRINCESA TUVSTARR**
  Helge Kjellin | 1913

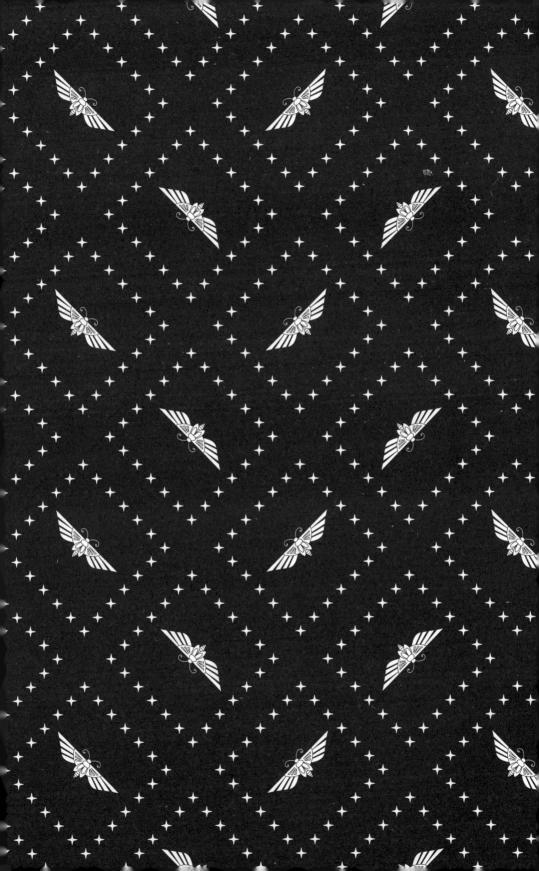

Edith Nesbit

EDITH NESBIT É CONSIDERADA A primeira escritora moderna de livros infantojuvenis e a criadora do gênero de aventura dentro das histórias voltadas para o público jovem. Influenciou gerações de outros escritores, que tiraram de suas obras alguns elementos das histórias mais famosas que conhecemos. Mãe de quatro filhos, a quem dedicou grande parte de suas poesias, viveu com a família em uma casa antiga, nos arredores de Londres. As paisagens bucólicas e castelos majestosos de Kent, onde vivia, serviram de inspiração para algumas de suas mais famosas histórias. Nos últimos anos do século XIX, Nesbit se tornou um fenômeno e produziria mais de 60 livros infantojuvenis sob o nome de E. Nesbit, como *O Livro dos Dragões*, publicado pela Wish.

Elsie Spicer Eells

A ESTADUNIDENSE ELSIE SPICER Eells, nascida em 1880, dedicou sua vida a registrar histórias tradicionais que representassem diferentes culturas. Especializou-se no folclore de raízes ibéricas, especialmente em regiões ao redor do Atlântico, incluindo o Brasil, que inspirou algumas de suas histórias mais famosas. Baseada nos encantos da rica fauna e flora brasileira, publicou uma coletânea de contos sobre gigantes brasileiros. No prefácio da coletânea, Elsie escreveu: "O Brasil é a terra do gigante entre todos os rios do mundo. É a terra das frutas gigantes e das flores gigantes. Claro que também é a terra de histórias gigantes". Como uma boa colecionadora de contos de fadas, Elsie foi responsável por apresentar ao mundo uma parte da história dos lugares por onde passou, mesmo que deixasse seu toque e visão nas narrativas sobre as quais escreveu.

Flora Annie Steel

DURANTE SUA VIDA, FLORA ANNIE Steel foi uma das escritoras inglesas mais conhecidas da virada do século XIX. Nascida na Inglaterra em 1847, mudou-se ainda jovem com a família para a Escócia. Flora foi autodidata e, talvez por isso, tenha valorizado bastante a educação.

Flora se mudou novamente no começo da vida adulta e seria em seu novo destino que encontraria sua maior inspiração literária. Chegou à Índia com pouco mais de vinte anos, depois de se casar com um membro do Indian Civil Service, na época o serviço público do Império Britânico em solo indiano.

O contato com o país e seus habitantes despertou sua paixão pelas histórias locais. Tornou-se a primeira mulher a trabalhar como inspetora em escolas, demonstrando seu interesse na educação de meninas e mulheres, e passou a colecionar contos populares indianos. Seus contos foram publicados em periódicos para leitores locais e, mais tarde, reunidos em coletâneas no Reino Unido. Entretanto, sua obra não se limitou à ficção.

Flora se esforçou para aprender a língua e incentivou outras mulheres a fazer o mesmo, chegando a dizer que "nenhuma inglesa sã sonharia em viver, digamos, durante vinte anos, na Alemanha, Itália ou França, sem tentar, pelo menos, aprender a língua". Ela chegou, inclusive, a escrever um guia para ajudar as mulheres britânicas a recriarem, o quanto fosse possível, na Índia, as práticas domésticas a que estavam acostumadas em casa.

Quando retornou à Escócia, Flora continuou escrevendo e despejou em suas histórias toda a influência da vida na Índia. Suas narrativas ofereciam a perspectiva de uma mulher em relação ao governo colonial britânico às relações anglo-indianas e, para além de enredos envolventes, se mantêm como um registro histórico.

George MacDonald

GEORGE MACDONALD FOI UM ES-critor, poeta e ministro cristão escocês. Suas obras foram uma inspiração para muitos autores notáveis, como Lewis Carroll, C. S. Lewis, W. H. Auden, J. R. R. Tolkien, Madeleine L'Engle, G. K. Chesterton e Mark Twain. Sua obra mais conhecida é *The Princess and the Goblin* de 1872, na qual a animação de 1994 foi baseada.

Mary De Morgan

ENTRE TANTOS HOMENS QUE SE consagraram como colecionadores de contos de fadas, Mary De Morgan surgiu como uma voz feminina que desafiava os enredos e ideologias da época. Escreveu diversos contos, alguns publicados em periódicos do século XIX, trabalhou como editora e publicou artigos sobre questões sociais e políticas. Mary seguiu os passos da mãe ao se engajar nas lutas pelos direitos das mulheres e suas narrativas refletem um pouco de sua visão. Suas histórias se destacavam ao apresentar um tratamento mais igualitário entre personagens de gêneros diferentes e foram essenciais para a consolidação dos contos de fadas dentro da literatura.

Helge Kjellin

NASCIDO EM 24 DE ABRIL DE 1885 em Stora Kils, na Suécia, Helge Kjellin foi um historiador de arte sueca e escritor. Completou um doutorado em filosofia e foi curador de museus. Kjellin publicou numerosos trabalhos sobre a história da arte medieval, especialmente de Värmland. A história da princesa Tuvstarr foi publicada pela primeira vez na antologia anual de contos de fadas suecos *Bland tomtar och troll* de 1913.

Yei Theodora Ozaki

YEI THEODORA OZAKI É UMA DAS mais conhecidas tradutoras de contos de fadas japoneses. Nasceu em Londres em 1870, filha de pai japonês e mãe britânica. Seu pai foi um dos primeiros japoneses a estudar no Ocidente. Passou parte de sua adolescência no Japão e se dedicou a resgatar e compilar contos de fadas tradicionais. Andrew Lang, autor e amigo de Ozaki, insistiu para que ela publicasse seu trabalho em uma coletânea. Yei Theodora Ozaki então ficou famosa não apenas por traduzir contos clássicos, mas por editar e adaptar as histórias para jovens do Ocidente, preservando elementos culturais do Japão, mas tomando liberdade para acrescentar os próprios toques literários. Alguns de seus livros publicados são *The Japanese Fairy Book* (1903), *Romances of Old Japan* e *Buddha's Crystal and Other Fairy Stories*.

Andrew Lang

ANDREW LANG FOI UM ESCRITOR escocês. Dono de vasta erudição, tornou-se uma autoridade em literatura grega, francesa e inglesa, folclore, antropologia, história escocesa, telepatia e outros campos. Realizou inúmeras pesquisas e publicou também alguns livros de poesia. Foi autor e editor de uma das maiores coleções de contos de fadas e histórias do mundo – junto com sua esposa, Leonora Blanche Alleyne –, com 25 publicações entre 1889 e 1913, incluindo *The Pink Fairy Book* (1897), compreendendo contos escandinavos, japoneses, espanhóis e de outros países. No total, a coleção contempla 798 contos e 153 poemas. É um dos maiores compiladores de contos de fadas, disponibilizando o acesso traduzido a histórias raras e selecionadas. Também foi um acadêmico respeitado, influenciando estudos em várias disciplinas.

Parker Fillmore

PARKER FILLMORE, COMPILADOR, editor e escritor de contos de fadas, nasceu em 1878 em Cincinnati. Ele publicou dezenas de histórias inspiradas no folclore de países como Finlândia, Tchecoslováquia, Bósnia, Rússia e Polônia. Em 1921, lançou *The Laughing Prince: Jugoslav Folk and Fairy Tales*. Recebeu sua educação básica graças a seus benfeitores e graduou-se em Artes pela Universidade de Cincinnati. Fillmore coletou contos icônicos dos países que visitou e destacava-se por criar novas histórias a partir de contos populares, em vez de apenas traduzi-los.

Ethel L. McPherson

MESMO COM SUA RICA E PLURAL história, o continente africano não costuma ser referenciado quando pensamos em contos de fadas. Entretanto, alguns colecionadores de narrativas folclóricas reimaginaram histórias ouvidas de habitantes locais e apresentaram ao mundo suas próprias versões. É o caso de Ethel L. McPherson que mergulhou em contos quase perdidos e reescreveu algumas dessas histórias para públicos bem mais jovens.

Publicado em 1919, *Native Fairy Tales of South Africa* reúne contos reescritos e organizados por Ethel L. McPherson. Na nota da autora que acompanha a publicação da coletânea, ela diz que "por muitas gerações, o registro dessas histórias foi apenas por meio da memória, e no boca a boca muito se perdeu ou foi distorcido [...] pouco foi feito para tornar conhecido o vasto tesouro de contos de fadas na qual a África do Sul é abundante e que possui todos os elementos de romance e poesia."

O trabalho de Ethel L. McPherson ajudou a resgatar a magia de contos de fadas que poderiam parecer muito distantes para pessoas de outros países e tornaram possível o acesso a essas narrativas, décadas depois.

Era um livro muito bonito: a capa ilustrada com cores delicadas e figuras usando vestes de outros tempos; uma mulher com um chapéu comprido em cone, de cuja ponta saía um fino tecido que ia até o chão, conversava com um sapo enorme à beira de um poço. Dentro do livro, mais ilustrações como aquela acompanhavam a história da Bela Adormecida, que li e reli durante toda a minha infância.

Esse universo encantado faz parte das minhas primeiras lembranças. Tinha cerca de dois anos quando ganhei uma coleção de livros de contos de fadas cujas histórias e imagens modificaram a forma como eu via o mundo. A partir de então, abriram-se as portas para uma realidade na qual princesas nascem de desejos, animais falam, florestas têm vida própria e todas as desventuras podem ser solucionadas através do poder do amor, a maior força que existe.

Contos de fadas não se popularizam à toa: eles oferecem uma forma lúdica de conduzir as crianças ao mundo do crescimento, com suas dores e alegrias.

Crescer pode ser assustador, e buscamos refúgio em histórias imaginárias que dialogam conosco, ajudando-nos a entender o que está acontecendo, a ver possíveis soluções para os problemas e a acreditar que tudo ficará bem.

Na floresta, presente em muitas dessas histórias, a criança ouve o chamado de algo profundo e ancestral, ela se prepara para caminhar na noite escura, dando seus primeiros passos na vida adulta ao se deparar com situações complexas que exigem de seus personagens qualidades centrais, como perseverança, amor, esperança, paciência etc. Também com elas, a criança entende que tudo irá bem se construir para si uma rede de apoio, que nem sempre será tradicional, mas que nunca deixará faltar amor.

Ao lermos contos de fadas e histórias de princesas, adentramos um universo mágico no qual tudo é possível: uma princesa pode ser uma lebre durante o dia; cada pessoa tem um grande desejo na vida, concedido por sua fada madrinha no seu batizado, que poderá usar quando quiser, mesmo que este pareça absurdo; uma maçã pode ser perigosa... A palavra-chave dessas histórias é "possibilidade".

Quando crescemos acreditando num mundo mais amplo, olhando para a natureza de maneira lúdica, percebemos mais possibilidades onde a racionalidade nos indica apenas os fatos. Essas possibilidades são os caminhos que a arte nos abre – e, dialogando diretamente com o imaginário infantil, os contos de fadas não são destituídos de tragicidade (na verdade, muitos dos contos originais são verdadeiras obras de terror), contudo, nos mostram trajetos possíveis, e há aí uma importância tremenda. Nem tudo é inofensivo e há perdas terríveis, doenças, morte e solidão. Nesse universo, maldições são reais e o destino das personagens é previamente traçado, de forma que elas se tornarão aquilo que nasceram para ser, o que pode ser tão encantador quanto um fardo. Tais histórias nos mostram as movimentações da vida adulta, inserindo a criança num imaginário de beleza, mas também de atenção aos perigos e reveses que

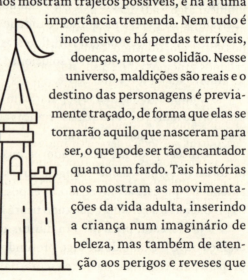

poderá sofrer ao longo dos anos – porém, ajudam a criar a sensação de que sempre podemos olhar para a vida de uma forma diferente e esperar coisas boas se formos fiéis a nós mesmos e àquilo em que acreditamos.

    Embora a arte não precise servir a algo — ela apenas existe, e que bom que não precisa de "utilidade" —, muitas vezes a literatura foi usada para passar aprendizados morais de sua época. No teatro grego antigo, as tragédias narravam histórias de pessoas da nobreza, reis, príncipes e princesas, a aristocracia e seus dramas, e, através delas, lições eram contadas para que os cidadãos não caíssem em *hýbris*[*]. Representadas nas Grandes Dionísias, elas transmitiam preceitos e avisos além do entretenimento. Seus temas eram tanto atemporais quanto especificamente concernentes ao momento social da Grécia do século V a.C. (a era de ouro do teatro grego antigo). Olhamos para isso e podemos ver claramente um padrão no uso da arte para comunicar algo e auxiliar as pessoas a captar uma mensagem. A arte também pode ser apreciada pelo que é: uma narrativa que nos entretém. Contudo, é inegável que, como seres humanos, criamos vínculos com aquilo que nos cerca e desenvolvemos empatia pelo outro ao conhecer realidades diversas.

    Na literatura, mergulhamos na perspectiva alheia, o que nos ajuda a entender melhor que existem outras verdades, outras *possibilidades* – e tiramos daí aprendizados que levamos para nossas vidas. A função pedagógica da literatura é antiga e também se faz presente nos contos de fadas, que são, em grande parte, *cautionary tales*[**]. Nas histórias de princesas,

---

[*] Termo de origem grega que significa "arrogância" ou "orgulho".
[**] Ou "contos de advertência". São histórias contadas para alertar sobre os peri-

essas figuras representam, no imaginário infantil através dos séculos, exemplos do que uma jovem deveria ser de acordo com o tempo em que tais contos surgiram: na maioria das vezes, educada, obediente, bonita e carinhosa. Encontramos isso em muitas histórias clássicas, que frequentemente trazem uma mensagem clara. No entanto, esse nem sempre é o foco e muitas histórias acabam se perdendo no meio do caminho, especialmente aquelas que seguem rumos diferentes dos tradicionais.

A maior parte dos contos aqui presentes foram escritos por mulheres da Era Vitoriana, que ocorreu na Inglaterra durante 1837-1901. Quando pensamos nesse período, geralmente nossa mente se volta a estereótipos de regras rígidas daqueles tempos. Contudo, durante o reinado da rainha Vitória, houve muitas movimentações sociais, inclusive no campo do feminismo, que foram precursoras para o momento que vivemos hoje. Ao olharmos atentamente para a história, encontraremos diversas mulheres escrevendo, traduzindo, ilustrando — sendo parte ativa da indústria criativa, majoritariamente dominada por homens durante tantos séculos. O período era de efervescência, e a ideia feminista se espalhava e ganhava tonalidades em recontos clássicos e histórias nas quais podemos enxergar elementos de contos de fadas, como é o caso de *Jane Eyre*, de Charlotte Brontë, que dialoga com tantos textos clássicos como *Barba Azul*, por exemplo.

Essa efervescência feminista pode ser vista nos contos aqui presentes. A começar pelo primeiro, *A princesa de brinquedo*, no qual a autora Mary de Morgan nos apresenta um reino onde a educação tomou tal espaço que ninguém se manifesta

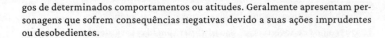

---

gos de determinados comportamentos ou atitudes. Geralmente apresentam personagens que sofrem consequências negativas devido a suas ações imprudentes ou desobedientes.

mais. Os sentimentos foram completamente reprimidos pelo medo de incomodar alguém até o ponto em que manifestações de afeto ou tristeza passaram a ser vistas com repúdio. Quando a princesa do reino nasce, ela precisa aprender a ser tão polida quanto os habitantes do reino de seu pai – mas ela começa a adoecer justamente por não poder se expressar. Nisso, temos uma narrativa que questiona a saúde mental e física de mulheres obrigadas a viver numa sociedade que não nos permite a livre expressão dos sentimentos – tema que seria mais trabalhado ao longo dos anos em obras como *O jardim secreto*, de Frances Hodgson Burnett. Ao estarmos longe da natureza – tanto a externa, composta por árvores, flores e animais, quanto a interna, daquilo que sentimos e como experienciamos o mundo – nos fechamos para nós mesmos, esquecendo que somos também natureza. O conto ainda dialoga com a novela de E. T. A. Hoffmann, *O homem da areia*, na qual a mulher perfeita é um autômato. Há nisso uma crítica à coisificação da mulher na sociedade, crítica muito relevante ainda nos dias de hoje, nos quais ainda há um apelo ao utilitarismo das relações em detrimento das emoções e da valorização sentimental.

Criar narrativas nas quais as princesas têm agência, porém ainda são doces, não é a única maneira de questionar possibilidades. É o caso da princesa Fiorimonde, que é uma pessoa terrível. Aliada a uma bruxa, ela é uma ameaça ao reino — e a salvação vem de um local inesperado. Ou mesmo da jovem princesa no caixão, conto de Andrew Lang que tem muito em comum com uma lenda ucraniana registrada por Nikolai Gógol em "*Viy*"*. Nessas duas histórias, embora amemos a figura

---

* "*O Viy*" (1835) é um conto no qual um estudante de filosofia é aterrorizado por uma bruxa enquanto vigia o corpo morto de uma bela jovem. No folclore eslavo, o Viy é uma figura mitológica representada como um ser demoníaco ou espírito

da princesa nos contos de fadas, a narrativa ousa com papéis invertidos e monstruosos ocupados por essas figuras outrora angelicais e mostra a importância de pessoas comuns agindo em prol do que é certo em vez de permanecerem num espaço confortável de não ação.

Outros contos aqui presentes têm a imagem tão conhecida e amada da princesa gentil que enfrenta dificuldades, mas cresce através do sofrimento e salva o dia ao final da história. Porém, há algumas modificações interessantes: sendo, em sua maioria, contos do final do século XIX e início do XX, há elementos de modernidade em muitos deles que diferem dos clássicos ambientados na Idade Média. Aqui, encontraremos contas a pagar, telegramas e diversas outras coisas que nos conectam a um mundo mais próximo do nosso — e quem disse que não pode haver beleza e encantamento na modernidade?

Nessa aproximação com a nossa época encontramos também princesas com mais agência, que desafiam o destino e mesmo as autoridades para irem atrás dos seus sonhos. Em muitas dessas histórias, não se trata da princesa sendo passivamente salva pelo príncipe (e muitas vezes nem há um príncipe), mas sim de uma busca ativa pela identidade pessoal e, quando é o caso, da construção de um relacionamento baseado no respeito, admiração e amor mútuos.

Os contos de fadas e as histórias de princesas salvando reinos nos levam de volta às luzes douradas da infância, quando o mundo era muito grande e havia uma sensação de

---

maligno. Ele é descrito como tendo olhos enormes, tão pesados que suas pálpebras são sustentadas por outras criaturas ou são tão longas que ele não consegue levantá-las sozinho. A lenda diz que o olhar do Viy é mortal e pode causar destruição ou morte instantânea para quem cruzar seu caminho.

maravilhamento quase palpável em cada pequeno presente iluminado pelo sol. Eles são repletos de possibilidades — de caminhos que às vezes deixamos de lado conforme crescemos, mas cujas florestas sempre nos aguardam em sonhos.

Ao adentrarmos essas histórias, que não nos esqueçamos de segurar a mão da criança que fomos e deixá-la nos mostrar o caminho para o encantamento. Ela sabe que a realidade da magia está a um passo — basta olhar dentro de si mesma.

MIA SODRÉ é mestranda em Letras — Estudos de Literatura pela UFRGS, pesquisando a recepção dos clássicos gregos em *O Morro dos Ventos Uivantes*, de Emily Brontë. Criou o **QUERIDO CLÁSSICO** em 2020, um site e clube do livro voltados à literatura clássica. É também escritora com dois livros publicados: *Oráculo* (2023) e *Na casa dos suspiros* (2024).

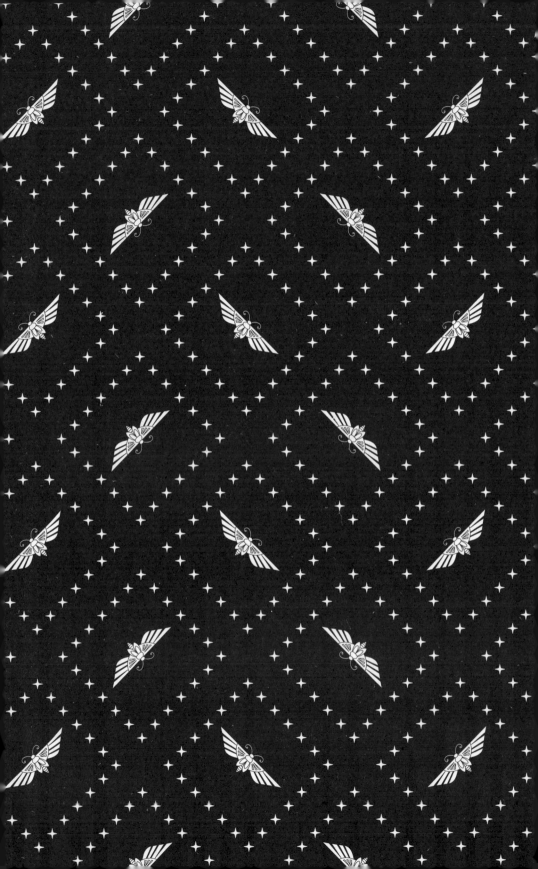

Princesas quase Esquecidas

MARY DE MORGAN
1877 ◊ The Toy Princess

A PRINCESA de BRINQUEDO

Num reino onde todos são tão educados a ponto de não poderem expressar seus sentimentos, uma princesa nasce. Sua fada, vendo que a garotinha está padecendo, decide recorrer a um mago e criar uma princesa de brinquedo para assumir seu posto. Uma história feminista e inovadora.

Mais de mil anos atrás, num país lá do outro lado do mundo, aconteceu que todas as pessoas passaram a ser tão educadas umas com as outras que mal conversavam entre si. Quando falavam, jamais diziam nada além do necessário, limitando-se a "isso mesmo", "sim, é verdade", "obrigado" e "por favor". Consideravam a atitude mais grosseira do mundo alguém dizer que gostava ou não de alguma coisa, que adorava ou detestava algo, ou que estava feliz ou triste. Ninguém ria em voz alta; e se alguém fosse visto chorando, essa pessoa seria imediatamente evitada pelos amigos.

O rei desse país casou-se com a princesa de uma nação vizinha, que era muito bondosa e bonita; contudo o povo da terra dela era completamente diferente do povo do reino do marido. Naquela nação, as pessoas riam, conversavam, faziam barulho, demonstravam alegria quando estavam felizes e, quando tristes, choravam e lamentavam. Na verdade, o que quer que sentissem, expressavam na mesma hora, e a princesa se comportava da mesma maneira. Assim, quando foi para seu novo lar, não conseguiu entender os súditos, nem descobrir por que não houve gritos e aplausos para dar-lhe as boas-vindas, muito menos o motivo pelo qual todas as pessoas eram tão reservadas e formais. Depois de um tempo, ao perceber que nunca mudavam, mas eram sempre as mesmas, rígidas e silenciosas, ela chorou e passou a ter saudades do antigo lar.

A jovem rainha se tornava mais magra e pálida a cada dia. As pessoas na corte eram educadas demais para comentarem o quanto estava debilitada, mas ela compreendia a própria situação e acreditava que ia morrer.

Ora, a rainha tinha uma fada madrinha chamada Tamboreta, a quem amava muito e que sempre fora gentil com ela. Ao saber que o fim se aproximava, mandou chamá-la, e, quando esta chegou, teve uma longa conversa a sós com ela. Ninguém soube do que falaram; pouco depois, uma princesinha nasceu, e a rainha morreu. É óbvio que toda a corte lamentou a morte da pobre rainha, mas achavam que comentar o ocorrido seria falta de educação. Desse modo, ainda que tenham organizado um enterro grandioso e a corte tenha trajado preto em sinal de luto, a vida continuou como antes. O bebê foi batizado de Úrsula e entregue aos cuidados de algumas damas da corte.

Coitada da princesinha! Ela chorava um bocado e nada era capaz de impedi-la. Todas as damas ficaram assustadas, dizendo que havia muito tempo não escutavam um barulho tão apavorante. Mas, até os dois anos de idade, nada a impedia de

chorar quando sentia frio ou fome, tampouco de dar gritinhos felizes quando satisfeita. Depois disso, ela começou a entender um pouco o que as amas queriam dizer quando alegavam, num tom de voz frio e educado, que estava sendo atrevida, e tornou-se bem mais quieta. Era uma menininha linda, com um rosto redondo de bebê e grandes olhos azuis e alegres; mas, à medida que crescia, os olhos foram perdendo um pouco da alegria e do brilho, e o rostinho rechonchudo foi emagrecendo e empalidecendo. Não permitiam que brincasse com outras crianças, para não aprender maus modos; não ensinavam nenhum jogo nem lhe davam brinquedos. Dessa maneira, a menina passava a maior parte do tempo, quando não estava estudando, a olhar pela janela, vendo os pássaros voarem no céu azul e límpido. Às vezes, quando as damas não estavam prestando atenção, dava um suspiro triste.

Um dia, a velha fada Tamboreta ficou invisível e voou até o palácio do rei para ver como andavam as coisas por lá. Foi direto para o quarto, onde encontrou a pobre Úrsula sentada à janela com a cabeça apoiada na mão. Era um quarto bem grande, mas não havia brinquedos nem bonecas, e, ao ver isso, a fada franziu a testa e balançou a cabeça.

— O jantar de vossa alteza real está servido — disse a chefe das amas para Úrsula.

— Não quero jantar — respondeu a princesa sem virar a cabeça.

— Acho que eu já disse a vossa alteza real que é falta de educação dizer que não quer nada ou que não gosta de uma coisa — disse a ama. — Estamos esperando vossa alteza real.

A princesa então se levantou e foi para a mesa de jantar, onde Tamboreta ficou a observá-las. Quando viu que a pequena Úrsula estava pálida, comia pouco e não tinha permissão para falar nem para rir, suspirou e franziu a testa ainda mais do que antes. Então, voou de volta para sua casa encantada, onde passou algumas horas pensando sem parar. Por fim, levantou-se e saiu para visitar a maior loja da Terra das Fadas.

Era uma loja bem esquisita: não era mercado, nem armarinho, nem chapelaria. No entanto, vendia açúcar, tecidos e chapéus. Mas o açúcar era mágico, capaz de transformar qualquer líquido no qual fosse colocado; os tecidos tinham um encanto especial; os chapéus realizavam desejos. Era, na verdade, um lugar que vendia todo tipo de feitiço e encantamento.

Tamboreta voou até a loja. Como era bem conhecida por ser uma ótima freguesa, o gerente logo se aproximou para dar as boas-vindas e, curvando-se, perguntou o que poderia fazer por ela.

— Eu quero uma princesa — disse Tamboreta.

— Uma princesa! — repetiu o gerente, que, na verdade, era um velho mago. — De que tamanho a senhora quer? Tenho uma ou duas no estoque.

— Precisa aparentar uns seis anos de idade, mas tem que crescer.

— Posso fazer uma dessas para a senhora, mas não sairá barato.

— Não há o menor problema. Olhe! Quero que fique exatamente assim. — E, dizendo isso, Tamboreta tirou do bolso um retrato de Úrsula, entregando-o para o velho mago, que o examinou com atenção.

— Vou encomendar para a senhora — garantiu ele. — Para quando a quer pronta?

— O quanto antes — disse Tamboreta. — Amanhã à noite, se possível. Quanto vai custar?

— Vai ser um bom negócio — respondeu o mago, pensativo. — Anda difícil conseguir que façam essas coisas como se deve. Que tipo de voz ela deve ter?

— Não precisa ser nem um pouco tagarela, assim o preço não sobe muito. Só precisa saber dizer "por favor", "não, obrigada", "é claro" e "isso mesmo".

— Bom, nessas circunstâncias, eu a vendo por quatro passinhos de gato, dois gritos de peixe e dois cantos de cisne.

— Está muito caro! — exclamou Tamboreta. — Dou os passinhos e os gritos, mas canto de cisne já é pedir demais! — Na verdade, ela não achava o preço muito alto, mas sempre fazia questão de levar vantagem sobre os vendedores.

— Não posso fazer por menos. Se acha que é muito, é melhor procurar em outra loja.

— Como estou com muita pressa e não posso perder tempo pesquisando os preços, acho que vou ter que aceitar — resmungou Tamboreta. — Mas que está caro, está, sim. Quando fica pronta?

— Amanhã à noite.

— Pois muito bem, trate de fazer com que esteja pronta no momento em que eu chamar por ela e, o que quer que o senhor faça, não a deixe barulhenta nem mal-educada.

Tamboreta foi para casa. Na noite seguinte, voltou à loja e perguntou se o serviço estava pronto.

— Vou buscar a encomenda e tenho certeza de que a senhora vai gostar — disse o mago, saindo da loja enquanto falava. Logo voltou, trazendo pela mão uma linda menininha de uns seis anos de idade, tão parecida com a princesa Úrsula que ninguém conseguiria diferenciar uma da outra.

— Bom — disse Tamboreta —, a aparência está correta. Mas tem certeza de que é uma boa peça e não vai parar de funcionar?

— É a melhor peça que alguém já fez — declarou o mago, orgulhoso, dando tapinhas nas costas da criança. — Olhe só! Examine-a da cabeça aos pés e veja se encontra o menor defeito. Nem uma em cada vinte fadas seria capaz de diferenciar esta da original, assim como nenhum mortal.

— Parece estar bem-feita — admitiu Tamboreta, contente, virando a menininha para lá e para cá. — Agora vou pagar ao senhor e depois vou embora.

Com isso, ela ergueu a varinha de condão no ar e a abanou três vezes, provocando uma série de sons estranhos. O primeiro foi de pisadas baixas, o segundo de gritos estridentes e

doloridos, e o terceiro de vozes maravilhosamente belas cantando uma triste canção. O mago apanhou todos os sons e os guardou no bolso de uma vez só. Tamboreta, sem cerimônia, pegou a criança, enfiou-a de ponta-cabeça debaixo do braço e voou para longe.

    Naquela noite, na corte, a princesinha tivera o atrevimento de se recusar a ir dormir. Levou muito tempo até que as damas conseguissem colocá-la na cama, e, deitada lá, ela não dormiu de verdade. Em vez disso, ficou quieta e fingiu dormir até todas saírem do quarto; depois, levantou-se e foi na ponta do pé até a janela, sentando-se no banco, toda enrolada feito uma bola, olhando para a lua, pensativa. Era uma coisinha tão fofa, com todo aquele cabelo lustroso e cheio de vida caindo pelos ombros, que a maioria das pessoas acharia difícil ficar zangada com ela. Apoiou o queixo nas mãos pequeninas e brancas e, enquanto olhava para fora, as lágrimas afloraram nos grandes olhos azuis; mas, lembrando que as damas diriam que aquilo era muito atrevimento, enxugou depressa o rosto com a manga da camisola.

    — Ah, lua, linda e brilhante lua! — disse consigo. — Será que te deixam chorar quando quer? Acho que eu ia gostar de morar com você aí em cima. Aposto que é melhor do que ficar aqui.

    — Quer ir embora comigo? — perguntou uma voz bem perto dela.

    Olhando para cima, a princesa viu uma velhinha engraçada com um manto vermelho ao lado dela. Não teve medo, pois a velha tinha um sorriso gentil e olhos negros brilhantes, embora o nariz tivesse forma de gancho e o queixo fosse comprido.

    — Para onde a senhora me levaria? — perguntou a princesinha, chupando o dedo e olhando para ela com toda a atenção.

    — Para o litoral, onde você poderá brincar na areia com outras crianças, e ninguém irá te mandar ficar quieta.

    — Eu vou! — gritou Úrsula, pulando do banco.

— Então venha — respondeu a velha, tomando-a com ternura nos braços e cobrindo-a com o manto vermelho e quente.

Assim, as duas flutuaram no ar e voaram pela janela, bem por cima do telhado das casas. O ar da noite estava fresco e Úrsula logo adormeceu, mas continuaram a voar, passando por montanhas e vales, por quilômetros e mais quilômetros, fugindo do palácio rumo ao mar. Bem longe da corte e do palácio, numa aldeia de pescadores à beira-mar, havia uma pequena cabana onde moravam um pescador chamado Marcos, a mulher e os três filhos. Era um homem pobre e vivia dos peixes que pescava com seu barquinho. As crianças — Olívio, Filipe e a menorzinha, Bel — tinham bochechas coradas e olhos brilhantes. Passavam o dia todo brincando na praia e gritando até ficarem roucas. A fada levou Úrsula ainda adormecida para essa aldeia, e, com muito cuidado, deixou-a na porta da cabana de Marcos. Deu um beijo em cada bochecha da menina e, com um sopro, abriu a porta, desaparecendo antes que alguém pudesse ver quem era.

O pescador e sua mulher estavam lá dentro em silêncio. Ela fazia roupas para as crianças e ele remendava a rede de pesca quando, sem o menor ruído, a porta se abriu e o ar frio da noite entrou.

— Esposa — disse o pescador —, vá ver quem chegou.

A mulher se levantou, foi até a porta, e lá estava Úrsula, de camisola branca, ainda dormindo um sono profundo. Ao ver a criança, a mulher deu um gritinho e chamou o marido.

— Marido, olhe, é uma menininha! — E, assim dizendo, pegou Úrsula nos braços e a levou para dentro.

Ao ser carregada para o calor e a luz, a menina acordou e, levantando-se, olhou em volta, assustada. Não gritou nem chorou, como outra criança poderia ter feito, mas começou a tremer muito e sentiu tanto medo que quase não conseguia falar. O mais estranho é que tinha esquecido totalmente seu estranho voo pelo céu e não foi capaz de se lembrar de nada para

dizer ao pescador e à esposa dele; só conseguiu contar que era a princesa Úrsula.

Ao ouvir isso, o bom homem e a boa mulher acharam que a coitada devia estar meio louca. Porém, quando olharam bem para a camisola dela, feita de linho branco, fino e bordado, com o desenho de uma coroa elaborada num canto, concordaram que devia mesmo pertencer a uma família muito importante. Acharam que seria maldade mandar a pobrezinha embora numa noite tão fria, e que o certo era ficar com ela até alguém a reclamar. Sendo assim, a mulher deu um pouco de pão e leite quentinhos para a menina, colocando-a na cama com a própria filha.

De manhã, quando as damas da corte foram acordar a princesa Úrsula, encontraram-na dormindo como sempre, sem jamais imaginar que não era ela, mas, sim, uma princesa de brinquedo deixada em seu lugar. Na verdade, as damas ficaram muito contentes, pois, quando disseram que era hora da alteza real se levantar, ela respondeu:

— É claro. — E se deixou vestir sem dizer mais nada.

Com o passar do tempo, já que nunca mais foi atrevida e quase nunca falava, todas disseram que havia melhorado imensamente, e ela cresceu muito apreciada pela corte. Todas as damas diziam que a jovem princesa tendia a ser a pessoa mais bem comportada do país, e o rei sorria, sempre contente em vê-la.

Enquanto isso, na distante cabana do pescador, a verdadeira Úrsula crescia alta e forte como um amieiro*, alegre e despreocupada como um passarinho. Ninguém foi reclamá-la. Dessa forma, o pescador e sua mulher ficaram com ela e a criaram junto aos próprios filhos. Ela brincava com as crianças na praia e

---

* Árvore originária da Europa, oeste da Ásia e norte de África. Tem por hábitat as zonas temperadas da Europa, bosques úmidos, margens de cursos de água, planícies e baixas montanhas até 1200 metros de altitude. É bastante popular e espontânea em Portugal. [N. R.]

ia com elas à escola; sua antiga vida se transformou num sonho que mal conseguia se lembrar. Às vezes, porém, a mãe pegava a velha camisolinha bordada e a mostrava para Úrsula, tentando imaginar de onde a menina vinha e a quem pertencia.

— Não me importa a quem pertenço — dizia Úrsula. — Não vão me tirar de vocês, e é só isso que me importa.

Úrsula cresceu alta e bela, e, à medida que crescia, a princesa de brinquedo, que tomara seu lugar na corte, crescia tal como ela. Mas, enquanto o rosto de Úrsula ficava queimado de sol e suas bochechas vermelhas, o rosto da princesa de brinquedo ficava pálido, apenas com um leve rubor. Os anos se passaram; enquanto a Úrsula da cabana se tornara uma moça forte, a Úrsula da corte era considerada a mais bela do povoado, e todos admiravam os bons modos da jovem, embora nunca dissesse nada além de "por favor", "não, obrigada", "é claro" e "isso mesmo".

O rei envelheceu; o pescador Marcos e sua mulher estavam grisalhos. Agora, quem pescava a maior parte dos peixes era o filho mais velho, Olívio, o grande orgulho do casal. Úrsula, que cuidava deles, limpava a casa, costurava e bordava, era tão útil que não conseguiriam ficar sem ela.

De vez em quando, a fada Tamboreta ficava invisível e ia até a cabana para ver Úrsula, e, encontrando-a sempre saudável e feliz, alegrava-se em pensar que a salvara de uma vida terrível. Uma noite, porém, quando os visitou depois de algum tempo sem vê-los, viu uma coisa que a fez ponderar. Olívio e Úrsula estavam juntos observando as ondas, e Tamboreta parou para ouvir o que diziam:

— Depois que nos casarmos — sussurrou Olívio —, vamos morar naquela casinha acolá, para podermos visitar a família todo dia. Mas isso só vai acontecer quando Belzinha tiver idade para ficar no seu lugar, pois como é que minha mãe poderia viver sem você?

— É melhor não contar a ninguém que queremos nos casar — respondeu Úrsula. — Senão vão ficar tristes por pensar que estão nos impedindo.

Ouvindo isso, Tamboreta ficou séria e passou muito tempo a pensar. Por fim, voltou à corte para ver como andavam as coisas por lá. Encontrou o rei no meio de uma reunião com seu conselho de estado. Ao ver isso, ela logo se tornou visível e o rei pediu que se sentasse ao lado dele, pois a ajuda e as sugestões da fada sempre eram bem-vindas.

— A senhora nos encontra prestes a entregar o cetro a mãos mais jovens e vigorosas — disse sua majestade. — Na verdade, estamos ficando velhos demais para reinar e queremos abdicar em favor de nossa querida filha, que reinará em nosso lugar.

— Antes de fazer uma coisa dessas — respondeu Tamboreta —, preciso ter uma conversinha particular com vossa majestade.

Ela levou o rei, muito surpreso e alarmado, para um canto. Mais ou menos meia hora depois, ele voltou à reunião com o rosto pálido e uma expressão pavorosa, levando um lencinho aos olhos.

— Meus senhores — gaguejou o rei —, peço que perdoem nosso comportamento extraordinário. Acabamos de receber um golpe terrível; ouvimos de fonte fidedigna que nossa caríssima filha... — e soluços sufocaram a voz dele, que quase não conseguiu prosseguir — ... não... não... na verdade, não é nossa filha, mas uma falsificação.

O rei afundou na cadeira, dominado pelo sofrimento, e a fada Tamboreta, tomando a palavra, contou à corte a história completa de como havia roubado a verdadeira princesa por temer que a estivessem destruindo e deixara uma princesa de brinquedo no lugar. Os cortesãos se entreolharam, surpresos, mas ficou óbvio que não acreditaram nela.

— A princesa é uma mocinha verdadeiramente encantadora — declarou o primeiro-ministro.

— Vossa majestade tem algum motivo para se queixar da conduta de sua alteza real? — perguntou o velho chanceler.

— Absolutamente nenhum — soluçou o rei. — Ela sempre foi uma filha excelente.

35

— Então não entendo que razão vossa majestade poderia ter para dar atenção ao que essa... essa pessoa está dizendo.

— Se não acreditam em mim, seus velhos tontos — gritou Tamboreta —, chamem a princesa e já vou provar minhas palavras!

— Mas é claro! — gritaram eles.

O rei mandou convocar sua alteza real. Logo ela chegou, acompanhada de suas damas. Não disse nada, já que nunca falava antes de alguém se dirigir a ela. Assim, entrou e ficou no meio da sala, em silêncio.

— Achamos por bem solicitar sua presença... — o rei começou a dizer.

Mas Tamboreta, sem a menor cerimônia, avançou na direção da princesa e bateu de leve na cabeça dela com a varinha. Num instante, a cabeça rolou para o chão, deixando o corpo imóvel como antes e mostrando que não passava de uma casca vazia.

— *Isso mesmo* — disse a cabeça, rolando em direção ao rei.

Ele e os cortesãos quase desmaiaram de medo. Depois que se acalmaram um pouco, o rei voltou a falar:

— A fada afirma que há, nalgum lugar, uma princesa verdadeira a quem devemos adotar como filha. Enquanto isso, sua alteza real deve ser guardada com todo o cuidado num armário e deve-se decretar luto geral por esse horrível acontecimento. — Assim dizendo, ele olhou com ternura para o corpo e a cabeça, e depois lhe deu as costas, chorando.

Ficou decidido que Tamboreta buscaria a princesa Úrsula, e que o rei e o conselho se reuniriam para recebê-la. Naquela noite, a fada voou até a cabana de Marcos, contou à família toda a verdade sobre Úrsula, e disse que precisavam se despedir dela. Foi alto o lamento de todos e enorme o sofrimento quando souberam que ela precisava deixá-los. A pobre Úrsula também chorou sem se conter.

— Não importa! — gritou ela, depois de um tempo. — Se sou mesmo uma princesa importante, levarei todos vocês para

morar comigo. Tenho certeza de que o rei, meu pai, assim desejará quando souber como vocês foram bons comigo.

No dia marcado, Tamboreta foi buscar Úrsula com uma grande carruagem puxada por quatro cavalos, levando-a para a corte. A viagem foi muito longa e a fada parou no meio do caminho para enfeitar a princesa com um esplêndido vestido de seda branca bordado a ouro, além de adorná-la com pérolas em volta do pescoço e nos cabelos, para que ela se apresentasse corretamente no palácio. O rei e o conselho se reuniram com grande pompa para dar as boas-vindas à nova princesa, todos sérios e ansiosos. Por fim, a porta se abriu e Tamboreta chegou, trazendo a mocinha pela mão.

— Esse é o seu pai! — disse ela para Úrsula, apontando o rei.

Úrsula não precisou de mais nenhum incentivo: correu logo para o pai e, abraçando o pescoço dele, deu-lhe um beijo estalado na bochecha. Sua majestade quase desmaiou, e todos os cortesãos fecharam os olhos, estremecendo.

— Que absurdo! — disse um deles.

— Que despeito! — exclamou outro.

— O que foi que eu fiz? — gritou Úrsula, olhando de um para o outro e vendo que havia alguma coisa errada, mas sem entender o quê. — Beijei a pessoa errada? — perguntou ao ouvir todos resmungarem.

— Ora essa! — gritou Tamboreta. — Se não gostarem dela, vou devolvê-la a quem gosta. Vocês têm uma semana; depois disso, eu volto para ver como a estão tratando. Ela é boa demais para qualquer um de vocês.

Assim dizendo, a fada montou na varinha de condão e voou para longe, deixando Úrsula sozinha para conhecer as novas companhias da melhor maneira possível. Mas a princesa não conseguiu fazer amizade com ninguém. Se falava ou se mexia, as pessoas ficavam chocadas; logo a deixaram tão amedrontada e aflita que ela irrompeu em lágrimas, o que deixou todas ainda mais chocadas.

— É uma mudança drástica depois da nossa doce princesa — disse uma dama para outra.

— Sim, é verdade — foi a resposta. — E pensar que, mesmo depois de perder a cabeça, ela se comportou tão bem, dizendo apenas: "isso mesmo".

Nenhuma das damas gostou da pobre Úrsula e logo demonstraram a ela toda a sua antipatia. Antes do fim da semana, quando Tamboreta deveria voltar, ela perdera peso e cor, e temia falar mais alto que um sussurro.

— Ora, qual é o problema? — perguntou Tamboreta ao chegar e ver o quanto a pobre Úrsula havia mudado. — Você não gosta daqui? As pessoas não são gentis?

— Leve-me de volta, querida Tamboreta! — exclamou Úrsula, chorando. — Leve-me de volta para Olívio, Filipe e Bel. Eu detesto as pessoas daqui! — E chorou ainda mais.

Tamboreta se limitou a sorrir e afagar a cabeça da princesa. Em seguida, foi falar com o rei e os cortesãos.

— Escutem aqui, por que encontrei a princesa Úrsula aos prantos? — gritou ela. — Aposto que vocês a estão fazendo sofrer. Quando estavam com aquela princesa feita de madeira e couro vocês a tratavam muito bem, mas, agora que têm uma mulher de carne e osso, nenhum de vocês gosta dela!

— Nossa filha querida, falecida... — o rei começou a dizer quando a fada o interrompeu:

— Acredito que você gostaria de ter a boneca de volta. Agora, vou dar-lhe uma escolha. O que prefere: minha princesa Úrsula, a verdadeira, ou sua princesa Úrsula, a falsa?

O rei voltou a afundar no trono.

— Não sou capaz de decidir — respondeu ele. — Convoque-se o conselho; eles decidirão por voto.

O conselho foi convocado e a fada explicou a todos o motivo da reunião.

— Mandem chamar as duas princesas — disse ela.

Tiraram a princesa de brinquedo com cuidado do armário, colocando a cabeça em cima da mesa ao lado dela. A verdadeira

princesa, por sua vez, entrou com os olhos ainda vermelhos e o peito arfando de tanto chorar.

— Creio que não pode haver dúvida quanto à qual princesa se deve preferir — disse o primeiro-ministro ao chanceler.

— Então votem — respondeu Tamboreta.

Todos votaram; cada voto foi a favor da Úrsula falsa, não havendo nenhum a favor da verdadeira. Tamboreta gargalhou.

— Vocês são um bando de tolos e patetas — disse ela —, mas vão ganhar o que querem.

Pegou a cabeça na mesa e, com um aceno da varinha, encaixou-a no corpo, que se virou devagar e disse, com a mesma voz de antes:

— *É claro.*

Ao ouvir isso, todos os cortesãos comemoraram do jeito que consideravam educado, enquanto o velho rei não conseguiu nem falar de tanta alegria.

— Mandarei fazer agora mesmo os preparativos para abdicar e deixar o governo nas mãos de nossa querida filha! — exclamou ele.

Os cortesãos voltaram a aplaudir. Tamboreta, porém, riu de desprezo e, tomando a verdadeira Úrsula nos braços, voou com ela de volta à cabana de Marcos. À noite, a cidade ficou iluminada e a recuperação da princesa causou grande alegria, enquanto Úrsula continuou a morar na cabana à beira-mar e se casou com Olívio, com quem viveu feliz pelo resto da vida.

Princesas quase Esquecidas

GEORGE MACDONALD
1864 ◊ *The Light Princess*

A PRINCESA LEVE

Nesta noveleta, uma tia má enfeitiça a princesa, que perde toda a sua gravidade. E, apesar de ser feliz, o feitiço a impede de fazer o que mais deseja. Até que um príncipe, por acidente, pode lhe conceder seu desejo.

1. O QUÊ? SEM FILHOS?

Era uma vez, tanto tempo atrás que já me esqueci da data, um rei e uma rainha que não tinham filhos.

E o rei disse para si mesmo:

— Todas as rainhas que conheço têm filhos, umas têm três, algumas têm sete e outras têm até doze; e minha rainha não tem nem um. Eu me sinto mal aproveitado. — Assim, decidiu ficar zangado com a esposa por isso. Mas ela aceitou tudo, como boa rainha paciente que era. Só que o rei ficou muito zangado de verdade. Mas a rainha fingiu entender tudo como piada, e uma muito boa.

— Por que você não tem pelo menos uma filha? — indagou ele. — Nem digo filhos; pode ser esperar demais.

— Com certeza, querido rei, sinto muito — disse a rainha.

— Tem que sentir muito mesmo — retrucou o rei. — Você não vai fazer disso uma virtude, é claro.

Mas ele não era um rei mal-humorado e, em pouco tempo, teria permitido, com todo o seu coração, que a rainha fizesse o que queria. Esse, no entanto, era um assunto de estado.

A rainha sorriu.

— Você precisa ter paciência com uma dama, sabe, querido rei — comentou ela.

Ela era de fato uma rainha muito boa e estava muito infeliz por não poder obedecer imediatamente ao rei.

II. NÃO VOU E PRONTO?

O rei tentou ter paciência, mas fracassou terrivelmente. Foi mais do que ele merecia, portanto, quando, por fim, a rainha lhe deu uma filha — a princesinha mais adorável que já havia chorado.

Aproximou-se o dia em que a criança precisava ser batizada. O rei escreveu todos os convites à mão. Claro que alguém foi esquecido. Mas em geral não importa se alguém é esquecido, contanto que você saiba quem foi. Infelizmente, o rei se esqueceu sem intenção de esquecer; e assim a sorte caiu sobre a Princesa Makemnoit, o que foi constrangedor. A princesa era irmã do rei; e ele não podia ter se esquecido dela. Mas ela fora tão desagradável com o velho rei, pai dos dois, que ele se esquecera de incluí-la em seu testamento; e, assim, não era nenhum espanto o irmão ter se esquecido dela ao redigir os convites. Mas relacionamentos ruins não ajudam ninguém a se lembrar deles. Por que não? O rei não via a água-furtada em que ela morava, não é?

41

Ela era uma criatura amarga e vingativa. As rugas de desdém se cruzavam com as de impertinência, e seu rosto estava cheio delas, como um maracujá. Se um rei algum dia teve uma justificativa para se esquecer de alguém, este rei tinha uma desculpa para se esquecer da irmã, até mesmo num batizado. Ela também tinha uma aparência muito esquisita. Sua testa era tão larga quanto o resto do rosto e se projetava sobre ele como um precipício. Quando ela sentia raiva, seus olhos ficavam azuis. Quando odiava alguém, eles brilhavam em amarelo e verde. Não sei como ficavam quando ela amava alguém, pois nunca ouvi falar que tivesse amado alguém além de si mesma; e acho que ela não conseguiria nem isso, se não tivesse se acostumado a quem era. Mas o que tornava muito imprudente o rei ter se esquecido dela era o fato de ela ser extremamente inteligente. Na verdade, ela era uma bruxa*, e, quando enfeitiçava alguém, a pessoa logo perdia a paciência, pois ela superava a maldade de todas as fadas malvadas e a inteligência de todas as inteligentes. Ela desprezava todos os costumes sobre os quais lemos na história, em que fadas e bruxas ofendidas se vingam; portanto, depois de esperar e esperar em vão por um convite, ela finalmente decidiu ir sem ser convidada e deixar a família toda infeliz, como a princesa que era.

E assim ela colocou seu melhor vestido, se dirigiu ao palácio, foi gentilmente recebida pelo monarca feliz, que se esqueceu que tinha se esquecido dela, e assumiu seu lugar na procissão até a capela real. Quando estavam todos reunidos ao redor da fonte, ela conseguiu se aproximar e jogar alguma coisa na água; depois disso, manteve uma atitude muito respeitosa até a água ser salpicada no rosto da criança. Mas, naquele instante, ela girou três vezes no mesmo lugar e murmurou as seguintes palavras, alto o suficiente para quem estivesse ao lado escutar:

---

* A visão negativa de bruxaria é um reflexo de intolerância religiosa e cultural, moldada por uma combinação de medo, falta de conhecimento, controle social e misoginia, que ao longo da história resultou em perseguição e violência contra aqueles rotulados como bruxos ou bruxas. [N.E.]

"De espírito leve pela minha magia
Corpo leve, e nada mais
Qualquer braço humano a carregaria
Mas vai destruir o coração dos pais!"

Todos acharam que ela havia perdido o juízo e estava repetindo uma rima infantil; mas, apesar disso, um calafrio percorreu todas as pessoas. A bebê, por outro lado, começou a rir e gargalhar; enquanto isso, a ama-seca levou um susto e soltou um grito abafado, pois pensou que tinha sofrido uma paralisia: não conseguia sentir a bebê nos próprios braços. Mas ela a segurou com força e não disse nada. A maldade estava feita.

III. ELA NÃO PODE SER NOSSA

*A tia abominável tinha despojado a criança de toda a sua gra-*vidade. Se você me perguntar como isso foi feito, respondo: "Do jeito mais fácil do mundo. Ela só precisou destruir a força da gravidade". Pois a princesa era filósofa e conhecia todos os detalhes das leis da gravidade tão bem quanto os detalhes do cadarço da sua bota. E, sendo também bruxa, ela conseguia

revogar essas leis em um instante; ou, pelo menos, atravancar suas rodas e enferrujar seu senso de orientação, de modo que não funcionassem de jeito nenhum. Mas temos mais a falar sobre o que se seguiu do que sobre como foi feito.

 O primeiro constrangimento que resultou dessa privação infeliz foi que, no instante em que a ama-seca começou a balançar a bebê para cima e para baixo, a princesa voou dos seus braços para o teto. Felizmente, a resistência do ar fez seu percurso ascendente ser interrompido a menos de trinta centímetros do teto. E ali ela ficou, horizontal como quando saiu dos braços da ama-seca, chutando e rindo maravilhada. A ama-seca, apavorada, disparou até o sino e implorou ao lacaio, que respondeu ao toque, para que ele levasse uma escada imediatamente até ela. Com todos os membros tremendo, ela subiu a escada e teve que ir até o degrau mais alto e esticar os braços para conseguir pegar a cauda flutuante das compridas roupas da bebê.

 Quando o estranho fato se tornou conhecido, houve uma comoção terrível no palácio. A ocasião da descoberta disso pelo rei naturalmente foi uma repetição da experiência da ama-seca. Impressionado por não sentir nenhum peso quando a criança estava nos seus braços, ele começou a balançá-la para cima, e não para baixo, pois ela ascendeu lentamente ao teto como antes, e lá ficou flutuando em conforto e satisfação perfeitos, como atestava o ruído de sua risadinha. O rei ficou em pé, olhando para cima num assombro mudo, e tremeu tanto que a barba parecia grama sob o vento. Por fim, virando-se para a rainha, que estava tão aterrorizada quanto ele, disse, ofegando, encarando e gaguejando:

 — Ela não pode ser nossa, rainha!

 Ora, a rainha era muito mais esperta do que o rei e já tinha começado a suspeitar que "esse efeito defeituoso tem sua causa".

 — Tenho certeza de que ela é nossa — respondeu a rainha. — Mas devíamos ter tomado mais cuidado com ela no batizado. Pessoas que não foram convidadas não deveriam estar presentes.

44

— Ó! — disse o rei, batendo com o dedo indicador na testa. — Já entendi tudo. Descobri. Você não está vendo, rainha? A Princesa Makemnoit a enfeitiçou.

— Foi o que eu acabei de dizer — respondeu a rainha.

— Peço perdão, meu amor; não ouvi. John! Traga a escadinha que uso para subir ao trono.

Pois ele era um rei baixinho com um trono grande, como muitos outros reis.

A escadinha do trono foi levada e colocada sobre a mesa de jantar, e John subiu os degraus até o último. Mas não conseguiu alcançar a princesinha, que estava deitada no ar como uma nuvem de risadas de bebê, explodindo continuamente.

— Pegue a pinça, John — disse Sua Majestade; e, subindo na mesa, entregou a ele.

John agora conseguia alcançar a bebê, e a princesinha foi puxada para baixo com a pinça.

IV. ONDE ELA ESTÁ?

Num belo dia de verão, um mês depois dessas primeiras aven-turas, durante o qual ela fora observada com muito cuidado, a princesa estava deitada na cama nos aposentos da rainha, dormindo profundamente. Uma das janelas estava aberta, pois era meio-dia, e o dia estava tão sufocante que a menininha não estava enrolada em nada menos etéreo do que o próprio sono. A rainha entrou no aposento e, sem ver que a bebê estava na cama, abriu outra janela. Um vento traquinas de fadas, que estava procurando uma chance de fazer uma travessura, entrou disparado por uma janela e, seguindo até a cama onde a criança estava deitada, pegou-a e, rolando e flutuando com ela como uma chaminé ou uma semente de dente-de-leão, carregou-a para longe pela janela oposta. A rainha desceu, ignorando a perda que ela mesma havia causado.

ARTES DE MAUD HUMPHREY, 1893

Quando a ama-seca retornou, supôs que Sua Majestade a tinha carregado e, temendo ser repreendida, demorou a perguntar por ela. Mas, sem ouvir nada, ficou inquieta e foi até o *boudoir* da rainha, onde encontrou Sua Majestade.

— Por favor, Vossa Majestade, devo levar a bebê? — indagou.

— Onde ela está? — perguntou a rainha.

— Por favor, me perdoe. Eu sei que foi errado.

— O que você quer dizer? — indagou a rainha, parecendo séria.

— Ah! Não me assuste, Vossa Majestade! — exclamou a ama-seca, entrelaçando as mãos.

A rainha viu que alguma coisa estava errada e caiu desmaiada. A ama-seca correu pelo palácio, gritando:

— Meu bebê! Meu bebê!

Todos correram até o quarto da rainha. Mas a rainha não conseguia dar nenhuma ordem. Eles logo descobriram, no entanto, que a princesa havia desaparecido e, num instante, o palácio parecia uma colmeia no jardim; e em um minuto a rainha caiu em si ouvindo um grito alto e palmas. Eles tinham encontrado

a princesa profundamente adormecida sob um arbusto de rosas, ao qual o travesso sopro de vento a tinha carregado, terminando a traquinagem ao sacudir o arbusto e provocar uma chuva de pétalas de rosas vermelhas sobre a pequena dorminhoca. Assustada com o barulho que os serviçais faziam, ela acordou e, empolgada com a alegria, espalhou as pétalas de rosas em todas as direções, como uma chuva de pétalas no poente.

Depois disso, ela foi vigiada mais de perto, sem dúvida; mas seria impossível relatar todos os incidentes esquisitos resultantes dessa peculiaridade da jovem princesa. No entanto, nunca houve um bebê numa casa, muito menos num palácio, que mantivesse o lar num bom humor tão constante, pelo menos entre os serviçais. Não era fácil as amas-secas a segurarem, mas ela não provocava dor nos braços nem nos corações delas. E era tão divertido jogar bola com ela! Não havia o menor perigo de deixá-la cair. Elas podiam jogá-la para baixo, arremessá-la para baixo, empurrá-la para baixo, mas não conseguiam fazê-la descer. É verdade que havia a possibilidade de deixá-la voar até o fogo ou a chaminé ou janela afora; mas nenhum desses acidentes acontecera até agora. Se você ouvisse risadinhas ressoando de um ponto desconhecido, podia ter certeza do motivo. Ao entrar na cozinha ou no quarto, era possível encontrar Jane e Thomas, e Robert e Susan, todos juntos, jogando bola com a pequena princesa. Ela mesma era a bola e não deixava de gostar do jogo por isso. Lá ia ela, voando de um para o outro, dando risadas agudas. E os serviçais amavam a bola ainda mais do que o jogo. Mas eles tinham que tomar algum cuidado quando a jogavam, porque, se ela fosse jogada para cima, nunca mais desceria sem ser puxada.

V. O QUE PODE SER FEITO?

Mas na realeza era diferente. Certo dia, por exemplo, depois do café da manhã, o rei foi para sua sala de contagem e contou seu dinheiro. A operação não lhe dava nenhum prazer.

— E pensar — disse para si mesmo — que todas essas moedas de ouro pesam sete gramas e minha princesa real, viva, de carne e osso, não pesa nada!

E ele odiava as moedas de ouro, pousadas ali com um sorriso largo de satisfação nos rostos amarelos.

A rainha estava no salão, comendo pão e mel. Mas, na segunda mordida, ela caiu no choro e não conseguiu engolir.

O rei ouviu seus soluços. Feliz por ter alguém, mas especialmente sua rainha, com quem discutir, ele jogou as moedas de ouro na caixa de dinheiro, colocou a coroa na cabeça e correu até o salão.

— O que está acontecendo?! — exclamou ele. — Por que você está chorando, rainha?

— Não consigo comer — respondeu a rainha, olhando de um jeito deplorável para o pote de mel.

— Não admira! — retrucou o rei. — Você acabou de comer o café da manhã: dois ovos de peru e três anchovas.

— Ah, não é isso! — soluçou Sua Majestade. — É minha filha, minha filha!

— Ora, o que aconteceu com sua filha? Ela não está na chaminé nem no fundo do poço. Ouça a risada dela.

Mas o rei não conseguiu evitar um suspiro, que tentou transformar numa tosse, dizendo:

— É bom ter o coração leve, tenho certeza, seja ela nossa ou não.

— É ruim ter a cabeça leve — respondeu a rainha, olhando com a alma profética para o futuro longínquo.

— É bom ter a mão leve — disse o rei.

— É ruim ter os dedos leves — respondeu a rainha.

— É bom ter os pés leves — disse o rei.

— É ruim ter... — começou a rainha, mas o rei a interrompeu.

— Na verdade — disse ele, com o tom de alguém que conclui uma discussão na qual teve apenas oponentes imaginários

e da qual, portanto, saiu triunfante —, na verdade, é muito bom ter o corpo leve.

— Mas é muito ruim ter a mente leve — retrucou a rainha, que estava começando a perder a calma.

A última resposta frustrou Sua Majestade, que se virou e retornou para a sala de contagem. Mas ele não estava nem na metade do caminho quando a voz da rainha o alcançou.

— E é ruim ter a orelha leve — gritou ela, determinada a ter a última palavra, agora que seu mau humor tinha sido despertado.

Ora, todos sabiam que o rei odiava todas as observações espirituosas, especialmente os trocadilhos. Além do mais, ele não conseguiu distinguir se a rainha tinha falado orelha leve ou herdeira leve, porque ela costumava trocar as letras quando estava irritada.

Ele se virou de novo e voltou até ela. A rainha ainda parecia irritada, porque sabia que era culpada ou sabia que ELE achava isso, o que dava no mesmo.

— Minha querida rainha — disse ele —, todo tipo de duplicidade é excessivamente repreensível entre pessoas casadas de qualquer posição, ainda mais entre reis e rainhas; e a forma mais repreensível que a duplicidade pode assumir é a dos trocadilhos.

— Pronto! — disse a rainha. — Não fiz uma piada, mas a interrompi no meio do caminho. Sou a mulher mais infeliz do mundo!

Ela parecia tão deplorável que o rei a abraçou; e eles se sentaram para conversar.

— Você consegue aguentar isso? — perguntou o rei.

— Não — respondeu a rainha.

— Bem, o que se pode fazer? — indagou o rei.

— Tenho certeza de que não sei — disse a rainha. — Mas você não pode tentar pedir desculpas?

— À minha irmã mais velha, imagino que seja sua intenção? — perguntou o rei.

— Sim — disse a rainha.

— Bem, eu não me importo — disse o rei.

E assim, na manhã seguinte, ele foi até a casa da princesa e, fazendo um pedido de desculpas muito humilde, implorou que ela desfizesse o feitiço. Mas a princesa declarou, com o rosto sério, que não sabia nada sobre aquilo. Seus olhos, no entanto, brilharam cor-de-rosa, um sinal de que ela estava feliz. Ela aconselhou o rei e a rainha a terem paciência e a se corrigirem. O rei voltou desconsolado. A rainha tentou consolá-lo.

— Vamos esperar até ela crescer. Ela mesma pode ser capaz de sugerir alguma coisa. Pelo menos ela vai saber como se sente e nos explicar as coisas.

— Mas e se ela se casar? — exclamou o rei, numa súbita consternação com a ideia.

— O que tem? — retrucou a rainha.

— Pense bem! Se ela tiver filhos! Daqui a cem anos o ar pode estar tão cheio de crianças flutuantes quanto de teias de aranha no outono.

— Isso não é da nossa conta — respondeu a rainha. — Além do mais, até lá, elas vão ter aprendido a tomar conta de si mesmas.

Um suspiro foi a única resposta do rei.

Ele poderia ter consultado os médicos da corte; mas tinha medo de eles fazerem experimentos com ela.

VI. ELA RI DEMAIS

Enquanto isso, apesar das ocorrências desastradas e das tristezas que ela provocava nos pais, a pequena princesa ria e crescia — não gorda, mas rechonchuda e alta. Ela chegou aos dezessete anos sem ter caído em nenhuma desgraça pior do que uma chaminé; quando a resgataram dali, um filhote de pássaro no ninho conquistou fama e uma cara preta. Por mais que fosse imprudente, ela também não havia cometido nada pior do que rir para tudo e para todos que apareciam em seu caminho. Quando lhe disseram, para testar, que o general Clanrunfort tinha sido esquartejado com seus soldados, ela riu; quando ouviu que o inimigo estava a caminho para sitiar a capital do papai, ela riu ainda mais; mas, quando lhe disseram que a cidade certamente seria abandonada à mercê dos soldados do inimigo — bem, ela riu sem parar. Ela nunca conseguia ver o lado sério de nada. Quando a mãe chorava, ela dizia:

— Que expressões estranhas a mamãe faz! E espreme água das bochechas? Mamãe engraçada!

E quando o pai se irritava com ela, a princesa ria e dançava ao redor dele, batendo palmas e gritando:

— Faça de novo, papai. Faça de novo! É MUITO divertido! Querido papai engraçado!

E, se ele tentasse pegá-la, ela escapulia num instante, sem o menor medo, mas pensando que não ser pega fazia parte do jogo. Com um impulso do pé, ela flutuava no ar acima da cabeça dele; ou saía dançando para trás e para a frente e para o lado, como uma grande borboleta. Aconteceu várias vezes, quando o pai e a mãe estavam conversando sobre ela em particular, de eles serem interrompidos por acessos de riso reprimidos em vão sobre a cabeça dos dois; e, ao olharem para cima, indignados, a viram flutuando totalmente sobre eles, olhando para os dois com a melhor vista cômica daquela posição.

Certo dia, um acidente desastrado aconteceu. A princesa tinha saído para o gramado com uma de suas acompanhantes, que a segurava pela mão. Vendo o pai do outro lado do gramado, ela soltou a mão da criada e disparou em direção a ele. Bem, quando ela queria correr sozinha, costumava pegar uma pedra em cada mão, para conseguir descer de novo depois de quicar. As roupas que ela usava não tinham nenhum efeito desse tipo: até mesmo o ouro, quando se transformava numa parte dela, perdia todo o seu peso por um tempo. Mas o que ela segurava com as mãos conservava sua tendência a descer. Nessa ocasião, ela não viu nada para pegar, exceto um sapo enorme que estava

atravessando o gramado como se tivesse cem anos para fazer isso. Sem saber o que significava nojo, pois essa era uma de suas peculiaridades, ela agarrou o sapo e seguiu quicando. Tinha quase chegado até o pai, e ele estava estendendo os braços para recebê-la e roubar dos seus lábios o beijo que pairava entre eles como uma borboleta num botão de rosa, quando uma lufada de vento a soprou para o lado, para os braços de um jovem pajem que estava recebendo uma mensagem de Sua Majestade. Bem, não era uma grande peculiaridade na princesa o fato de que, depois que começava, ela sempre demorava e tinha dificuldades para se controlar. Nessa ocasião, não houve tempo. Ela precisava beijar — e beijou o pajem. Ela não se importou muito, pois não havia nenhuma timidez na sua formação; além do mais, ela sabia que não conseguiria evitar. Assim, ela simplesmente riu, como uma caixa de músicas. O pobre pajem temeu o pior. Pois a princesa, tentando corrigir a infeliz direção do beijo, estendeu as mãos para se afastar do pajem; de modo que, junto com o beijo, ele recebeu, na outra bochecha, uma bofetada com o enorme sapo preto, que ela enfiou no olho dele. O pajem também tentou rir, mas a tentativa resultou numa estranha deformação do seu semblante, mostrando que não havia risco de ele se gabar do beijo. Quanto ao rei, sua dignidade foi muito ferida, e ele não falou com o pajem por um mês inteiro.

Posso comentar aqui que foi muito divertido vê-la correr, se é que seu modo de progressão podia ser chamado de corrida. Pois primeiro ela quicava; depois, com um salto, ela corria alguns passos e quicava de novo. Às vezes ela achava que tinha alcançado o chão antes de realmente alcançar, e seus pés iam para a frente e para trás, correndo no ar, como os de uma galinha de barriga para cima. E então ela ria como o próprio espírito da alegria; só que faltava alguma coisa no seu riso. O que era, eu mesmo não sou capaz de descrever. Acho que era um certo tom, dependendo da possibilidade de tristeza — MORBIDEZ, talvez. Ela nunca sorria.

VII. EXPERIMENTE A METAFÍSICA

Depois de evitar por muito tempo o assunto doloroso, o rei e a rainha decidiram criar um conselho com três pessoas; e mandaram chamar a princesa. Ela entrou, deslizando e esvoaçando e planando de um móvel para outro, e por fim se sentou numa poltrona. Não pretendo determinar se era possível dizer que ela se sentava, já que não recebia nenhum apoio do assento da cadeira.

— Minha querida filha — disse o rei —, a esta altura, você já deve ter percebido que não é exatamente como as outras pessoas.

— Ah, querido papai engraçado! Tenho um nariz e dois olhos e todo o resto. Você também. A mamãe também.

— Minha querida, por favor, fique séria uma vez na vida — disse a rainha.

— Não, obrigada, mamãe; prefiro não.

— Você não gostaria de ser capaz de andar como as outras pessoas? — indagou o rei.

— Claro que não, não mesmo. Vocês só rastejam. Vocês são carruagens lentas!

— Como você se sente, minha filha? — continuou ele, depois de uma pausa embaraçosa.

— Muito bem, obrigada.

— Quero dizer, como é a sensação?

— Nenhuma, que eu saiba.

— Você deve sentir alguma coisa.

— Eu me sinto uma princesa com um papai muito engraçado e uma mamãe rainha muito boazinha e querida!

— Deveras! — começou a rainha, mas a princesa a interrompeu.

— Ah, sim — acrescentou ela —, eu me lembro. Às vezes tenho uma sensação curiosa, como se eu fosse a única pessoa do mundo todo que tem algum juízo.

Ela estava tentando se comportar com dignidade; mas explodiu numa crise de riso, se jogou para trás por cima da cadeira e saiu rolando no chão num êxtase de prazer. O rei a pegou com mais facilidade do que se pega uma coberta de plumas e a recolocou na relação anterior à poltrona. A preposição exata para expressar essa relação eu não sei.

— Não há nada que você deseje? — continuou o rei, que, a esta altura, tinha aprendido que era inútil ficar com raiva dela.

— Ah, querido papai! Sim! — respondeu ela.

— O que é, minha querida?

— Desejo isso há muito tempo! Desde ontem à noite.

— Diga-me o que é.

— Você promete que vai me dar?

O rei estava prestes a dizer sim, mas a rainha, mais sábia, o impediu com um movimento da cabeça.

— Diga-me o que é primeiro — pediu ele.

— Não, não. Prometa primeiro.

— Não ouso. O que é?

— Preste atenção, pois vou cobrar essa promessa. É... é ser amarrada à ponta de uma corda... uma corda muito comprida, e ser lançada como uma pipa. Ah, que divertido! Eu faria chover água de rosas e lançaria ameixas açucaradas e faria nevar chantilly e... e... e...

Uma crise de riso a atingiu; e ela teria saído voando de novo se o rei não tivesse dado um pulo para pegá-la bem a tempo. Vendo que não ia conseguir nada dela além de conversa, ele tocou o sino e a mandou embora com duas damas de companhia.

— Bem, rainha — disse ele, virando-se para Sua Majestade —, o QUE podemos fazer?

— Só há mais uma coisa a fazer — respondeu ela. — Vamos consultar o colegiado de metafísicos.

— Bravo! — gritou o rei. — Vamos fazer isso.

Na liderança desse colegiado, havia dois filósofos chineses muito sábios, chamados Hum-Drum e Kopy-Keck. O rei mandou chamá-los; e eles logo chegaram. Num discurso

longo, ele comunicou aos dois o que eles já sabiam muito bem — quem não? —, ou seja, a condição peculiar de sua filha em relação ao globo em que vivia; e pediu aos dois que se reunissem para descobrir qual seria a causa e a possível cura para a INFIRMIDADE. O rei destacou a palavra, mas não percebeu seu próprio trocadilho. A rainha riu; mas Hum-Drum e Kopy-Keck ouviram com humildade e se retiraram em silêncio.

A consulta consistia principalmente em propor e apoiar, pela milésima vez, cada uma de suas teorias preferidas. O fato era que a condição da princesa proporcionava um escopo delicioso para a discussão de todas as questões advindas da divisão do pensamento — na verdade, de toda a metafísica do Império Chinês. Mas é apenas justo dizer que eles não negligenciavam totalmente a discussão da questão prática, do que devia ser feito.

Hum-Drum era materialista, e Kopy-Keck era espiritualista. O primeiro era lento e judicioso; o último era rápido e excêntrico; o último geralmente tinha a primeira palavra; o primeiro tinha a última.

— Reafirmo minha afirmativa anterior — começou Kopy-Keck, arriscando. — Não existe nenhum defeito no corpo ou na alma da princesa; eles só são mal encaixados. Escute-me agora, Hum-Drum, e vou lhe dizer um resumo do que penso. Não fale. Não me responda. Não vou ouvi-lo até eu terminar. Naquele momento decisivo, quando as almas buscam suas habitações designadas, duas almas ávidas se encontraram, se bateram, ricochetearam, perderam o caminho e chegaram ao lugar errado. A alma da princesa era uma dessas, e ela se extraviou muito. Ela não pertence a este mundo por direito, mas a algum outro planeta, provavelmente Mercúrio. O pendor à sua verdadeira esfera destrói toda a influência natural que esta orbe teria sobre a estrutura corpórea dela. A princesa não se importa com nada aqui. Não há nenhuma relação entre este mundo e o dela.

"Assim, ela deve ser ensinada, pela compulsão mais severa, a ter interesse na Terra pela Terra. Ela deve estudar cada departamento de nossa história: a história animal, a história

vegetal, a história mineral, a história social, a história moral, a história política, a história científica, a história literária, a história musical, a história artística e, acima de tudo, a história metafísica. Ela deve começar com a dinastia chinesa e terminar com o Japão. Mas, antes de tudo, ela deve estudar geologia, especialmente a história das raças extintas de animais: suas naturezas, seus hábitos, seus amores, seus ódios, suas vinganças. Ela deve..."

— Espere, espe-e-e-ere! — rugiu Hum-Drum. — Certamente é minha vez agora. Minha convicção arraigada e indestrutível é que as causas das anomalias evidentes na condição da princesa são estrita e unicamente físicas. Mas isso só equivale a reconhecer que elas existem. Ouça minha opinião. Por uma razão ou outra, sem nenhuma importância para nossa investigação, o movimento do coração dela foi invertido. A combinação notável da bomba de sucção e de força funciona do jeito errado; quero dizer, no caso da infeliz princesa: ele puxa para dentro quando deveria empurrar e empurra para fora quando deveria puxar. As funções dos átrios e dos ventrículos estão invertidas. O sangue é enviado pelas veias e volta pelas artérias. Consequentemente, ele corre no sentido contrário por todo o organismo corpóreo dela, nos pulmões e tudo. Desse modo, será que é misterioso, se for o caso, considerando a parte específica da gravidade, ela diferir da humanidade normal? Minha proposta de cura é a seguinte:

"Sangrá-la até ela ser reduzida ao último ponto de segurança. Que isso seja feito, se necessário, numa banheira de água quente. Quando ela for reduzida a um estado de perfeita asfixia, aplicar uma ligadura ao tornozelo esquerdo, apertando até quando o osso aguentar. Aplicar, no mesmo instante, outra de igual tensão no pulso direito. Com placas construídas para esse propósito, colocar o outro pé e a outra mão sob os receptáculos de duas bombas de ar. Exaurir os receptáculos. Juntar meio litro de conhaque francês e esperar o resultado."

— Que, no momento, chegaria na forma de uma morte implacável — disse Kopy-Keck.

— Se isso acontecer, ela vai morrer fazendo o nosso trabalho — retrucou Hum-Drum.

Mas Suas Majestades tinham carinho demais pela sua prole volátil para sujeitá-la a um dos esquemas de filósofos igualmente inescrupulosos. Na verdade, o conhecimento mais completo das leis da natureza não teria servido, nesse caso, pois era impossível classificá-la. Ela era um quinto corpo imponderável, compartilhando todas as outras propriedades do ponderável.

VIII. EXPERIMENTE UMA GOTA D'ÁGUA

Talvez a melhor coisa para a princesa teria sido cair de amores por alguém. Mas como uma princesa sem nenhuma gravidade poderia cair de algum jeito é uma dificuldade — talvez **A** dificuldade.

Quanto aos sentimentos dela em relação ao assunto, a princesa nem sabia que havia essa colmeia de mel e ferrões na qual cair. Mas agora vou mencionar outro fato curioso sobre ela.

O palácio era construído nas margens do lago mais lindo do mundo; e a princesa amava esse lago mais do que o pai e a mãe. A raiz dessa preferência, sem dúvida, embora a princesa não reconhecesse isso, era que, no instante em que entrou no lago, ela recuperou o direito natural do qual tinha sido privada com tanta maldade — a saber, a gravidade. Não sei se isso se devia ao fato de que a água tinha sido usada como meio de transferência do seu problema. Mas é certo que ela conseguia nadar e mergulhar como o pato que sua velha ama-seca dizia que ela era. Esse alívio do seu infortúnio foi descoberto da seguinte maneira:

Num entardecer de verão, durante a feira rural, ela tinha sido levada até o lago pelo rei e pela rainha na barca real. Estavam acompanhados de muitos cortesãos numa frota de pequenos barcos. No meio do lago, ela quis ir para a barca do

lorde chanceler, pois a filha dele, que era muito sua amiga, estava ali com o pai. Bem, embora o rei raramente se rebaixasse a fazer graça de seu infortúnio, por acaso nessa ocasião ele estava com um humor especialmente bom e, quando as barcas se aproximaram, ele pegou a princesa para jogá-la na barca do chanceler. No entanto, ele perdeu o equilíbrio e, caindo no fundo da barca, soltou a filha; mas não sem antes impor a ela a tendência descendente de seu próprio corpo, mas numa direção um pouco diferente, pois, embora o rei tivesse caído no barco, ela caiu na água. Com uma explosão de riso deleitado, ela desapareceu no lago. Um grito de pavor ascendeu dos barcos. Eles nunca tinham visto a princesa descer. Metade dos homens estava embaixo d'água em um instante; mas todos, um após o outro, subiram à superfície de novo para respirar, quando — *plim, plim, blá* e *chuá*! — veio o riso da princesa de longe sobre a água. Lá estava ela, nadando como um cisne. Ela não saía nem pelo rei, nem pela rainha, nem pelo chanceler, nem pela filha dele. Estava perfeitamente obstinada.

 Mas, ao mesmo tempo, parecia mais tranquila do que nunca. Talvez porque um grande prazer estraga a risada. Em todos os eventos, depois desse, a paixão da vida dela era entrar na água, e ela ficava cada vez mais comportada e mais linda quanto mais fazia isso. O verão e o inverno eram quase iguais; só que ela não podia ficar tanto tempo na água quando eles precisavam quebrar o gelo para ela poder entrar. Todo dia, da manhã até o entardecer no verão, ela podia ser vista — uma faixa branca na água azul — deitada imóvel como a sombra de uma nuvem ou disparando como um golfinho; desaparecendo e surgindo de novo bem longe, onde ninguém esperava vê-la. Ela ficaria no lago à noite também, se conseguisse convencer os pais, pois a sacada da sua janela ficava sobre uma piscina profunda no lago; e, através de uma passagem rasa cheia de junco, ela poderia sair nadando até a ampla massa de água e ninguém seria mais discreta do que ela. Na verdade, quando ela acordava sem querer sob o luar, mal conseguia resistir à tentação. Mas havia a triste

dificuldade de conseguir chegar lá. A princesa tinha tanto medo do ar quanto algumas crianças têm da água. Pois a mais leve lufada de vento a sopraria para longe; e uma lufada podia surgir no momento mais imóvel. E, se ela desse um impulso em direção à água e simplesmente não conseguisse alcançá-la, sua situação seria constrangedora de forma pavorosa, independentemente do vento; pois no mínimo ela teria que ficar suspensa, de camisola, até ser vista e puxada por alguém da janela.

— Ah, se eu tivesse minha gravidade! — pensava ela, contemplando a água. — Eu sairia dessa sacada como uma comprida ave marítima branca, caindo de cabeça na adorada umidade. Ah, que delícia!

Essa era a única consideração que a fazia desejar ser como as outras pessoas.

Outro motivo para ela gostar da água era que, ali dentro, ela aproveitava a liberdade. O fato era que ela não podia andar sem um cortejo, que consistia, em parte, de uma tropa de cavalos leves, por medo das liberdades que o vento podia ter com ela. E o rei ficou mais apreensivo conforme os anos passaram, até que, por fim, não permitia que ela saísse sem cerca de vinte cordas de seda amarradas ao máximo de partes do vestido e seguradas por vinte nobres. Claro que andar a cavalo estava fora de cogitação. Mas ela dava adeus a toda essa cerimônia quando entrava na água.

E os efeitos sobre ela eram tão extraordinários, especialmente por restaurá-la por um tempo à gravidade humana ordinária, que Hum-Drum e Kopy-Keck concordaram em recomendar ao rei que a enterrasse viva durante três anos na esperança de que, já que a água lhe fazia tão bem, a terra fizesse um bem ainda maior. Mas o rei tinha um certo preconceito vulgar contra o experimento e não deu seu consentimento. Frustrados com isso, eles concordaram com outra recomendação; o que, vendo que um importava suas opiniões da China e outro do Tibete, era realmente notável. Eles argumentaram que, se a água de origem e aplicação externas eram tão eficazes, a água de uma

fonte mais profunda poderia ser a cura perfeita; em resumo, se alguém conseguisse fazer a pobre princesa aflita chorar, ela poderia recuperar a gravidade perdida.

Mas como isso poderia ser feito? Aí estava toda a dificuldade — e os filósofos não eram sábios o suficiente para resolvê-la. Fazer a princesa chorar era tão impossível quanto fazê-la ter peso. Eles mandaram buscar um mendigo profissional; ordenaram que ele preparasse seu discurso de desgraça mais comovente, levaram-no até o baú de fantasias da corte para ele escolher o que queria vestir e prometeram grandes recompensas se ele tivesse sucesso. Mas foi tudo em vão. Ela ouviu a história do artista mendicante e contemplou sua maquiagem incrível até não conseguir mais se conter e começou as contorções mais indignas para se aliviar, guinchando, berrando muito de tanto rir.

Quando se recuperou um pouco, ela ordenou que seus acompanhantes o levassem embora e não lhe deu uma única moeda de cobre; e o olhar de embaraço mortificado dele provocou a punição dela e a vingança dele, pois a lançou numa histeria violenta, da qual ela teve dificuldades de se recuperar.

Mas o rei estava tão ansioso para testar a sugestão de maneira justa que aproveitou a própria ira um dia e, correndo até o quarto dela, deu-lhe uma surra de chicote. Mesmo assim, nem uma lágrima escorreu. Ela pareceu séria, e a risada soou incomumente como um grito — só isso. O bom e velho tirano, embora colocasse seus melhores óculos para analisar, não descobriu nem uma pequena nuvem no azul sereno dos olhos dela.

IX. DEIXE-ME ENTRAR DE NOVO

Deve ter sido mais ou menos nessa época que o filho de um rei que morava a mil quilômetros de Lagobel saiu para procurar a filha de uma rainha. Ele viajou muito, mas, assim que encontrava uma princesa, também encontrava uma falha nela. Claro que ele não podia se casar com uma mulher simples, por mais que fosse bonita; e não havia nenhuma princesa digna dele. Não pretendo comentar se o príncipe era tão próximo da perfeição que tinha o direito de exigir a perfeição. Tudo que sei é que era um jovem gentil, bonito, corajoso, generoso, bem-nascido e bem-comportado, como todos os príncipes.

Em suas perambulações, ele soube de alguns relatos sobre a nossa princesa; mas, como todos diziam que ela era enfeitiçada, nunca sonhou que ela pudesse enfeitiçá-lo. Pois o que um príncipe podia fazer com uma princesa que tinha perdido a gravidade? Quem poderia dizer o que ela ia perder em seguida? Ela podia perder a visibilidade ou a tangibilidade; ou, em resumo, o poder de provocar impressões sobre o sensório radical; de modo que ele nunca seria capaz de dizer se ela estava viva ou morta. Claro que ele não fez mais pesquisas sobre ela. Certo dia, ele perdeu seu séquito de vista numa grande floresta. Essas florestas eram muito úteis para afastar príncipes de seus cortesãos, como uma peneira que separa o farelo do trigo. E assim os príncipes fogem para seguir seus destinos. Desse modo, eles têm vantagem sobre as princesas, que são obrigadas a se casar antes de terem um pouco de diversão. Eu gostaria que nossas princesas se perdessem numa floresta de vez em quando.

Num anoitecer agradável, depois de vagar por muitos dias, ele descobriu que estava se aproximando das cercanias da floresta, pois as árvores ficaram tão finas que ele conseguia ver o pôr do sol através delas; e ele logo chegou a um tipo de charneca. Em seguida, viu sinais de regiões com seres humanos, mas já estava ficando tarde e não havia ninguém nos campos para orientá-lo.

Depois de viajar por mais uma hora, seu cavalo, já esgotado com o trabalho prolongado e a falta de alimento, caiu e não conseguiu mais se levantar. E assim ele continuou a jornada a pé. Por fim, ele entrou em outra floresta — não uma selvagem, mas uma civilizada, através da qual uma trilha o conduziu até a margem de um lago. Por essa trilha, o príncipe seguiu seu

61

caminho pela crescente escuridão. De repente, fez uma pausa e ouviu. Sons estranhos vinham por sobre a água. Na verdade, era a princesa rindo. Mas havia alguma coisa esquisita na risada, como já dei a entender; o fato é que a gestação de uma risada realmente sincera precisa da incubação da gravidade, e talvez por isso o príncipe tenha interpretado a risada como um grito. Olhando por sobre o lago, ele viu uma coisa branca na água; e, num instante, tinha rasgado a túnica, tirado as sandálias e mergulhado. Ele logo chegou ao objeto branco e descobriu que era uma mulher. Não havia luz suficiente para mostrar que era uma princesa, mas o suficiente para mostrar que era uma dama, pois não é necessário ter muita luz para ver isso.

Bem, não sei dizer como aconteceu — se ela fingiu estar se afogando ou se ele a assustou ou a pegou de um jeito que a deixou envergonhada —, mas ele certamente a levou até a margem de um jeito humilhante para um nadador, e mais perto de estar afogada do que ela jamais esperou, pois a água tinha entrado na garganta, enquanto ela tentava falar.

No local ao qual ele a levou, a margem ficava a uns trinta ou sessenta centímetros acima da água; e ele a empurrou para fora da água, para colocá-la na margem. Mas, como sua gravidade desapareceu no instante em que saiu da água, ela subiu pelos ares, reclamando e berrando.

— Seu homem mau, mau, MAU, MAU! — gritou ela.

Ninguém jamais conseguira deixá-la com raiva. Quando o príncipe a viu subindo, pensou que tinha sido enfeitiçado e que confundira um grande cisne com uma dama. Mas a princesa agarrou o cone mais alto de um abeto imponente. O cone se soltou, mas ela segurou outro; e, na verdade, conseguiu parar segurando os cones, soltando-os conforme os caules cediam. Enquanto isso, o príncipe ficou na água, encarando e se esquecendo de sair. Mas, quando a princesa desapareceu, ele cambaleou para a margem e foi na direção da árvore. Lá ele a encontrou descendo de um dos galhos em direção ao tronco. Mas, na escuridão da floresta, o príncipe continuou perplexo

sem saber que fenômeno era aquele; até que, alcançando o chão e o vendo parado ali, ela o segurou e disse:

— Vou contar ao papai.

— Ah, não, você não vai fazer isso! — retrucou o príncipe.

— Vou, sim — insistiu ela. — Por que você me tirou da água e me jogou para cima? Nunca fiz nenhum mal a você.

— Desculpe. Eu não quis machucá-la.

— Não acredito que você tenha um cérebro; e isso é uma perda pior do que sua gravidade desprezível. Tenho pena de você.

E assim o príncipe percebeu que tinha encontrado a princesa enfeitiçada e já a tinha ofendido. Mas, antes que ele conseguisse pensar no que dizer, ela explodiu com raiva, batendo o pé de um jeito que a teria feito sair voando de novo se ela não estivesse segurando o braço dele.

— Coloque-me de volta.

— Colocá-la de volta onde, belezura? — indagou o príncipe.

Ele já tinha quase se apaixonado por ela, pois a raiva da princesa a deixava mais charmosa do que jamais se vira; e, até onde ele conseguia ver, e certamente não era muito longe, ela não tinha nenhum defeito, exceto, é claro, o fato de não ter nenhuma gravidade. Mas nenhum príncipe jamais julgaria uma princesa pelo peso. Ele não estimaria a beleza do pé dela pela profundidade da impressão que deixaria na lama.

— Colocá-la de volta onde, belezura? — repetiu o príncipe.

— Na água, seu idiota! — respondeu a princesa.

— Venha, então — disse o príncipe.

O estado do vestido dela, aumentando sua dificuldade habitual para andar, a obrigava a se agarrar a ele; e o príncipe não conseguiu se convencer de que não estava num sonho encantador, apesar do fluxo de abuso musical com o qual ela o oprimia. Como o príncipe não estava com pressa, eles foram para outra parte do lago, onde a margem ficava a pelo menos sete metros de altura; e, quando eles chegaram à borda, ele se virou para a princesa e perguntou:

— Como devo colocá-la na água?

— Isso é problema seu — respondeu ela, com a língua afiada. — Você me tirou, agora me coloque de volta.

— Muito bem — disse o príncipe; e, pegando-a nos braços, saltou com ela da rocha. A princesa só teve tempo de dar um gritinho satisfeito de risada antes que a água se fechasse sobre eles. Quando os dois voltaram à tona, ela descobriu que, por um instante ou dois, não conseguia nem rir, pois tinha descido tão rápido que teve dificuldade para recuperar o fôlego. No instante em que eles chegaram à superfície:

— Você gostou de cair? — perguntou o príncipe.

Depois de algum esforço, a princesa ofegou:

— É isso que você chama de CAIR?

— É — respondeu o príncipe —, acho que é um exemplo bem tolerável.

— Parecia que eu estava subindo — respondeu ela.

— Minha sensação certamente também foi de elevação — concordou o príncipe.

A princesa não pareceu entendê-lo, pois repetiu a pergunta dele:

— VOCÊ gostou de cair? — perguntou a princesa.

— Mais que tudo — respondeu ele —, pois caí com a única criatura perfeita que já vi.

— Chega disso: estou cansada dessas coisas — disse a princesa.

Talvez ela compartilhasse a aversão do pai por trocadilhos.

— Você não gostou de cair, então? — perguntou o príncipe.

— Foi a diversão mais encantadora que já tive na vida — respondeu ela. — Eu nunca tinha caído. Queria poder aprender. E pensar que sou a única pessoa no reino do meu pai que não consegue cair!

E, nesse momento, a princesa quase pareceu triste.

— Eu ficaria muito feliz de cair com você sempre que você quisesse — disse o príncipe de um jeito afeiçoado.

— Obrigada. Não sei. Talvez não seja adequado. Mas não me importo. Em todo caso, já que caímos, vamos nadar juntos?

— Com todo o meu coração — respondeu o príncipe.

E lá foram eles, nadando e mergulhando e flutuando, até que por fim ouviram gritos na margem e viram luzes iluminando em todas as direções. Já era bem tarde e não havia nenhuma lua.

— Preciso ir para casa — disse a princesa. — Sinto muito, porque isso é encantador.

— Também acho — retrucou o príncipe. — Mas fico feliz por não ter uma casa para onde ir; pelo menos, não sei exatamente onde ela está.

— Eu queria não ter uma também — concordou a princesa. — Isso é tão idiota! Tive uma ótima ideia — continuou ela — para enganar todos eles. Por que eles não podem me deixar em paz? Eles não confiam em mim no lago nem por uma noite! Está vendo aquela luz verde? É a janela do meu quarto. Bem, se você nadar comigo até lá em silêncio e, quando estivermos sob a sacada, me der um empurrão para cima como fez pouco tempo atrás, devo conseguir agarrar a sacada e entrar pela janela; e assim eles podem me procurar até amanhã de manhã!

— Com mais obediência do que prazer — disse o príncipe, cheio de galanteios; e os dois nadaram com muita delicadeza.

— Você vai estar no lago amanhã à noite? — o príncipe se arriscou a perguntar.

— Com certeza estarei. Acho que não. Talvez. — Essa foi a resposta meio estranha da princesa.

Mas o príncipe era inteligente o suficiente para não a pressionar mais; e simplesmente sussurrou, enquanto dava o empurrão de despedida:

— Não conte a ninguém.

A única resposta da princesa foi um olhar malandro. Ela já estava a um metro acima da cabeça dele. O olhar parecia dizer: *Não tema. É uma diversão boa demais para estragar desse jeito.*

Ela ficava tão perfeitamente parecida com as outras pessoas na água que até o príncipe mal acreditou nos próprios olhos quando a viu ascender lentamente, agarrar a sacada e desaparecer do outro lado da janela. Ele se virou, quase esperando

ainda vê-la ao seu lado. Mas estava sozinho na água. Ele então se afastou nadando em silêncio e observou as luzes vagando pela margem durante horas depois que a princesa estava segura em seus aposentos. Assim que eles desapareceram, ele foi procurar sua túnica e sua espada e, depois de alguns problemas, encontrou seus pertences. Em seguida, contornou o lago até o outro lado. Ali a floresta era mais selvagem, e a margem era mais íngreme, subindo imediatamente em direção às montanhas que cercavam o lago por todos os lados, e lançava cursos d'água prateados da manhã à noite e durante toda a noite. Ele encontrou um espaço de onde conseguia ver a luz verde no quarto da princesa e onde, mesmo à luz do dia, ele não corria o risco de ser visto da margem oposta. Era um tipo de caverna na rocha, onde ele arrumou uma cama de folhas secas e se deitou, cansado demais para que a fome o mantivesse acordado. A noite toda ele sonhou que estava nadando com a princesa.

X. OLHE PARA A LUA

Na manhã seguinte, bem cedo, o príncipe saiu para procurar alguma coisa para comer, que logo achou numa cabana na floresta, onde, nos dias seguintes, encontrou tudo que um príncipe corajoso consideraria necessário. E, tendo o suficiente para mantê-lo vivo no momento, ele não pensaria em necessidades que ainda não existiam. Sempre que a preocupação se intrometia, esse príncipe a afastava com uma reverência muito principesca. Quando voltou do café da manhã para sua caverna de observação, viu a princesa já boiando no lago, vigiada pelo rei e pela rainha, que ele reconheceu pelas coroas — e uma grande companhia em pequenos barcos adoráveis, com coberturas em todas as cores do arco-íris, e bandeiras e faixas de muitas outras cores. Era um dia muito claro, e logo o príncipe, acalorado, começou a ansiar pela água fria e pela princesa fria. Mas tinha que aguentar até o crepúsculo, pois os barcos tinham provisões a bordo e o grupo animado só começava a desaparecer quando o sol baixava. Um

barco atrás do outro se afastou para a margem, seguindo o do rei e da rainha, até que apenas um, aparentemente o da própria princesa, continuou ali. Mas ela ainda não queria ir para casa, e o príncipe achou que a vira ordenar que o barco fosse para a margem sem ela. Em todo caso, o barco se afastou; e agora, de toda a companhia radiante, só restava um ponto branco. E o príncipe começou a cantar. E a canção era assim:

"Bela dama,
Cisne a nadar,
Erga os olhos,
Ofusque o luar
Pelo poder
Desse teu olhar.

Braços brancos,
Remos de neve,
Venha até aqui,
Seja breve.
Venha até aqui,
Suave e leve.

Flutua atrás dela
Sobre o lago,
Uma brancura radiante!
Em seu rastro,
Segue a donzela
Que flutua distante!

Gotas azuis
Prendem-se a ela,
Não podem partir;
Não podem deixá-la,
Frias e sinceras,
Só querem beijá-la.

Me levem também,
Águas tristes,
Que tiveram de deixá-la.
Façam-me feliz,
Pois ao menos tiveram
A sorte de beijá-la."

Antes de terminar a canção, a princesa estava logo abaixo do local onde ele se sentou, olhando para cima para procurá-lo. Seus ouvidos a tinham conduzido.

— Gostaria de uma queda, princesa? — perguntou o príncipe, olhando para baixo.

— Ah, aí está você. Sim, por favor, príncipe — respondeu a princesa, olhando para cima.

— Como você sabe que sou um príncipe, princesa? — indagou o príncipe.

— Porque você é um jovem muito simpático, príncipe — disse a princesa.

— Suba, então, princesa.

— Venha me buscar, príncipe.

O príncipe tirou seu lenço de pescoço, depois o cinto da espada, a túnica e os amarrou todos juntos, baixando-os até a água. Mas a corda era curta demais. Ele desamarrou o turbante e acrescentou ao resto, que ficou quase com o comprimento suficiente; e a bolsa completou. A princesa conseguiu segurar o nó e chegou ao lado dele num instante. Essa rocha era muito mais alta que a outra, e o borrifo e o mergulho foram incríveis. A princesa estava em êxtase de prazer, e o nado dos dois foi delicioso.

Noite após noite, eles se encontravam e nadavam no lago limpo e escuro; a felicidade do príncipe era tamanha que (quer o jeito da princesa de olhar para as coisas o tivesse infectado ou ele estivesse ficando tonto) ele às vezes imaginava que estava nadando no céu, e não no lago. Mas, quando ele falava sobre estar no céu, a princesa ria dele de um jeito terrível.

Quando a lua aparecia, provocava um novo prazer nos dois. Tudo tinha um aspecto estranho e novo sob a sua luz, com uma novidade de outrora, definhada e, apesar disso, imperecível. Quando a lua estava quase cheia, um dos maiores prazeres deles era mergulhar fundo na água e, depois, virando-se, olhar para cima para o grande borrão de luz perto deles, cintilando, tremendo e oscilando, se espalhando e se contraindo, parecendo derreter e se solidificar de novo. Eles então disparavam em direção ao borrão e, uau!, lá estava a lua, bem distante, clara, firme, fria e muito adorável, no fundo de um lago mais profundo e mais azul que o deles, como disse a princesa.

O príncipe logo descobriu que, enquanto estava na água, a princesa era como as outras pessoas. E, além disso, ela não era tão prepotente nas perguntas nem arrogante nas respostas na água quanto na margem. Ela também não ria tanto; e, quando o fazia, era com mais delicadeza. No geral, parecia mais modesta e mais donzela na água do que fora dela.

Mas, quando o príncipe, que já tinha caído de amores ao cair no lago, começava a falar com ela sobre o amor, ela sempre virava a cabeça para ele e ria. Depois de um tempo, ela começou a parecer confusa, como se estivesse tentando entender o que ele queria dizer, mas não conseguisse — revelando saber que ele queria dizer alguma coisa. Mas, assim que ela deixava o lago, ficava tão alterada que o príncipe dizia para si mesmo: *Se eu me casar com ela, não vejo alternativa: teremos que nos transformar em sereianos e ir para o mar de imediato.*

XI. SIBILO!

O prazer da princesa no lago tinha virado uma paixão, e ela mal conseguia ficar fora dele por uma hora. Imagine sua consternação, então, quando, ao mergulhar com o príncipe certa noite, ela foi tomada por uma súbita suspeita de que o lago não estava tão profundo quanto costumava ser. O príncipe não conseguiu imaginar o que tinha acontecido. Ela disparou para a superfície e, sem uma palavra, nadou a toda velocidade em direção ao lado mais alto do lago. Ele a seguiu, implorando para saber se ela estava doente ou o que estava acontecendo. Ela não virou a cabeça nem prestou a menor atenção à pergunta dele. Chegando à margem, ela costeou as rochas em uma inspeção minuciosa. Mas não conseguiu chegar a uma conclusão, pois a lua estava muito pequena, por isso ela não conseguia ver muito bem. Ela então se virou e nadou para casa, sem dizer uma palavra para explicar sua conduta ao príncipe, de cuja presença ela não parecia mais estar consciente. Ele voltou para sua caverna, muito perplexo e agoniado.

No dia seguinte, ela fez muitas observações, que, infelizmente, fortaleceram seus medos. Viu que as margens estavam secas demais; e que a grama na orla e as plantas que delimitavam as rochas estavam murchando. Fez marcas ao longo das margens e as examinava, dia após dia, em todas as direções do vento; até que, por fim, uma ideia terrível se tornou um fato certo: a superfície do lago estava afundando lentamente.

A pobre princesa quase perdeu a pouca cabeça que tinha. Era terrível ver o lago, que ela amava mais do que qualquer coisa viva, morrendo diante de seus olhos. Ele perdia profundidade, desaparecendo lentamente. Os topos das rochas, que nunca tinham sido vistos até agora, começaram a aparecer lá no fundo da água transparente. Em pouco tempo, estavam secando ao sol. Era terrível pensar na lama que em breve estaria ali assando e apodrecendo, cheia de criaturas adoráveis morrendo e criaturas horríveis despertando para a vida, como o desmanche de um mundo. E como o sol ficaria quente sem o lago! Ela não suportava mais nadar nele e começou a se consumir. Sua vida parecia interligada a ele e, conforme o lago afundava, ela se consumia. As pessoas diziam que ela não viveria nem uma hora depois que o lago desaparecesse.

Mas ela não chorou.

Foi feita uma Proclamação para todo o reino, de que quem descobrisse a causa da diminuição do lago, receberia uma recompensa em estilo principesco. Hum-Drum e Kopy-Keck se dedicaram à física e à metafísica, mas foi em vão. Eles nem conseguiram sugerir uma causa.

O fato era que a princesa velha estava por trás dessa traquinagem. Quando soube que a sobrinha encontrava mais prazer na água do que qualquer pessoa, ficou furiosa e amaldiçoou a si mesma por ter presciência.

— Mas — disse ela — em breve vou corrigir tudo. O rei e o povo vão morrer de sede; seus cérebros vão fritar e encolher no crânio antes que eu perca minha vingança.

E deu uma risada violenta, que fez os pelos das costas de seu gato preto se arrepiarem de pavor.

Em seguida, ela foi até um velho baú no quarto e, abrindo-o, pegou o que parecia um pedaço de algas marinhas secas. Jogou isso num tonel de água. Depois, jogou um pouco de pó na água e mexeu com o braço nu, murmurando palavras com som repugnante e um significado ainda mais repugnante. Ela deixou o tonel de lado e tirou do baú um molho enorme de cem chaves enferrujadas que fizeram um alarido nas suas mãos trêmulas. Em seguida, sentou-se e começou a lubrificar todas elas. Antes de terminar, saiu do tonel, cuja água se movimentava lentamente desde que ela parou de mexer, a cabeça e a metade do corpo de uma enorme cobra cinza. Mas a bruxa não olhou ao redor. A cobra saiu do tonel, oscilando para a frente e para trás com um movimento horizontal lento, até chegar à princesa, quando pousou a cabeça no ombro dela e sibilou em seu ouvido. Ela se assustou, mas com alegria; e, ao ver a cabeça apoiada em seu ombro, se aproximou e a beijou. Em seguida, tirou a cobra toda do tonel e a enrolou no próprio corpo. Era uma daquelas criaturas pavorosas que poucos jamais contemplaram: as Cobras Brancas da Escuridão.

Ela pegou as chaves e desceu até o porão. Ao destrancar a porta, disse para si mesma:

— Vale a pena viver por isso!

Trancando a porta ao sair, ela desceu alguns degraus até o porão e, atravessando-o, destrancou outra porta que dava numa passagem estreita e escura. Também trancou essa porta depois de passar por ela e desceu mais alguns degraus. Se alguém tivesse seguido a princesa-bruxa, teria ouvido ela destrancar exatamente cem portas e descer alguns degraus depois de destrancar cada uma delas. Depois de destrancar a última, ela entrou numa caverna ampla, cujo teto era apoiado por enormes pilares naturais de rochas. E esse teto ficava sob o fundo do lago.

Ela então desenrolou a cobra do corpo e a segurou pelo rabo bem no alto. A criatura repugnante esticou a cabeça em direção ao teto da caverna e tinha exatamente o tamanho certo para alcançá-lo. Em seguida, começou a mover a cabeça para a frente e para trás, com um movimento oscilatório lento, como se procurasse alguma coisa. No mesmo instante, a bruxa começou a andar em círculos na caverna, se aproximando cada vez mais do centro a cada circuito; enquanto isso, a cabeça da cobra seguia no teto o mesmo caminho que a bruxa fazia no chão, pois continuava segurando-a no alto. E a cobra continuava oscilando lentamente. E lá seguiam elas em círculos, diminuindo o circuito, até que, por fim, a cobra se lançou de repente e se agarrou ao teto com a boca.

— Isso mesmo, minha belezura! — gritou a princesa. — Drene toda a água.

Ela a soltou, deixando-a pendurada, e se sentou numa pedra grande com o gato preto, que a seguira o tempo todo, ao seu lado. E começou a tricotar e murmurar palavras horríveis. A cobra se pendurava como uma enorme sanguessuga sugando a pedra; o gato estava de pé com as costas arqueadas e o rabo parecendo um cabo, olhando para a cobra no alto; e a velha ficou sentada, tricotando e murmurando. Sete dias e sete noites eles ficaram assim; até que, de repente, a serpente se soltou do teto, como se estivesse exausta, e murchou até voltar a ser um pedaço de algas marinhas secas. A bruxa se levantou num salto assustado, pegou-a, colocou-a no bolso e olhou para o

teto acima. Uma gota de água estava tremendo no ponto onde a cobra tinha sugado. Assim que viu isso, ela se virou e fugiu, seguida pelo gato. Fechando a porta com uma pressa aterradora, ela a trancou e, depois de murmurar algumas palavras terríveis, disparou até a próxima, que também trancou e murmurou; e assim foi com todas as cem portas, até chegar ao seu próprio porão. Ali ela se sentou no chão, pronta para desmaiar, mas ouvindo com um prazer maligno o fluxo de água, que escutava distintamente através de todas as cem portas.

Mas isso não era suficiente. Agora que tinha saboreado a vingança, ela perdera a paciência. Sem outras medidas, o lago demoraria demais para desaparecer. Assim, na noite seguinte, com o último fiapo da velha lua moribunda se erguendo, ela pegou um pouco da água em que tinha revivido a cobra, colocou num frasco e saiu, acompanhada pelo gato. Antes de amanhecer, ela já tinha feito o circuito todo do lago, murmurando palavras terríveis enquanto atravessava cada riacho e jogando ali um pouco da água de seu frasco. Quando terminou o circuito, ela murmurou mais uma vez e lançou um punhado de água em direção à lua. Em seguida, todas as fontes do país deixaram de palpitar e borbulhar, morrendo como a pulsação de um homem moribundo. No dia seguinte, não havia nenhum som de água caindo a ser ouvido nas margens do lago. Os cursos estavam secos; e as montanhas não mostravam nenhum riacho prateado descendo pelas suas encostas escuras. E não apenas as fontes da Mãe Terra tinham deixado de fluir; todos os bebês do país estavam chorando de um jeito pavoroso — só que sem lágrimas.

XII. ONDE ESTÁ O PRÍNCIPE?

Desde a noite em que a princesa o deixara tão abruptamente, o príncipe não teve mais nenhum encontro com ela. Ele a vira uma ou duas vezes no lago, mas, até onde conseguiu descobrir, ela não ficava mais ali à noite. Ele se sentou e cantou e procurou em vão por sua Nereida; enquanto ela, como uma verdadeira Nereida, estava se consumindo com seu lago, afundando conforme ele afundava, murchando conforme ele secava. Quando ele finalmente descobriu a mudança que estava acontecendo no nível da água, ficou muito alarmado e perplexo. Não sabia dizer se o lago estava morrendo porque a dama o esquecera ou se a dama não aparecia ali porque o lago tinha começado a diminuir. Mas resolveu descobrir pelo menos uma parte.

Ele se disfarçou e, indo até o palácio, pediu para ver o lorde camareiro. Sua aparência fez seu pedido ser atendido de imediato; e o lorde camareiro, sendo um homem de alguma visão, percebeu que havia mais na solicitação do príncipe do que ele dizia. Ele também sentiu que ninguém sabia dizer quando poderia surgir uma solução para as dificuldades atuais. E assim cedeu à súplica do príncipe de se fazer passar por engraxate para a princesa. O príncipe foi sagaz em fazer uma solicitação tão simples, pois aquela princesa não conseguia gastar tantos sapatos quanto as outras.

Ele logo descobriu tudo que podia ser dito sobre a princesa. Ele quase se distraiu; mas, depois de rondar o lago durante dias e mergulhar em todas as profundidades que ainda restavam, tudo que pôde fazer foi lustrar muito bem o par de botas delicadas que nunca foi necessário.

O fato era que a princesa mantinha seu quarto com as cortinas fechadas para esconder o lago moribundo, mas não conseguia escondê-lo da própria mente nem por um instante. Ele assombrava tanto sua imaginação que ela sentia como se o lago fosse sua alma, secando dentro dela, primeiro virando lama, depois loucura e morte. Ela remoeu a mudança, com todas as coisas pavorosas que a acompanhavam, até ficar quase perturbada. Quanto ao príncipe, ela o esquecera. Por mais que apreciasse a companhia dele na água, ela não se importava com ele sem o lago. Mas parecia ter se esquecido também do pai e da mãe. O lago continuou escoando. Pequenos pontos lodosos começaram a aparecer, cintilando constantemente em meio

75

ao brilho incerto da água. Eles cresceram até virarem canteiros amplos de lama, que se ampliavam e se espalhavam, com rochas aqui e ali, e peixes se debatendo e enguias rastejando. As pessoas iam para todo lado para pegá-los e para procurar qualquer coisa que pudesse ter caído dos barcos da realeza.

Por fim, o lago tinha desaparecido quase totalmente, restando apenas algumas piscinas mais profundas.

Aconteceu, certo dia, que um grupo de jovens estava à beira de uma dessas piscinas bem no centro do lago. Era uma bacia rochosa de profundidade considerável. Olhando para dentro, eles viram no fundo alguma coisa que brilhava amarela sob o sol. Um menino entrou e mergulhou até o fundo. Era um prato de ouro coberto de coisas escritas. Eles o levaram até o rei. Num dos lados estavam as seguintes palavras:

> "Somente a morte pode salvar.
> Junto ao amor, morreu a bravura...
> Mesmo sob as águas continua a amar
> E esse amor enche a sepultura."

Bem, isso era enigmático demais para o rei e seus cortesãos. Mas o outro lado do prato explicava um pouco. Dizia o seguinte:

"*Se o lago desaparecesse, seria preciso encontrar o buraco através do qual a água escorreu. Mas seria inútil tentar interrompê-lo de um jeito comum. Só havia um jeito eficaz. Apenas o corpo de um homem vivo poderia estancar o fluxo. O homem deveria se oferecer por vontade própria; e o lago deveria tirar a vida dele ao se encher. De outra forma, a oferta não seria válida. Se a nação não pudesse oferecer um herói, era hora de perecer.*"

XIII. AQUI ESTOU

Era uma revelação muito desanimadora para o rei — não que ele não estivesse disposto a sacrificar um súdito, mas não tinha esperança de encontrar um homem disposto a se sacrificar. Mas não havia tempo a perder, pois a princesa estava deitada imóvel na cama e sem se alimentar, exceto com água do lago, que atualmente não era das melhores. Portanto, o rei fez o conteúdo do maravilhoso prato de ouro ser publicado em todo o país.

Mas ninguém se apresentou.

O príncipe, tendo feito uma jornada de vários dias pela floresta para se consultar com um eremita que conhecera a caminho de Lagobel, não soube nada do oráculo até retornar.

Quando conheceu todos os detalhes, ele se sentou e pensou:

— Ela vai morrer se eu não fizer isso, e a vida não seria nada para mim sem ela; então não vou perder nada se fizer isso. E a vida será agradável como sempre para ela, que logo vai se esquecer de mim. E haverá muito mais beleza e felicidade no mundo! Para ter certeza, não devo vê-la. — (Nesse momento, o príncipe suspirou.) — O lago será muito agradável ao luar, com aquela gloriosa criatura se divertindo ali como uma deusa selvagem! Mas é difícil ser afogado por centímetros. Deixe-me ver... será necessário um metro e oitenta para eu me afogar. — (Nesse momento, ele tentou rir, mas não conseguiu.) — Quanto mais demorar, melhor, no entanto — continuou —, pois não posso barganhar para a princesa ficar ao meu lado o tempo todo? Assim poderei vê-la mais uma vez, beijá-la, talvez, quem sabe?, e morrer olhando nos olhos dela. Não será uma morte. Pelo menos, não sentirei assim. E ver o lago se enchendo para a belezura de novo! Está bem! Estou pronto.

Ele beijou a bota da princesa, deixou-a de lado e correu até os aposentos do rei. Mas sentindo, enquanto seguia, que qualquer sentimentalismo seria desagradável, resolveu levar o assunto a cabo com indiferença. E assim ele bateu à porta da sala de contagem do rei, onde era um crime capital incomodá-lo.

Quando ouviu a batida, o rei se levantou num salto e abriu a porta com fúria. Ao ver apenas o engraxate, ele sacou a espada. Esse, sinto informar, era seu jeito habitual de afirmar

sua realeza quando achava que sua dignidade estava em perigo. Mas o príncipe não ficou nem um pouco alarmado.

— Por favor, Vossa Majestade, sou seu servo — disse ele.

— Meu servo! Seu crápula mentiroso! O que você quer dizer?

— Quero dizer que serei a rolha de sua grande garrafa.

— O camarada está louco? — vociferou o rei, levantando a ponta da espada.

— Colocarei uma rolha, tampa, como quiser chamar, no seu lago furado, grande monarca — disse o príncipe.

O rei estava com tanta fúria que, antes de conseguir falar, teve tempo para se acalmar e refletir que seria um grande desperdício matar o único homem que estava disposto a ser útil na atual emergência, já que, no fim, o camarada insolente estaria tão morto quanto se tivesse morrido pela mão de Sua Majestade.

— Ah! — disse ele por fim, embainhando a espada com dificuldade, porque era muito comprida. — Eu lhe devo um favor, jovem tolo! Quer uma taça de vinho?

— Não, obrigado — respondeu o príncipe.

— Muito bem — disse o rei. — Quer ver seus pais antes de fazer seu experimento?

— Não, obrigado — disse o príncipe.

— Então vamos procurar o buraco imediatamente — disse Sua Majestade e começou a chamar alguns criados.

— Pare, por favor, Vossa Majestade. Tenho uma condição — interrompeu o príncipe.

— O quê! — exclamou o rei. — Uma condição! E comigo! Como ousa?

— Como quiser — retrucou o príncipe com calma. — Desejo que Vossa Majestade tenha uma ótima manhã.

— Seu desgraçado! Vou colocá-lo num saco e enfiar no buraco.

— Muito bem, Vossa Majestade — respondeu o príncipe, ficando um pouco mais respeitoso, para que a ira do rei não o privasse do prazer de morrer pela princesa. — Mas o que isso

vai trazer de bom, Vossa Majestade? Por favor, lembre-se de que o oráculo diz que a vítima precisa se oferecer.

— Bem, você se ofereceu — retrucou o rei.

— Sim, com uma condição.

— De novo essa condição! — rugiu o rei, sacando mais uma vez a espada. — Saia daqui! Outra pessoa ficará feliz de tirar essa honra dos seus ombros.

— Vossa Majestade sabe que não será fácil conseguir alguém para assumir meu lugar.

— Bem, e qual é sua condição? — rosnou o rei, sentindo que o príncipe estava certo.

— Só o seguinte: que, como não vou morrer antes de ter me afogado e que a espera será monótona, a princesa, sua filha, fique comigo, me alimente com suas próprias mãos e cuide de mim agora e então para me consolar; pois você deve confessar que É muito difícil. Assim que a água chegar até os meus olhos, ela pode ir embora e ser feliz e se esquecer do seu pobre engraxate.

E nesse momento a voz do príncipe falhou, e ele quase ficou sentimental, apesar de sua resolução.

— Por que não me contou antes qual era a condição? Quanto barulho por nada! — exclamou o rei.

— Você vai me garantir isso? — insistiu o príncipe.

— Claro que sim — respondeu o rei.

— Muito bem. Estou pronto.

— Vá jantar, então, enquanto envio meu pessoal para procurar o lugar.

O rei ordenou que seus guardas saíssem e deu orientações para os oficiais procurarem o buraco no lago imediatamente. E assim o fundo do lago foi marcado em divisões e minuciosamente examinado e, em mais ou menos uma hora, o buraco foi descoberto. Estava no meio de uma pedra, perto do centro do lago, bem na piscina onde o prato de ouro tinha sido encontrado. Era um buraco de três pontas, não muito grande. Havia água ao redor de toda a pedra, mas bem pouca água estava fluindo pelo buraco.

XIV. É MUITA GENTILEZA SUA

O príncipe foi se vestir para a ocasião, pois estava determinado a morrer como um príncipe.

Quando a princesa ouviu dizer que um homem tinha se oferecido para morrer por ela, ficou tão extasiada que saltou da cama, apesar de estar fraca, e dançou alegre pelo quarto. Ela não se preocupou em saber quem era o homem; isso não importava nem um pouco para ela. O buraco queria ser fechado; e, se somente um homem servia, oras, vamos arrumar um. Em uma ou duas horas, tudo estava pronto. Sua criada a vestiu apressadamente, e ela foi carregada até a lateral do lago. Quando viu o lago, ela soltou um grito agudo e cobriu o rosto com as mãos. Eles a levaram até a pedra onde já tinham posicionado um pequeno barco para ela.

A água não tinha profundidade suficiente para o barco flutuar, mas eles tinham esperança de que isso acontecesse em breve. Eles a colocaram sobre almofadas, encheram o barco com vinhos, frutas e outras coisas gostosas e estenderam uma lona por cima de tudo.

Em poucos minutos, o príncipe apareceu. A princesa o reconheceu de imediato, mas não achou que valia a pena cumprimentá-lo.

— Aqui estou — disse o príncipe. — Podem me colocar lá.

— Disseram-me que era um engraxate — comentou a princesa.

— E sou — disse o príncipe. — Engraxei suas botas três vezes por dia, porque era tudo que eu podia ter de você. Podem me colocar lá.

Os cortesãos não se ofenderam com sua aspereza, apenas disseram uns aos outros que ele estava usando a insolência como forma de descarregar.

Mas como ele seria colocado lá? O prato de ouro não tinha nenhuma instrução sobre isso. O príncipe olhou para o buraco e

só viu um jeito. Colocou as pernas ali, sentando-se na pedra, e, dando um passo à frente, cobriu o canto que continuava aberto com as duas mãos. Nessa posição desconfortável, ele resolveu cumprir seu destino e, virando-se para as pessoas, disse:

— Vocês podem ir.

O rei já tinha ido para casa jantar.

— Vocês podem ir — repetiu a princesa, como um papagaio.

As pessoas obedeceram e foram embora.

Naquele momento, uma ondinha subiu pela pedra e molhou um dos joelhos do príncipe. Mas ele não se importou muito. Começou a cantar, e a canção era assim:

"Como um mundo onde o bem já não resta
Arremessado num fosso na floresta;
Como um mundo sem o resplandecer
De um riacho sempre a correr;
Como um mundo onde não há
Toda a vastidão do mar;
Como um mundo sem água e chuva
De planície chamuscada e turva;
Assim, seria o mundo, coração,
Se meu amor não fosse em tua direção.

Como um mundo sem o burburinho
Das correntes de água pelo caminho;
Ou o borbulhar de uma fonte
Na escuridão da noite;
Ou fúria determinada
Da queda de uma cascata;
Ou os pingos a gotejar
Das copas ao luar;
Ou a voz poderosa do oceano,
Quando as ondas se quebram sobre o plano;
Assim, minha alma, o mundo ia ser,
Se nenhum amor cantasse em você.

Moça, mantenha no mundo o prazer;
Mantenha as águas a correr.
O amor me fez forte para ir,
Desbravar reinos por ti,
Onde a água borbulha também
Através de uma escuridão que nunca vem;
Rogo que ao menos uma vaga lembrança
Não me deixe perder a esperança;
De tua alma solitária encontrar
Como um terreno fértil onde o amor pode brotar."

— Cante outra vez, príncipe. Assim tudo fica menos entediante — disse a princesa.

Mas o príncipe estava arrasado demais para cantar de novo, e uma longa pausa se seguiu.

— Isso é muita gentileza sua, príncipe — disse a princesa por fim, de um jeito meio frio, enquanto se deitava no barco com os olhos fechados.

É uma pena eu não poder retribuir o elogio, pensou o príncipe, *mas vale a pena morrer por você, no fim das contas.*

Mais uma ondinha, e outra, e outra fluíram sobre a pedra e molharam os dois joelhos do príncipe; mas ele não falou nem se mexeu. Duas, três, quatro horas se passaram desse jeito, com a princesa aparentemente dormindo, e o príncipe sendo muito paciente. Mas ele estava muito decepcionado com essa posição, por não ter nada do consolo que esperava.

Por fim, não aguentou mais.

— Princesa! — disse ele.

Mas, nesse instante, a princesa deu um salto, gritando:

— Estou flutuando! Estou flutuando!

E o barquinho bateu na pedra.

— Princesa! — repetiu o príncipe, encorajado por vê-la acordada e olhando ansiosa para a água.

— Sim? — disse ela, sem olhar ao redor.

— Seu pai prometeu que você ia olhar para mim, e você não fez isso nem uma vez.

— Ele fez isso? Então acho que preciso olhar. Mas estou tão sonolenta!

— Durma, então, querida, e não se preocupe comigo — disse o pobre príncipe.

— É mesmo? Você é muito bom — respondeu a princesa. — Acho que vou dormir de novo.

— Mas me dê uma taça de vinho e um biscoito antes — disse o príncipe com muita humildade.

— Com todo o meu coração — disse a princesa e ofegou ao dizer isso.

Ela pegou o vinho e o biscoito, no entanto, e, se inclinando sobre a lateral do barco em direção a ele, foi compelida a olhar para ele.

— Mas, príncipe — disse ela —, você não parece estar bem! Tem certeza de que não se importa?

— Nem um pouco — respondeu ele, se sentindo realmente muito fraco. — Só que vou morrer antes de ser útil para você, a menos que eu coma alguma coisa.

— Aqui — disse ela, oferecendo o vinho a ele.

— Ah! Você tem que me alimentar. Não ouso mexer as minhas mãos. A água ia escorrer diretamente.

— Minha nossa! — disse a princesa e começou a alimentá-lo com pedaços de biscoito e goles de vinho.

Enquanto o alimentava, ele conseguia beijar a ponta dos dedos dela de vez em quando. Ela não parecia se importar, de um jeito ou de outro. Mas o príncipe se sentiu melhor.

— Agora, para o seu próprio bem, princesa — disse ele —, não posso deixá-la dormir. Você precisa ficar sentada e olhar para mim, senão eu não vou conseguir aguentar.

— Está bem, vou fazer tudo que puder para agradá-lo — respondeu ela de um jeito condescendente; e, se sentando, olhou para ele e continuou olhando com uma constância maravilhada, pensando em todas as coisas.

O sol baixou e a lua se ergueu e, de jorro em jorro, a água estava subindo pelo corpo do príncipe. Já estava na cintura dele.

— Por que não podemos nadar um pouco? — disse a princesa. — Parece haver água suficiente aqui.

— Nunca mais vou nadar — disse o príncipe.

— Ah, eu me esqueci — disse a princesa e ficou em silêncio.

E a água subiu e subiu e foi cobrindo o príncipe. E a princesa ficou sentada olhando para ele. Ela o alimentava de vez em quando. A noite se arrastava. A água subia e subia. A lua se erguia cada vez mais alta e brilhava cheia no rosto do príncipe moribundo. A água estava no pescoço dele.

— Pode me beijar, princesa? — indagou ele, fraco.

A indiferença tinha desaparecido, a essa altura.

— Vou, sim — respondeu a princesa e lhe deu um beijo frio, doce e prolongado.

— Agora — disse ele, com um suspiro de satisfação — vou morrer feliz.

E não falou mais. A princesa lhe deu um pouco mais de vinho pela última vez: ele não aguentava mais comer. Em seguida, ela se sentou de novo e olhou para ele. A água subia e subia. Chegou ao queixo. Chegou ao lábio inferior. Chegou entre os lábios. Ele os fechou bem para a água não entrar. A princesa começou a se sentir estranha. A água chegou ao lábio superior. Ele respirava pelas narinas. A princesa parecia descontrolada. A água cobriu as narinas. Os olhos pareciam assustados e brilhavam estranhos sob o luar. A cabeça caiu para trás; a água se fechou sobre ela, e as bolhas da última respiração borbulharam na água. A princesa soltou um grito agudo e se jogou no lago.

Ela pegou primeiro uma perna, depois a outra, e puxou com força, mas não conseguiu mover nenhuma. Ela parou para respirar, e isso a fez pensar que ELE não estava conseguindo respirar. Ficou desesperada. Ela o segurou e levantou a cabeça dele sobre a água, o que era possível agora porque as mãos não estavam mais no buraco. Mas não adiantou, porque ele não conseguia mais respirar.

O amor e a água trouxeram de volta toda a força da princesa. Ela foi para baixo da água e puxou e puxou com toda a força, até que, por fim, conseguiu tirar uma perna. A outra saiu com facilidade. Como conseguiu colocá-lo no barco, ela não saberia dizer; mas, depois de fazer isso, ela desmaiou. Ao despertar, pegou os remos, manteve-se o mais firme possível e remou e remou, embora nunca tivesse remado. Passando por rochas e partes rasas e lama, ela remou até chegar aos degraus do patamar do palácio. Nesse momento, os criados já estavam na margem, pois tinham ouvido o grito agudo. Ela os fez carregar o príncipe até seu quarto e deitá-lo na cama e acender a lareira e mandar chamar os médicos.

— Mas o lago, Vossa Alteza! — disse o camareiro, que, acordado pelo barulho, entrou no quarto usando uma touca de dormir.

— Vá e se afogue nele! — disse ela.

Essa foi a última grosseria da qual a princesa foi culpada; e devemos assumir que havia uma boa causa para ela se sentir provocada pelo lorde camareiro.

Se fosse o rei, ele não teria agido de um jeito melhor. Mas tanto ele quanto a rainha estavam dormindo profundamente. E o camareiro voltou para sua cama. Por algum motivo, os médicos nunca chegaram. E a princesa e sua velha ama-seca foram deixadas com o príncipe. Mas a ama-seca era uma mulher inteligente e sabia o que fazer.

Elas tentaram de tudo por muito tempo, sem sucesso. A princesa estava quase perdida entre a esperança e o medo, mas tentou e tentou uma coisa após a outra, e tudo de novo e de novo.

Por fim, quando elas estavam quase desistindo, assim que o sol nasceu, o príncipe abriu os olhos.

XV. OLHE PARA A CHUVA!

A princesa caiu num choro apaixonado e se jogou no chão. Ali ela ficou deitada por uma hora, e as lágrimas nunca cessavam.

Todo o choro contido da vida dela desabou naquele momento. E uma chuva caiu, como nunca tinha sido vista naquele país. O sol brilhava o tempo todo, e os grandes pingos, que caíam direto na terra, brilhavam do mesmo jeito. O palácio estava no centro de um arco-íris. Era uma chuva de rubis, safiras, esmeraldas e topázios. As cachoeiras desciam das montanhas como ouro derretido; e, se não fosse pelo escoadouro subterrâneo, o lago teria transbordado e inundado o país. Ele ficou cheio de margem a margem.

Mas a princesa não deu importância ao lago. Ela ficou no chão e chorou, e a chuva dentro de casa era ainda mais maravilhosa do que a chuva do lado de fora.

Pois, quando a chuva acalmou um pouco e ela começou a se levantar, descobriu, espantada, que não conseguia. Por fim, depois de muitos esforços, ela conseguiu ficar de pé. Mas cambaleou de novo e caiu direto. Ouvindo-a cair, a velha ama-seca soltou um grito de satisfação e correu até ela, berrando:

— Minha querida criança! Ela encontrou a gravidade!

— Ah, é isso! É mesmo? — disse a princesa, massageando o ombro e o joelho alternadamente. — Que desagradável. Sinto como se pudesse ser esmagada.

— Viva! — gritou o príncipe da cama. — Se você se recuperou, princesa, eu também me recuperei. Como está o lago?

— Completamente cheio — respondeu a ama-seca.

— Então estamos todos felizes.

— Estamos mesmo! — respondeu a princesa, soluçando.

E todo o país se alegrou naquele dia chuvoso. Até os bebês se esqueceram de seus problemas e dançaram e arrulharam de um jeito incrível. E o rei contou histórias, e a rainha as escutou. E ele dividiu o dinheiro da sua caixa, e ela dividiu o mel do seu pote entre todas as crianças. E houve tanto júbilo como nunca se ouvira.

Claro que o príncipe e a princesa ficaram imediatamente noivos. Mas a princesa tinha que aprender a andar antes de eles se casarem de um jeito adequado. E isso não era muito fácil na

idade dela, pois a princesa sabia andar tanto quanto um bebê. Ela sempre caía e se machucava.

— Essa é a gravidade que vocês valorizam tanto? — disse ela um dia para o príncipe, quando ele a levantava do chão. — De minha parte, eu estava bem mais confortável sem ela.

— Não, não, não é isso. É isto — respondeu o príncipe enquanto a levantava e a carregava como um bebê, beijando-a o tempo todo. — Isto é gravidade.

— Bem melhor — disse ela. — Isso não me incomoda tanto.

E ela deu o sorriso mais doce e mais adorável para o príncipe. E lhe deu um beijo em resposta a todos os dele; e o príncipe achou que estavam muito bem pagos, pois ele estava fora de si de tanta felicidade. Infelizmente ela reclamou da gravidade mais de uma vez depois disso, apesar de tudo.

Demorou muito tempo para ela se entender com o ato de caminhar. Mas a dor de aprender era contrabalançada por duas coisas, e ambas eram consolo suficiente. A primeira era que o próprio príncipe era seu professor; e a segunda era que ela podia cair no lago sempre que quisesse. Mesmo assim, ela preferia que o príncipe caísse com ela; e o borrifo que eles produziam antes não era nada, em comparação ao borrifo que produziam agora.

O lago nunca mais diminuiu. Com o tempo, o teto da caverna desabou, e o lago ficou com o dobro da profundidade de antes.

A única vingança da princesa contra a tia foi tratá-la muito mal por causa do pé com gota na primeira vez que a viu. Mas a jovem princesa se arrependeu no dia seguinte, quando ouviu dizer que a água tinha minado a casa da tia, fazendo-a desabar durante a noite, enterrando a tia nas ruínas, de onde ninguém jamais se aventurou a desenterrar o corpo. Está lá até hoje.

E assim o príncipe e a princesa viveram e foram felizes; e tiveram coroas de ouro, roupas de tecido, sapatos de couro e filhos e filhas, sendo que nenhum deles, na mais crítica ocasião, perdeu o menor átomo de sua proporção adequada da gravidade.

Princesas quase Esquecidas

ETHEL L. MCPHERSON
1919 ◊ The Daughter of the Sword

A FILHA da ESPADA

A filha de um poderoso rei africano nasce justamente no dia da derrota de um de seus maiores inimigos. Seu orgulho se estenderá para a princesa e será capaz de despertar um monstro vingativo.

Em dias há muito idos, havia um rei cujos domínios se estendiam do nascer ao pôr do sol, por terras conquistadas de norte a sul. No dia em que o mais poderoso de seus inimigos foi vencido, uma filha nasceu para ele, e, uma vez que tal nascimento ocorrera no momento da vitória — enquanto as lanças dos guerreiros cortavam o ar, e os derrotados jaziam ao chão como relva cortada —, o rei a nomeou Filha da Espada.

Essa filha era mais querida por ele do que qualquer um de seus outros filhos; ele a amava mais do que todos por sua beleza e espírito altivo. Estava tão orgulhoso da bela criança, que jurou que, quando se tornasse uma donzela adulta, sua maioridade seria celebrada com o abate de muitos bois trazidos do leste e do oeste, do norte e do sul, os quais seriam conduzidos à presença dela à ponta de espada. Estes animais chegariam em hordas tão vastas que o tropel dos cascos levantaria uma nuvem de poeira densa o bastante para escurecer a face do sol.

A Filha da Espada aguardava ansiosamente pelo dia em que tal honraria lhe seria concedida.

Passaram-se os anos. A princesa cresceu, tornando-se uma linda e imponente donzela. Ao atingir toda a sua estatura, aventurou-se muito longe na savana com as damas de companhia, e, tendo escolhido um local de estadia, ordenou que retornassem à aldeia para dizerem ao pai que enviasse os bois conforme prometido.

Satisfeito, o rei ordenou que os homens conduzissem vinte bois à presença da filha, mas, ao se aproximarem, ela os olhou com desdém, e disse:

— Não vejo nada.

Os homens retornaram ao rei, que os mandou novamente à presença da filha, desta vez com quarenta cabeças de gado. A Filha da Espada se recusou a olhá-los, dizendo mais uma vez:

— Não vejo nada.

Regozijando-se com o orgulho da filha, o rei ordenou que cem bois fossem conduzidos dos currais, mas a princesa manteve o mesmo olhar altivo de antes. Apontou para o alto, dizendo:

— Lá está o globo do sol. Conforme a palavra de meu pai, só retornarei ao lar quando a poeira do tropel de cascos escurecer sua face.

O rei tentou satisfazê-la, mas foi em vão. Enviou seus homens para perto e para longe a fim de exigir o tributo do povo, mas, ainda que os bois agora fossem milhares, todos foram rejeitados pela princesa.

ARTE DE HELEN JACOBS, 1919

Por fim, ele mobilizou um grande exército, ordenando aos guerreiros que fossem muito além dos limites do reino e trouxessem todo o gado das terras vizinhas.

O exército partiu, e aconteceu que, após muitos dias, as hostes chegaram a um vale verde e fértil, onde muitos milhares de bois pastavam. As peles dos animais eram lisas e brilhantes; os chifres ramificados cintilavam ao sol. Era uma visão grandiosa, pois naquele vale jazia a riqueza de alguém mais poderoso do que o pai da altiva princesa.

Os guerreiros avançaram furtivamente até o final do vale, para em seguida começarem a direcionar as bestas assustadas com gritos e golpes.

Nisso, uma voz ecoou das alturas:

— A quem pertence o gado que vocês estão levando?

Olhando para cima, eles viram um enorme monstro se estendendo sobre as colinas; o Senhor dos Bois, cuja forma era tão imensa que sobre ela cresciam vastas florestas, e tão grande era sua extensão, que países inteiros jaziam em suas costas. Em algumas dessas nações, a colheita havia chegado mais cedo, enquanto em outras ainda era inverno.

Rindo, os guerreiros exclamaram:

— Fora, besta peluda!

Então conduziram a boiada assustada pela planície, a golpes de lança, até onde estava a Filha da Espada. Sua chegada foi anunciada por um ruído como o de um trovão, e a poeira dos cascos se ergueu em uma nuvem tão poderosa que escureceu a face do sol.

— Contemplem! — exclamou a filha do rei. — A promessa de meu pai foi cumprida!

O coração da princesa ficou satisfeito. Milhares de bois foram abatidos em sua homenagem, e, mesmo quando os guerreiros se fartaram, ainda sobrou alimento para os abutres e corvos que vinham em bando devorar o restante das carcaças.

Em meio à exultação, os guerreiros nada disseram ao rei sobre o monstro que habitava as colinas, tampouco lhe contaram que ele os havia desafiado por levarem o gado embora.

Terminadas as celebrações e as festividades, a Filha da Espada permaneceu na cabana com a mãe e a irmãzinha. Era chegada a época da colheita.

Um dia, quando todo o povo da aldeia havia saído para trabalhar na terra, ela e a irmã ficaram sozinhas. Enquanto descansavam no calor do meio-dia, o chão sob seus pés foi sacudido por algo como um terremoto. Um estrondo ribombou como um trovão, mas o medo não invadiu seus corações, pois em suas veias corria o sangue da realeza.

A irmã mais nova se levantou para ver o que havia acontecido. Lá, na entrada da vila, estava o monstro, o Senhor dos Bois, cujos pés haviam derrubado a cerca.

Ela se apressou em voltar para a irmã, gritando:

— Filha do rei! Uma besta poderosa se ergue na entrada da aldeia, maior que qualquer fera que eu já tenha visto. Ela destruiu a cerca ao redor da aldeia!

Enquanto ela falava, duas folhas sopradas de uma árvore que crescia nas costas do monstro flutuaram para dentro da cabana, ordenando à irmã mais nova que fosse à nascente do rio buscar água. Surpresa com a ordem de mensageiros tão estranhos, a garota apanhou uma jarra e foi até o riacho para enchê-la. Contudo, ao tentar voltar para casa, seus pés enraizaram-se no chão, impedindo-a de tirá-los dali.

Enquanto isso, as folhas se dirigiram à Filha da Espada, ordenando que fosse a uma cabana vizinha e enchesse um jarro com água. A princípio, a arrogante princesa se recusou a obedecer, mas, quando as folhas a ordenaram pela segunda vez, ela se levantou e foi, embora estivesse com o coração cheio de raiva por ver que a si própria, uma princesa real, estava sendo forçada a obedecer.

Ela retornou com o jarro cheio d'água, e, em seguida, as folhas a ordenaram a acender o fogo, moer o milho e assar o pão.

94

A princesa protestou, em vão, pois não sabia como realizar esse trabalho tão humilde.

— Veja, minhas unhas são compridas — disse, mostrando-lhes as mãos delicadas e ociosas.

Nisso, uma das folhas pegou uma faca e aparou as unhas dela. Assim, levantou uma das mós e mostrou como moer o milho.

Com raiva no coração, a Filha da Espada moeu o milho e assou o pão. Depois, a pedido de seus novos mestres, encheu grandes cestos com comida e serviu leite espesso em uma cuia. Quando tudo estava pronto, as folhas a instruíram a levar o pão e a cuia até o portão da vila, onde o monstro estava à sua espera.

A princesa respondeu com altivez:

— Como posso carregar o fardo de três homens?

— Nós a ajudaremos — responderam as folhas. E levaram o pão e o leite até o monstro, que abriu a enorme mandíbula e engoliu tudo em um piscar de olhos.

As folhas voltaram à cabana e a despojaram de tudo o que havia nela: os recipientes com água, os tapetes de dormir e as peles. Levaram tudo até o monstro, que devorou tudo o que foi colocado diante dele. Depois, percorreram a aldeia, saqueando as cabanas de tudo o que continham; e essas coisas, também, o monstro engoliu.

Em seguida, atendendo ao comando das folhas, a Filha da Espada se vestiu de uma saia adornada com contas, enfeitando-se com um colar de latão, pulseiras e braçadeiras. Dirigiu-se, por fim, ao portão da vila devastada, onde o monstro a aguardava.

— Suba em minhas costas — ordenou ele. Ela obedeceu.

Com os pés enraizados na margem do rio, a irmã mais nova sentiu a partida da princesa. Seus pés se soltaram, e ela correu até a mãe, que estava ocupada nos campos de colheita, gritando:

— Minha irmã, a Filha da Espada, se foi! Senti sua partida em meu coração!

A mãe correu de volta para a aldeia. Procurou a filha por toda parte, dizendo aos ceifeiros:

— Minha filha foi levada pelo monstro cujo gado foi roubado!

Nisso, os homens se armaram e seguiram o rastro da grande besta, encontrando-a à espera deles.

Ao avistar os guerreiros, o Senhor dos Bois riu, e disse:

— Façam o que quiserem, mas depressa para que eu possa partir, pois o sol já se pôs.

Um após o outro, os homens arremessaram as lanças contra o flanco do monstro, mas o fizeram em vão. Algumas bateram contra uma rocha e foram desviadas, enquanto outras afundaram, inofensivas, na grama ou em uma poça.

O monstro não estava ferido, mas, por causa do choro da mãe e da irmã mais nova, permitiu que a Filha da Espada descesse para se despedir delas. Ele não permitiria, no entanto, que ela permanecesse muito tempo na companhia da família, por isso ordenou que voltasse a montar em suas costas.

Ele começou a zombar das pessoas que o haviam seguido. Avançou pela mata com passos que faziam a terra tremer, até que aqueles que o seguiam não pudessem mais prosseguir em razão do cansaço.

O Senhor dos Bois viajou com a princesa até chegarem a uma caverna, onde ordenou que descesse. Lá dentro, ela encontrou um travesseiro, um tapete para dormir, pão e um jarro d'água. O monstro a deixou ali, dizendo:

— Estou vingado, pois arruinei seu pai. Ele teria recebido muitas cabeças de gado quando um noivo a reivindicasse, mas agora nunca mais a verá de novo. Ele roubou muitos de meus bois, mas agora foi minha vez. E eu o arruinei.

A Filha da Espada permaneceu onde ele a havia deixado. Viveu muitas estranhas aventuras depois, as quais estão escritas nos corações de seu povo.

Princesas quase Esquecidas

YEI THEODORA OZAKI
1903 ◊ The Story of Princess Hase

A HISTÓRIA da PRINCESA HASE

No antigo Japão, uma inocente princesa é alvo do coração venenoso de sua madrasta. Contudo, a princesa Hase pode não ser a única vítima desse veneno.

Muitos e muitos anos atrás, em Nara, antiga capital do Japão, vivia um sábio ministro chamado príncipe Toyonari Fujiwara. Sua esposa era uma nobre, bondosa e bela mulher chamada princesa Murasaki, cujo nome significa violeta em japonês.

Casados ainda muito jovens por suas respectivas famílias, de acordo com o costume japonês, os dois viviam felizes desde então. No entanto, tinham um grande motivo para tristeza, pois os anos haviam passado sem o nascimento de um filho. Isso os tornava muito infelizes,

ARTES DE KAZUKO FUJIYAMA

pois desejavam uma criança que crescesse e lhes trouxesse felicidade durante a velhice, perpetuando o nome da família e mantendo os ritos ancestrais após suas mortes.

Depois de muito discutirem e pensarem sobre o assunto, o príncipe e sua adorável esposa decidiram partir em uma peregrinação para o templo de Hase-no-Kwannon, conhecido como o templo da deusa da Piedade em Hase, pois acreditavam, de acordo com as tradições de sua religião, que Kwannon, a Mãe Piedosa, responderia às preces dos mortais da maneira que mais precisassem. Não tinham dúvidas de que, após tantos anos de orações, e em resposta a uma peregrinação tão especial, ela viria até eles na forma de uma criança; pois essa era a maior necessidade de suas vidas. No mais, tinham tudo que a vida poderia oferecer, porém, tudo era o mesmo que nada enquanto o anseio de seus corações permanecesse insatisfeito.

Assim, o príncipe Toyonari e a esposa partiram rumo ao templo de Kwannon, em Hase, onde permaneceram por um longo tempo oferecendo incensos e orações diárias a Kwannon, a Mãe Celestial, para que lhes concedesse o desejo de uma vida inteira. Por fim, suas preces foram atendidas.

A princesa Murasaki deu à luz uma filha, o que trouxe grande alegria ao seu coração. Ao apresentar a filha ao marido, decidiram chamá-la de Hase-Hime, ou princesa Hase, pois dali vinha o presente de Kwannon. Os dois a criaram com muito cuidado e amor, de maneira que a menina cresceu com muita força e beleza.

Quando ela completou cinco anos de idade, a mãe ficou muito doente. Nenhum médico ou medicamento foi capaz de salvá-la. Pouco antes do último suspiro, ela chamou a filha e, acariciando gentilmente a cabeça dela, disse:

— Hase-Hime, você entende que não posso mais viver? Apesar de minha morte, você deve crescer e se tornar uma boa garota. Faça o possível para não causar problemas à ama ou a qualquer membro da família. Talvez seu pai se case outra vez com alguém que ocupará o meu lugar como sua mãe. Nesse caso, não lamente por mim, mas olhe para essa segunda esposa como uma verdadeira mãe. Seja obediente e filial, tanto a ela quanto ao seu pai. Lembre-se também de, quando crescer, ser submissa a seus superiores e gentil àqueles abaixo de você. Não se esqueça disso. Morrerei com a esperança de que se tornará uma mulher exemplar.

Hase-Hime ouviu com respeito enquanto a mãe falava, prometendo fazer tudo o que lhe havia sido dito. Há um provérbio que diz: "Como a alma está aos três, assim ela está aos cem". Hase-Hime cresceu como a mãe havia desejado, uma princesinha bondosa e obediente, embora ainda fosse muito jovem para compreender o quão grande era a perda de sua mãe.

Pouco depois da morte da primeira esposa, o príncipe Toyonari se casou com uma dama de nascimento nobre chamada princesa Terute. Ela, infelizmente, tinha um caráter muito diferente da bondosa e sábia princesa Murasaki[*]. Essa

---

[*] A visão negativa das madrastas em contos de fadas é um reflexo de preconceitos e estereótipos de gênero enraizados na sociedade. Nos contos de fadas clássicos, as madrastas são frequentemente retratadas como figuras maliciosas e cruéis, en-

mulher tinha um coração ruim e cruel. Não amava nem um pouco a filha adotiva e, com frequência, mostrava-se cruel com a pequena órfã ao dizer:

— Você não é minha filha! Não é minha filha!

Hase-Hime suportava pacientemente todas as indelicadezas, servindo a madrasta com toda a gentileza, e a obedecendo de todas as formas. Nunca lhe causava problemas, bem como a bondosa mãe lhe havia ensinado, de maneira que a senhora Terute não tinha motivos para reclamar dela.

A pequena princesa era muito diligente. Seus estudos favoritos eram música e poesia, os quais passava muitas horas praticando todos os dias. O pai havia conseguido os mais proficientes mestres que pôde encontrar para lhe ensinar *koto*, a bela e tradicional harpa japonesa, bem como a arte de escrever cartas e versos. Aos doze anos de idade, sabia tocar tão bem que ela e a madrasta foram convocadas ao palácio para se apresentarem diante do imperador.

Era o Festival das Flores de Cerejeira, onde grandes festividades ocorriam na corte. O imperador abraçou os prazeres da estação, ordenando que a princesa Hase se apresentasse diante dele com a *koto*, e que a mãe, a princesa Terute, a acompanhasse na flauta.

O imperador se sentou em um estrado elevado, diante do qual havia uma cortina de borlas purpúreas e bambu finamente cortado, para que Sua Majestade pudesse ver a todos sem ser visto, pois nenhum mero súdito tinha permissão de olhar para o seu rosto sagrado.

Embora muito jovem, Hase-Hime era uma musicista habilidosa, que com frequência surpreendia os tutores com

---

quanto as mães biológicas são geralmente descritas como amorosas e virtuosas. Essa dicotomia reforça a ideia de que as mulheres fora do papel tradicional de mãe biológica são suspeitas ou más. Ao mesmo tempo, como contos de fadas são histórias de interações familiares ou próximas (passando-se em castelos, vilarejos, bosques e outros ambientes de extensão limitada), nem sempre era possível destinar um vilão fora do ambiente doméstico para completar a estrutura narrativa. [N.E.]

sua incrível memória e talento. Ela tocou bem naquela importante ocasião, mas a madrasta, princesa Terute, uma mulher preguiçosa que nunca se dava ao trabalho de praticar, falhou no acompanhamento e teve que pedir a uma das damas da corte que tomasse o seu lugar. Aquilo era uma enorme vergonha, e deixou-a furiosa e com inveja, ainda mais porque ela havia falhado e a enteada fora bem-sucedida. Para piorar ainda mais a situação, o imperador enviou inúmeros belos presentes à princesinha, como recompensa por ter tocado tão bem no palácio.

Havia outro motivo pelo qual a princesa Terute odiava a enteada: ela tivera a sorte de dar à luz um filho. No fundo do coração, ela se dizia: *"Se ao menos Hase-Hime não estivesse aqui, meu filho teria todo o amor do pai"*.

Nunca tendo aprendido a se controlar, a madrasta permitiu que essa ideia perversa se transformasse no terrível desejo de tirar a vida da enteada.

Um dia, ela adquiriu um pouco de veneno em segredo, o colocou em uma garrafa de vinho doce, e despejou o vinho bom em outra garrafa idêntica.

Era chegado o festival do Dia das Crianças, no dia cinco de maio. Hase-Hime estava brincando com o irmãozinho, contando histórias incríveis sobre cada um dos brinquedos de guerreiros e heróis espalhados ao redor. Os dois estavam se divertindo e rindo alegremente com as amas, quando a mãe do menino surgiu com as duas garrafas de vinho e alguns bolinhos deliciosos.

— Vocês dois são tão bonzinhos — disse a perversa princesa Terute, sorrindo — que eu lhes trouxe um pouco de vinho doce como recompensa. Aqui estão alguns bolinhos excelentes para as minhas boas crianças.

Ela encheu dois copos de duas garrafas diferentes.

Alheia ao horrível papel que a madrasta estava interpretando, Hase-Hime apanhou um dos copos de vinho para si e entregou o outro ao meio-irmão.

A maldosa mulher havia marcado com cuidado a garrafa envenenada, mas ficara nervosa ao adentrar o quarto. Servindo

o vinho com pressa, acabou entregando o copo com veneno por engano ao próprio filho. Durante todo o tempo, havia observado com ansiedade o rosto da pequena princesa, mas, para sua surpresa, nenhuma mudança ocorreu no rosto dela.

De súbito, o garotinho gritou e se jogou no chão, dobrando-se de dor. A mãe correu até ele, tomando o cuidado de virar os pequenos jarros de vinho que havia trazido até o quarto antes de pegá-lo nos braços. As amas se apressaram para trazer o médico, mas nada foi capaz de salvar a criança. Ele morreu, naquela mesma hora, nos braços da mãe. Os médicos não sabiam de muita coisa naquela época antiga, de maneira que se pensou que o vinho havia feito mal ao garoto, provocando convulsões que o teriam matado.

Assim foi punida a perversa mulher; perdendo o próprio filho ao tentar se livrar da enteada. Porém, em vez de culpar a si mesma, passou a odiar Hase-Hime mais do que nunca, com todo o seu coração amargo e miserável, aguardando ansiosamente por uma oportunidade de lhe fazer mal — que demorou bastante tempo para acontecer.

Aos treze anos de idade, Hase-Hime já era considerada uma poetisa que possuía algum talento e mérito. Essa era uma conquista muito procurada e valorizada pelas mulheres do Japão antigo.

Durante a estação das chuvas, em Nara, chegavam notícias dos danos provocados pelas enchentes nos bairros. O rio Tatsuta, o qual fluía pela área do palácio imperial, estava cheio até as margens, de maneira que o rugido das torrentes correndo ao longo de um leito estreito perturbava o descanso do imperador dia e noite, resultando em um sério distúrbio nervoso. Um édito imperial foi enviado a todos os templos budistas, ordenando que os sacerdotes oferecessem preces contínuas aos céus para interromper o barulho da enchente. No entanto, isso não teve qualquer efeito.

Na ocasião, sussurrava-se nos círculos da corte que, embora muito jovem, a princesa Hase, filha do príncipe e segundo

ministro, Toyonari Fujiwara, era a poetisa mais brilhante da época, o que foi confirmado por seus tutores. Tempos atrás, uma bela e talentosa donzela-poetisa havia comovido os céus ao rezar em versos, fazendo chover sobre uma terra devastada pela seca. Assim relatavam os antigos biógrafos da poetisa Ono-no-Komachi.

Se a princesa Hase escrevesse um poema e o oferecesse em oração, não poderia isso interromper o barulho do rio impetuoso, removendo assim a causa da aflição imperial? Os dizeres da corte chegaram, por fim, aos ouvidos do próprio imperador, o qual enviou uma ordem com esse fim ao príncipe e ministro Toyonari.

Grande foi o medo e a surpresa de Hase-Hime quando o pai a chamou e relatou o que seria exigido dela. Pesada, de fato, era a responsabilidade colocada sobre seus jovens ombros: a de salvar a vida do imperador pelo mérito de seu verso.

Chegado o dia, o poema estava pronto, escrito em um folheto de papel densamente salpicado de ouro em pó. Com o pai, os acompanhantes e alguns oficiais da corte, ela se dirigiu à margem da torrente feroz e, elevando o coração aos céus, recitou em voz alta o poema que havia composto, erguendo-o muito alto com as duas mãos.

Aquilo sem dúvida pareceu estranho a todos ao redor. As águas pararam de rugir; o rio se acalmou em resposta à oração. O imperador recuperou a saúde logo depois.

Sua majestade ficou muito satisfeita, mandando chamá-la ao palácio para recompensá-la com o distinto posto de Chinjo, equivalente a tenente-general. A partir daquele dia, ela passou a ser chamada de Chinjo-Hime, ou a princesa tenente-general Hime, e passou a ser respeitada e amada por todos.

Havia apenas uma pessoa descontente com o sucesso de Chinjo-Hime: sua madrasta. Eternamente de luto pela morte do filho, a quem ela própria havia matado na tentativa de envenenar a enteada, teve o desgosto de ver a jovem ascender ao poder e à honra, sendo marcada pela graça imperial e recebendo a admiração de toda a corte. A inveja ardia como fogo em

103

seu coração. Muitas eram as mentiras que contava ao marido sobre Chinjo-Hime, mas tudo em vão. Ele não dava ouvidos a nenhuma dessas histórias, dizendo-lhe com firmeza que ela estava completamente enganada.

Por fim, aproveitando a ausência do marido, a madrasta ordenou a um antigo servo que levasse a garota inocente às Montanhas Hibari, na parte mais selvagem do país, para matá-la. Inventou uma história terrível sobre a jovem princesa, afirmando que o assassinato seria a única maneira de evitar a desgraça da família.

Katoda, o vassalo, era obrigado por juramento a obedecer à sua senhora. De qualquer forma, viu que o plano mais sábio seria fingir obediência na ausência do pai da garota. Então, colocou Chinjo-Hime em um palanquim, uma espécie de transporte adornado com tecidos luxuosos, e a acompanhou até o lugar mais isolado que encontrou na região selvagem. A pobre criança sabia que seria inútil protestar contra a crueldade da madrasta ao ser mandada embora daquela maneira estranha, por isso fez o que lhe disseram.

Certo de que a princesa era inocente de todas as coisas que a madrasta lhe contara como razões por trás das ultrajantes ordens, o velho servo estava determinado a salvar a vida dela. No entanto, não poderia retornar à cruel senhora sem antes matar a princesa, de maneira que decidiu permanecer nos ermos. Assim, construiu uma pequena cabana com a ajuda de alguns camponeses, chamando a esposa em segredo para que viesse até ele.

Os dois bons idosos fizeram tudo ao seu alcance para cuidar da desafortunada princesa. Ela sempre confiara no pai, certa de que, tão logo voltasse para casa e notasse sua ausência, ele procuraria por ela.

Algumas semanas depois, o príncipe Toyonari voltou para casa e foi informado pela esposa que a filha havia feito algo errado, fugindo em seguida com medo de ser punida. Ele quase ficou doente de ansiedade. Todos na casa contaram a mesma história, que Chinjo-Hime havia desaparecido de repente, sem que ninguém soubesse por que ou para onde. Com medo de um escândalo, ele manteve o assunto em segredo e procurou pela filha em todo lugar que foi capaz de pensar, mas tudo foi em vão.

Um dia, tentando esquecer a terrível preocupação, convocou todos os seus homens e ordenou que se preparassem para uma caçada de vários dias nas montanhas. Eles se aprontaram e montaram depressa nos cavalos, aguardando seu senhor no portão.

Seguido pela grande comitiva, ele cavalgou com vigor e rapidez para a região das Montanhas Hibari. Logo estava muito à frente de todos, até que se deparou com um estreito e pitoresco vale.

Olhando ao redor para admirar a paisagem, ele avistou uma casinha em uma colina próxima, de onde ouviu uma bela voz lendo em voz alta. Tomado pela curiosidade em descobrir quem poderia estar estudando tão diligentemente em um local tão solitário, ele desmontou, deixando o cavalo para o criado, e subiu a encosta em direção à cabana que se encontrava

completamente aberta. A surpresa aumentava à medida que ele se aproximava, pois já podia ver que a leitora era uma bela garota sentada de frente para a vista.

Ele a ouviu recitando as escrituras budistas com grande devoção. Cada vez mais curioso, apressou-se até o portãozinho e entrou no pequeno jardim, olhando para o alto e avistando a filha perdida Chinjo-Hime. Ela estava tão concentrada no que dizia, que não viu nem ouviu o pai antes que dissesse:

— Chinjo-Hime! É você, minha Chinjo-Hime!

Pega de surpresa, ela mal conseguiu compreender que era seu próprio e querido pai quem a chamava. Por um breve momento, viu-se totalmente desprovida da capacidade de falar ou se mover.

— Meu pai, meu pai! É você mesmo, oh, meu pai! — foi tudo o que ela conseguiu dizer. Correu até ele e segurou a manga grossa de seu casaco, onde enterrou o rosto e explodiu em um pranto convulsivo.

O pai acariciou os cabelos escuros da filha, pedindo com gentileza que contasse tudo o que havia acontecido, mas ela apenas continuava a chorar. Ele se perguntou se não estaria sonhando.

Nisso, Katoda, o servo fiel, saiu e se curvou até o chão diante do mestre. Contou a longa história de injustiças, explicando tudo o que havia acontecido, bem como a razão de o príncipe ter encontrado a filha em um lugar tão selvagem e remoto, aos cuidados de apenas dois velhos servos.

Não havia limites para o espanto e a indignação do príncipe. Ele abandonou a caçada de imediato e voltou às pressas para casa com a filha. Um membro da comitiva galopou à frente para informar as boas notícias, fazendo com que a madrasta, ao ouvir o acontecido, e temendo encarar o marido agora que sua maldade havia sido descoberta, fugisse e retornasse em desgraça ao teto de seu pai. Ninguém nunca mais ouviu falar dela depois disso.

Katoda, o antigo servo, foi recompensado com a mais alta promoção no serviço de seu mestre. Ele viveu feliz até o fim de seus dias, dedicado à princesa que nunca esqueceu que devia a vida àquele servo tão leal. Ela não era mais atormentada por uma madrasta cruel, podendo passar dias felizes e tranquilos na companhia do pai.

Como o príncipe Toyonari não tinha um filho homem, ele adotou o filho mais jovem de um nobre da corte para ser seu herdeiro e se casar com a filha, e, poucos anos depois, o casamento aconteceu. Chinjo-Hime viveu por muitos e bons anos, tida por todos como a mais bela, sábia e devota senhora que já reinara na casa do príncipe Toyonari. E ainda teve a felicidade de apresentar o filho, e futuro chefe da família, ao pai pouco antes de ele se aposentar dos serviços prestados ao seu reino.

Até hoje uma peça de bordado pode ser encontrada em um dos templos budistas de Quioto. É uma bela peça de tapeçaria, com a figura de Buda bordada em fios sedosos retirados do caule do lótus. Dizem ser obra das mãos da bondosa princesa Chinjo.

Princesas quase Esquecidas

EDITH NESBIT
1912 ◊ The Princess and the Hedge-Pig

A PRINCESA e o OURIÇO

Todos concordaram que a princesa era o bebê mais adorável que já tinham visto. Uma festa clandestina para celebrá-la longe dos olhos das fadas más não tem um final feliz. O destino da princesa e do reino agora está selado por uma maldição.

— Mas eu não sei o que podemos *fazer* — disse a rainha pela vigésima vez.

— Qualquer coisa que fizermos acabará em desgraça — disse o rei, sombrio. — Você verá.

Estavam sentados no caramanchão de madressilva, discutindo sobre várias coisas, enquanto a ama caminhava para cima e para baixo no terraço com o novo bebê nos braços.

— Sim, querido — disse a pobre rainha —, não tenho a menor dúvida de que verei.

A desgraça vem de muitas formas, ainda que nem sempre seja possível saber com antecedência de que maneira ela virá. No entanto, assim como a noite vem depois do dia, há coisas que, definitivamente, atraem a desgraça.

Se deixar toda a água ferver, por exemplo, a chaleira ficará com um buraco queimado. Se deixar as torneiras do banho abertas, com o ralo fechado, as escadas de sua casa mais cedo ou mais tarde se assemelharão às Cataratas do Niágara. Se deixar a bolsa em casa, não a terá consigo quando for pagar a passagem do bonde. Se atirar fósforos acesos em cortinas de musselina, terá que pagar cinco libras aos bombeiros para virem apagar o fogo com uma mangueira. Mais do que isso, se você for um rei e não convidar a fada má para as festas de batizado, ela virá assim mesmo. Se a convidar, ela também virá, o que, em ambos os casos, será ruim para a nova princesa. Então, o que um pobre monarca deve fazer? Claro, há uma saída para o problema, a de não ter uma festa de batizado, mas isso ofenderia todas as fadas boas. Assim, onde isso o deixa?

Todas essas reflexões haviam se apresentado às mentes do rei Ozymandias e sua rainha. Nenhum deles podia negar que estavam em uma situação muito delicada, pois estavam "discutindo" pela centésima vez no terraço do palácio, onde as romãs e as oleandras cresciam em vasos verdes, com um balaustrado de mármore coberto de rosas vermelhas, brancas, amarelas e cor-de-rosa. No terraço inferior, a ama real caminhava para cima e para baixo com a princesa recém-nascida, o motivo de tanta confusão. Os olhos da rainha seguiam o bebê com admiração.

— A querida! — disse ela. — Ah, Ozymandias, você às vezes não deseja que fôssemos pessoas pobres?

— Nunca! — disse o rei decididamente.

— Bem, eu desejo — continuou a rainha —, assim poderíamos ter apenas você, eu e sua irmã no batizado, sem medo de... oh! Pensei em uma coisa.

A expressão paciente do rei demonstrava que não achava provável que a rainha tivesse pensado em algo útil, mas, já nas

primeiras cinco palavras, essa expressão mudou. Você diria que ele aguçou os ouvidos, se reis tivessem ouvidos que pudessem ser aguçados. O que ela disse foi:

— Vamos fazer um batizado secreto.

— Como? — perguntou o rei.

A rainha olhava na direção do bebê com o que poderia ser chamado de "um olhar sonhador".

— Espere um minuto — disse ela, devagar. — Já estou até vendo... Sim, faremos a festa nos porões... você sabe o quanto são esplêndidos.

— Meu bisavô chamou homens de Lancashire para construí-los, sim — interrompeu o rei.

— Enviaremos os convites imitando contas. O filho do padeiro poderá entregá-los. É um menino muito bom. Fez o bebê rir ontem quando eu estava explicando para ele sobre a tradicional receita do pão. Colocaremos no convite apenas: "1 pão 3. Quanto mais cedo for feito o pagamento à sua conveniência, mais ele será apreciado". O que significará que 1 pessoa está convidada para a festa às 3 horas. Na parte de trás, escreveremos onde e por que com tinta invisível. Suco de limão, sabe? Orientaremos o filho do padeiro a pedir para ver as pessoas, assim como fazem quando *realmente* querem que "o pagamento seja feito à conveniência", para sussurrar: "Segredo mortal. Suco de limão. Aqueça junto ao fogo", e ir embora. Ah, querido, por favor, diga que aprova!

O rei colocou o cachimbo de lado, ajeitou a coroa, e beijou a rainha com toda a sinceridade.

— Você é maravilhosa — disse. — É bem isso. Mas o filho do padeiro é muito pequeno. Podemos confiar nele?

— Ele tem nove anos — disse a rainha. — Às vezes penso que ele deve ser um príncipe disfarçado. Ele é tão, tão inteligente.

O plano da rainha foi colocado em prática. Os porões que, de fato, eram extraordinariamente bons, foram decorados em segredo pelo homem confidencial do rei, pela criada confidencial da rainha, e por alguns amigos em quem sabiam que podiam confiar.

110

Não seria possível imaginar que se tratava de um porão quando as decorações ficaram prontas. As paredes estavam adornadas com cetim e veludo branco, com grinaldas de rosas brancas, o chão de pedra coberto de relva recém-cortada, com margaridas brancas, belas e vivazes crescendo nela.

Os convites foram devidamente entregues pelo filho do padeiro. Neles estava escrito, com tinta azul e simples:

As padarias reais
1 pão, 3d.
Um pagamento antecipado será apreciado.

Quando as pessoas seguraram a carta ao fogo, conforme instruídas em sussurros pelo filho do padeiro, leram em uma tênue escrita marrom:

O rei Ozymandias e a rainha Eliza convidam você para o batizado da filha, a princesa Ozyliza, às três horas da próxima quarta-feira nos porões do palácio.

Obs.: gostaríamos de ser muito discretos e cuidadosos em razão das fadas más, portanto, por favor, venha disfarçado de comerciante com uma conta a pagar, fazendo a última chamada antes que essa conta saia de suas mãos.

Entenda que o rei e a rainha não eram tão ricos quanto gostariam; assim, comerciantes se dirigindo ao palácio com esse tipo de mensagem era a última coisa provável de chamar a atenção. Contudo, como a maioria dos súditos do rei também não estava muito bem de vida, isso era apenas um elo entre o povo e ele. Assim, podiam simpatizar e compreender os problemas um do outro de uma forma impossível para a maioria dos reis e nações.

Você pode imaginar a empolgação das famílias das pessoas convidadas para a festa de batizado, bem como o interesse que sentiam pelas próprias fantasias. O juiz-chefe se disfarçou de sapateiro; ainda tinha a antiga pasta azul ao seu lado, muito parecida com uma bolsa de sapatos. O comandante-chefe se vestiu como um vendedor de carne para cachorro, e entrou empurrando um

carrinho. O primeiro-ministro apareceu como alfaiate; isso não exigia troca de roupa, apenas uma leve mudança de expressão.

Todos os demais membros da corte se disfarçaram perfeitamente, assim como as fadas boas, que, é claro, foram convidadas antes de todos. Benévola, rainha das Fadas Boas, disfarçou-se de raio de lua, algo que pode entrar em qualquer palácio sem questionamentos. Serena, a próxima na hierarquia, vestiu-se como uma borboleta. Todas as outras fadas tinham disfarces tão belos e elegantes quanto.

A rainha Eliza parecia muito linda e gentil. O rei, muito bonito e viril. Todos os convidados concordaram que a nova princesa era o bebê mais adorável que já tinham visto em toda a vida.

Todos trouxeram os mais encantadores presentes de batizado sob os disfarces. As fadas deram os presentes de costume: beleza, graça, inteligência, encanto, e assim por diante.

Tudo parecia estar indo de vento em popa, mas, é claro, você sabe que não estava. O almirante não havia encontrado um dólmã de cozinheiro grande o bastante para cobrir seu uniforme, deixando a pontinha de uma dragona se projetado para fora de seu disfarce. Malévola, a fada malvada, percebeu enquanto ele passava por ela em direção à porta dos fundos do palácio, perto da qual estava sentada, disfarçada de cachorro sem coleira, escondendo-se da polícia e apreciando o que pensava ser a dificuldade que a casa real estava tendo com os comerciantes.

Malévola quase pulou da pele de cachorro ao ver o brilho daquela dragona.

— Olá? — disse ela, farejando como um cachorro. — Preciso investigar isso.

Disfarçando-se de sapo, ela se esgueirou, invisível, pelo tubo pelo qual o cobre se esvaziava no fosso do palácio — pois, é claro, havia um recipiente de cobre em uma das adegas, como sempre há em adegas ao norte do país.

Esse recipiente de cobre havia sido um grande desafio para os decoradores. Se há algo que não gosta na casa, você pode tentar esconder ou "destacar". Como esconder o recipiente

de cobre era impossível, decidiram "destacá-lo", cobrindo-o com musgo verde e plantando nele uma árvore, uma pequena macieira em flor. Desde então, fora muito admirado.

Alterando apressadamente o disfarce para o de uma toupeira, Malévola cavou através do cobre cheio de terra, chegou ao topo, e colocou um nariz afiado para fora, bem no momento em que Benévola dizia, com aquela voz suave que Malévola sempre achara tão afetada:

— A princesa vai amar e ser amada por toda a vida.

— Assim será — disse a fada malvada, assumindo a própria forma em meio aos gritos da plateia. — Cale-se, seu tolo louco — disse ao camareiro-mor, cujos gritos eram dos mais agudos —, ou também *lhe* darei um presente de batismo.

Houve um silêncio terrível. Apenas a rainha Eliza, que havia segurado o bebê na primeira palavra de Malévola, disse fracamente:

— Oh, *não*, querida Malévola.

O rei disse:

— Não é bem uma festa, sabe? Bastante informal. Apenas alguns amigos apareceram, não é mesmo?

— Assim percebo — disse Malévola, rindo com aquela gargalhada terrível, que fazia com que as outras pessoas sentissem que nunca mais seriam capazes de rir. — Bem, eu também apareci. Vamos dar uma olhada na criança.

A pobre rainha não ousou recusar. Aproximou-se cambaleando com o bebê nos braços.

— Humph! — disse Malévola. — Sua preciosa filha terá beleza, graça e todas essas cafonices de meia-tigela com as quais essas fadinhas perfeitinhas a presentearam, mas ela será expulsa do reino. Terá que enfrentar inimigos sem ninguém ao lado, jamais podendo retornar ao lugar a que pertence, até que encontre… — Malévola hesitou. Não conseguia pensar em nada improvável o bastante. — Até que encontre… — repetiu.

— Mil lanças para segui-la em batalha — disse uma nova voz. — Mil lanças dedicadas a ela e somente a ela.

Uma fada muito jovem desceu da pequena macieira onde estivera escondida entre as flores brancas e rosas.

— Sei que sou muito jovem — continuou, como se pedisse desculpas. — Acabei de terminar meu último curso de História das Fadas. Por isso, sei que, se uma fada demorar mais de meio segundo numa maldição que não consegue continuar, outra pode concluí-la para ela. Não é esse o caso, Vossa Majestade? — disse, apelando para Benévola. A rainha das fadas disse que sim, aquela era a lei, ainda que fosse tão antiga que a maioria das pessoas já a havia esquecido.

— Você se acha muito esperta — disse Malévola —, mas na verdade é apenas boba. Isso é exatamente o que eu preveni que aconteça. Ela *não pode* ter ninguém ao lado dela em batalha, caso contrário, perderá o reino. Todos serão mortos, e eu irei ao funeral dela. Será enorme — acrescentou ela, esfregando as mãos com aquele pensamento alegre.

— Se já terminou — disse o rei, muito educado —, e se tem certeza de que não gostaria de tomar algum refresco, posso lhe desejar uma boa tarde?

Ele mesmo segurou a porta aberta. Malévola saiu rindo, e toda a festa se desfez em lágrimas.

— Não se preocupe — disse o rei, por fim, enxugando os olhos com as caudas da estola de arminho. — Ainda tem muito chão pela frente, pode ser que nem aconteça.

Mas é claro que aconteceu.

O rei fez o que pôde para preparar a filha para a batalha que teria de enfrentar sozinha contra os inimigos. Providenciou que aprendesse esgrima, equitação e tiro, tanto com a besta quanto com o arco longo, além de pistolas, rifles e artilharia. A princesa aprendeu a nadar e mergulhar, a correr e pular, a lutar e boxear, tornando-se tão forte e saudável quanto qualquer homem, e podendo, de fato, superar qualquer príncipe da mesma idade em uma luta.

No entanto, os poucos príncipes que apareciam no palácio não vinham para lutar com a princesa. Quando descobriam que

ela não tinha um dote, exceto os presentes das fadas, e qual havia sido o presente de Malévola, todos diziam o mesmo antes de irem embora: "Estava só de passagem, mas agora preciso partir. Muito obrigado e adeus".

Então, uma coisa terrível aconteceu. Os comerciantes, que por anos vinham fazendo ameaças, decidiram de fato passar o assunto para outras mãos. Assim, chamaram um rei vizinho que marchou com um exército para o país de Ozymandias, conquistou as forças armadas — cujos salários não eram pagos há anos —, expulsou o rei e a rainha, pagou as contas dos comerciantes, mandou forrar a maioria das paredes do palácio com os recibos, e estabeleceu residência lá.

Quando isso aconteceu, a princesa estava fora em uma visita à tia, a imperatriz de Oricalchia, do outro lado do mundo. Não havia um correio regular entre os dois países, de modo que, quando ela voltou, após ter viajado com uma caravana de cinquenta e cinco camelos — que chamar de lenta seria um elogio —, esperava encontrar todas as bandeiras hasteadas, os sinos tocando e as ruas enfeitadas com rosas para recebê-la em casa em seu próprio reino.

Nada disso aconteceu. As ruas estavam incrivelmente monótonas. As lojas estavam fechadas porque era dia de encerrar o expediente mais cedo. Ela não viu uma única pessoa conhecida.

Do lado de fora dos portões, deixou os cinquenta e cinco camelos carregados com os presentes que a tia lhe dera, e seguiu montando até o palácio, sozinha, no próprio camelo de estimação. Perguntou-se se talvez o pai não tivesse recebido a carta que enviara com antecedência via pombo-correio no dia anterior.

Quando chegou ao palácio, desceu do camelo e entrou, encontrou um rei estranho no trono do pai, bem como uma rainha estranha ao lado, sentada no lugar da mãe.

— Onde está meu pai? — disse a princesa destemida, parada nos degraus do trono. — E o que vocês estão fazendo aí?

— Poderia fazer a mesma pergunta — disse o rei. — Quem é você, afinal?

— Sou a princesa Ozyliza.

— Ah, ouvi falar de você — disse o rei. — Estávamos à sua espera há algum tempo. Seu pai foi despejado, então agora você sabe. Não, não posso lhe dar o endereço dele.

Nesse momento, alguém chegou e sussurrou para a rainha que cinquenta e cinco camelos carregados com sedas, veludos, macacos, periquitos e os tesouros mais ricos de Oricalchia estavam do lado de fora do portão da cidade. Ela juntou dois mais dois e sussurrou para o rei, que acenou com a cabeça e disse:

— Quero fazer uma nova lei.

Todos se prostraram. A lei era muito respeitada naquele país.

— Ninguém chamado Ozyliza está autorizado a possuir qualquer propriedade neste reino — anunciou o rei. — Expulsem essa estranha.

Assim, a princesa foi expulsa do palácio do pai. Saiu e chorou nos jardins onde havia sido tão feliz quando pequena.

O menino que anunciara seu batizado secreto, que agora era o jovem filho do padeiro, passou com o tradicional pão comum e viu alguém chorando entre as oleandras. Foi dizer "anime-se!" para quem quer que fosse, e reconheceu imediatamente a princesa.

— Oh, princesa — disse ele. — Anime-se! Nada é tão ruim quanto parece.

— Oh, jovem filho do padeiro — disse ela, pois também o conhecia. — Como posso me animar? Fui expulsa de meu reino e não tenho o endereço de meu pai. Terei que enfrentar meus inimigos sem ninguém ao meu lado.

— Isso não é bem verdade — disse o filho do padeiro, cujo nome era Erinaceus. — Você tem a mim. Se me permitir ser seu escudeiro, eu a seguirei pelo mundo e a ajudarei a lutar contra seus inimigos.

— Não será permitido — disse a princesa com tristeza —, mas agradeço muito mesmo assim.

Ela enxugou os olhos e se levantou.

— Preciso ir — disse. — Mesmo sem ter para onde ir.

Assim que a princesa foi expulsa do palácio, a rainha disse:

— Você deveria tê-la decapitado por traição.

E o rei disse:

— Direi aos arqueiros para atingi-la enquanto sai.

Assim, quando ela se levantou, lá fora entre as oleandras, alguém no terraço gritou:

— Lá está ela!

Uma chuva de flechas aladas cruzou o jardim naquele instante. Ao ouvir o grito, Erinaceus se lançou na frente da princesa, abraçando-a e virando as costas para as flechas. Havia mil arqueiros reais, todos excelentes atiradores. Erinaceus sentiu as mil flechas se cravarem em suas costas.

— E agora meu último amigo está morto — chorou a princesa. Porém, sendo uma princesa muito forte, ela o arrastou para dentro da folhagem, fora da vista do palácio. Depois, levou-o para a floresta e chamou em voz alta por Benévola, a rainha das fadas. Ela foi a seu encontro. — Meu único amigo foi morto. Devo pelo menos... tirar as flechas?

— Se fizer isso — disse a fada —, ele sem dúvida sangrará até a morte.

— Ele morrerá se não o fizer — disse a princesa.

— Não necessariamente. Deixe-me cortá-las um pouco mais curtas. — Ela o fez com uma faca de bolso. — Agora — disse a fada —, farei o que posso, mas receio que será uma decepção para vocês dois. Erinaceus — continuou ela, dirigindo-se ao jovem filho do padeiro ainda inconsciente e com os tocos de flechas cravados nele —, ordeno que, assim que eu desaparecer, assuma a forma de um ouriço. O ouriço — ela exclamou para a princesa — é a única criatura agradável o suficiente que pode viver confortavelmente bem com mil espinhos cravados nele. Sim, eu sei que existem porcos-espinhos, mas eles são perversos e mal-educados. Adeus!

Com isso, ela desapareceu. Erinaceus fez o mesmo, de maneira que a princesa se viu sozinha entre as oleandras; mas, agora, no gramado verde havia um pequeno e espinhoso ouriço de cor marrom.

— Oh, céus! — disse ela. — Agora estou sozinha outra vez. O filho do padeiro deu a vida por mim, quando a minha não vale a pena.

— Vale mais do que o mundo inteiro! — disse uma vozinha aguda aos pés dela.

— Oh, você pode falar? — perguntou ela, bastante animada.

— Por que não? — disse o ouriço, robusto. — Assumi apenas a *forma* de um ouriço. Mas continuo Erinaceus por dentro, com certeza. Pegue-me em um canto de sua capa para não espetar as suas delicadas mãos.

— Você não deveria falar assim, sabe? — disse a princesa. — Nem mesmo a sua "ouricice" justifica tais liberdades.

— Peço desculpas, princesa — disse o ouriço —, mas não posso evitar. Apenas os seres humanos contam mentiras; todas as outras criaturas dizem a verdade. Agora tenho a língua de um ouriço, ela não dirá nada além da verdade. E a verdade é que eu a amo mais do que tudo no mundo.

— Bem — disse a princesa, pensativa —, já que você é um ouriço, suponho que possa me amar, e eu possa amá-lo. Como cachorros de estimação ou peixinhos dourados. Querido e pequeno ouriço, então!

— Não — disse ele —, lembre-se de que sou o filho do padeiro em minha mente e alma. Minha "ouricice" é apenas superficial. Pegue-me, querida princesa. Vamos em busca de nossa sorte.

— Acho que devo procurar meus pais. No entanto...

Ela pegou o ouriço com o canto da capa, partindo com ele através da floresta.

Passaram a noite na cabana de um lenhador. Ele foi muito gentil e fez uma pequena caixa de madeira de faia para o ouriço ser carregado, além de contar à princesa que a maioria dos súditos do pai dela ainda eram leais, embora ninguém pudesse lutar por ele, pois estariam lutando também pela princesa. Por mais que desejassem fazer isso, a maldição de Malévola garantia que isso seria impossível.

A princesa colocou o ouriço na caixinha e seguiu em frente, procurando pelos pais em todos os lugares. Depois de mais aventuras do que tenho tempo para contar, ela os encontrou, por fim, vivendo de maneira bastante modesta em uma casa geminada em Tooting. Eles ficaram muito felizes em vê-la, mas, quando souberam que ela pretendia tentar recuperar o reino, o rei disse:

— Não deveria se dar ao trabalho, minha filha, realmente não deveria. Estamos muito felizes aqui. Tenho a pensão sempre dada aos monarcas depostos, e sua mãe está se tornando uma gerente muito econômica.

A rainha corou de alegria, dizendo:

— Obrigada, querido. Mas se conseguir expulsar esse pérfido usurpador, Ozyliza, espero ser uma rainha melhor do que costumava ser. Estou aprendendo cuidados domésticos em uma aula noturna no Instituto dos Fabricantes de Coroas.

A princesa beijou os pais e saiu para o jardim para refletir sobre o assunto, mas o vergel era pequeno e cheio de roupas molhadas e penduradas em varais. Ela foi para a estrada, mas estava cheia de poeira e carrinhos de bebê. Até mesmo as roupas molhadas eram melhores do que aquilo, logo, ela voltou e se sentou na grama, em uma alameda branca de toalhas de mesa e lençóis, todos marcados com uma coroa em tinta indelével.

Ela tirou o ouriço da caixa. Ele estava enrolado como uma bola, mas ela acariciou a pequena testa macia que você sempre pode encontrar se olhar com cuidado para um ouriço enrolado.

O ouriço se desenrolou e disse:

— Receio que estava dormindo, querida princesa. Você precisava de mim?

— Você é a única pessoa que sabe tudo sobre tudo — disse ela. — Não contei aos meus pais sobre as flechas. O que você aconselharia?

Erinaceus ficou lisonjeado que ela tivesse pedido seu conselho, mas, infelizmente, ele não tinha nenhum para dar.

— É a sua missão, princesa — disse ele. — Só posso prometer fazer o que um ouriço pode fazer. Não é muito, claro. Eu poderia morrer por você, mas isso seria tão inútil.

— Bastante — disse ela.

— Eu gostaria de ser invisível — disse ele, sonhador.

— Oh, onde está você? — gritou Ozyliza, pois o ouriço havia desaparecido.

— Aqui — disse uma vozinha aguda. — Você não pode me ver, mas eu posso ver tudo o que quiser. Agora sei o que fazer. Vou voltar para a minha caixa. Você deve se disfarçar como uma antiga governanta francesa com as melhores referências e responder ao anúncio que o rei malvado colocou ontem no *Jornal dos Usurpadores*.

A rainha ajudou a princesa a se disfarçar, o que, é claro, jamais teria feito se soubesse sobre as flechas. O rei deu a ela parte da pensão para comprar uma passagem. Então, ela voltou depressa, de trem, para o próprio reino.

O rei usurpador imediatamente contratou a governanta francesa para ensinar sua cozinheira a ler livros de culinária francesa, pois as melhores receitas estavam nesse idioma. É claro que ele não tinha ideia de que havia uma princesa, *aquela* princesa, sob o disfarce de governanta.

As aulas de francês eram das 6 às 8 da manhã e das 14 às 16 da tarde. Todo o resto do tempo, a governanta podia passar como quisesse, o que ela fazia passeando pelos jardins do palácio e conversando com seu ouriço invisível. Conversavam sobre todas as coisas sob o sol. O ouriço era a melhor companhia.

— Como você ficou invisível? — perguntou ela, um dia.

— Suponho que tenha sido obra de Benévola. Acho que todo mundo tem *um* desejo concedido se desejar com força o suficiente.

No quinquagésimo quinto dia, o ouriço disse:

— Agora, querida princesa, começarei a recuperar seu reino.

Na manhã seguinte, o rei desceu para o café da manhã com uma raiva terrível, o rosto coberto por bandagens.

— Este palácio está assombrado — disse ele. — Uma terrível bola pontiaguda foi atirada em meu rosto no meio da noite. Acendi um fósforo, mas não havia nada.

— Bobagem! — disse a rainha. — Você deve ter sonhado.

Mas, ao amanhecer, foi a vez de ela descer com o rosto enfaixado. Na noite seguinte, o rei teve a bola pontiaguda atirada nele novamente. Depois, aconteceu o mesmo com a rainha. Ambos passaram pela mesma experiência, de modo que não conseguiam dormir, tendo que ficar acordados sem nada para pensar além da própria maldade. A cada cinco minutos, uma voz bem baixinha sussurrava:

— Quem roubou o reino? Quem matou a princesa? — até que o rei e a rainha poderiam ter gritado de sofrimento.

Por fim, a rainha disse:

— Não precisávamos ter matado a princesa.

— Também tenho pensado nisso — disse o rei. No dia seguinte, ele disse: — Não sei se deveríamos ter tomado este reino. Tínhamos um reino da mais alta classe.

— Tenho pensado o mesmo — concordou a rainha.

Àquela altura, as mãos, braços, pescoços e orelhas deles estavam bastante doloridos. Estavam exaustos pela falta de sono.

— Veja bem — disse o rei —, vamos dar um basta nisso. Vamos escrever para Ozymandias e dizer a ele que pode retomar o reino. Já tive o bastante disso tudo.

— Vamos — disse a rainha —, mas não podemos trazer a princesa de volta à vida. Queria que pudéssemos — e ela chorou um pouco sobre os ovos através das ataduras, pois era hora do café da manhã.

— Estão falando sério? — disse uma vozinha aguda, embora não houvesse ninguém à vista na sala. O rei e a rainha se agarraram um ao outro em terror, derrubando a urna sobre o suporte de torradas. — Estão falando sério? — repetiu a vozinha. — Respondam sim ou não.

— Sim — disse a rainha —, não sei quem você é, mas, sim, sim, sim. Não consigo entender como pudemos ser tão maus.

— Eu também não — disse o rei.

— Nesse caso, chame a governanta francesa — disse a voz.

— Toque a campainha, querido — disse a rainha. — Tenho certeza de que a voz tem razão. É a voz da consciência. Já tinha ouvido *falar* dela, embora nunca a tivesse ouvido.

O rei puxou a corda ricamente adornada da campainha, fazendo com que dez magníficos criados em verde e dourado surgissem em resposta.

— Por favor, peça para *mademoiselle* vir para cá — disse a rainha.

Os dez magníficos criados em verde e dourado encontraram a governanta ao lado da bacia de mármore, alimentando os peixinhos dourados. Inclinando os dez torsos verdes, entregaram a mensagem da rainha. A governante, que todos concordavam, era sempre muito prestativa, dirigiu-se de imediato para a sala de cetim rosa onde o rei e a rainha tomavam o café da manhã. Estavam quase irreconhecíveis com tantas ataduras.

— Sim, vossas majestades? — disse ela, fazendo reverência.

— A voz da consciência nos mandou chamá-la — disse a rainha. — Há alguma receita nos livros para ressuscitar princesas atingidas por flechas? Se houver, você poderia gentilmente traduzi-la para nós?

— Há *uma* — disse a princesa, pensativa. — É bastante simples. Pegue um rei, uma rainha e a voz da consciência. Coloque-os em uma sala de café da manhã limpa e rosa com ovos, café e torradas. Adicione uma governanta francesa em tamanho real. O rei e a rainha devem estar espetados e envoltos em bandagens dos pés à cabeça. A voz da consciência deve ser bastante nítida.

— É só isso? — perguntou a rainha.

— Só isso — disse a governanta —, exceto que o rei e a rainha devem ter mais duas ataduras sobre os olhos, mantendo-as até a voz da consciência contar até cinquenta e cinco bem devagar.

— Se puder fazer a gentileza de nos atar com nossos guardanapos de mesa — disse a rainha. — Só tenha cuidado ao dobrá-los, pois nossos rostos estão muito doloridos. O

monograma real também é muito duro, pois é bordado com pérolas feitas sob encomenda.

— Serei muito cuidadosa — disse a gentil governanta.

No momento em que o rei e a rainha estavam vendados, a "voz da consciência" começou a contar, "um, dois, três...".

Ozyliza arrancou a fantasia. Sob o complicado tecido de alpaca preto e violeta de bolinhas da governanta francesa estava o vestido simples e de tecido prateado da princesa. Ela enfiou a alpaca na chaminé e a peruca cinza no bule de chá, livrando-se das luvas na cafeteira e das botas de elástico no balde de carvão, bem no momento em que a voz da consciência dizia:

— Cinquenta e três, cinquenta e quatro, cinquenta e cinco! — E parou.

O rei e a rainha tiraram as vendas. Diante deles, viva e bem, com olhos brilhantes, bochechas cor-de-rosa e uma boca que sorria, estava a princesa que supunham ter sido morta pelas mil flechas dos mil arqueiros.

Antes que tivessem tempo de proferir uma palavra, a princesa disse:

— Bom dia, vossas majestades. Receio que tenham tido pesadelos. Eu também tive. Vamos todos tentar esquecê-los. Espero que fiquem um pouco mais no meu palácio. São muito bem-vindos. Sinto muito que tenham se machucado.

— Nós merecemos — disse a rainha. — Queremos dizer que ouvimos a voz da consciência. Por favor, perdoe-nos.

— Nem mais uma palavra — interrompeu a princesa. — Deixe-me fazer um chá novo e mais alguns ovos. Estes estão completamente frios. A urna foi derrubada, precisamos de um novo café da manhã. E sinto *muito* que seus rostos estejam tão doloridos.

— Se você os beijasse — disse a voz que o rei e a rainha acreditavam ser a voz da consciência —, os rostos deles não doeriam mais.

— Posso? — perguntou Ozyliza, beijando a orelha do rei e o nariz da rainha, tudo o que ela conseguia alcançar através das ataduras.

No mesmo instante, os dois foram curados por inteiro, e tomaram um café da manhã encantador. Depois, o rei fez com que a casa real se reunisse na sala do trono, onde anunciou que, como a princesa havia retornado para reivindicar o reino, eles retornariam ao próprio país no trem das três e dezessete na quinta-feira.

Todos aplaudiram em êxtase. A cidade toda foi decorada e iluminada naquela noite. Bandeiras voavam de cada casa, sinos tocavam, exatamente como a princesa esperava que fizessem no dia em que voltou com os cinquenta e cinco camelos. Todo o tesouro que eles haviam carregado foi devolvido à princesa, assim como os próprios camelos, pouco ou nada mais desgastados do que estavam antes.

A princesa foi até a estação para se despedir do rei usurpador e da rainha, que se despediram dela com afeto genuíno. Não eram completamente maus em seus corações, apenas nunca haviam parado para pensar antes. Serem mantidos acordados à noite os forçou a fazê-lo. A "voz da consciência" lhes deu algo sobre o que pensar.

Eles entregaram os recibos das contas pagas à princesa, com os quais a maior parte do palácio estava forrado, em troca de hospedagem e alimentação.

Um telegrama foi enviado depois que eles partiram.

Ozymandias Rex, Sr.,
Chatsworth,
Delamere Road,
Tooting,
Inglaterra.
Por favor, voltem para casa neste instante. Palácio vago. Inquilinos partiram.
– Ozyliza P.

Eles vieram imediatamente.

Quando chegaram, a princesa lhes contou toda a história. Eles a beijaram e elogiaram, chamando-a de libertadora e salvadora do país.

— *Eu* não fiz nada — disse ela. — Foi Erinaceus quem fez tudo, e...

— Mas as fadas disseram — interrompeu o rei, que nunca havia sido muito esperto mesmo nos melhores momentos — que você não poderia recuperar o reino até que tivesse mil lanças dedicadas a você, somente a você.

— Há mil lanças em minhas costas — disse uma voz aguda. — Todas elas são dedicadas à princesa, somente a ela.

— Não! — disse o rei, irritado. — Essa voz saindo do nada me assusta.

— Também não consigo me acostumar com ela — disse a rainha. — Devemos mandar construir uma gaiola dourada para o pequeno animal. Mas devo dizer que preferia que fosse visível.

— Eu também — disse a princesa, muito séria. No momento seguinte, ele apareceu. Suponho que a princesa tenha desejado muito, porque lá estava o ouriço com seu corpo espinhoso e rosto pontudo, olhos brilhantes, pequenas orelhas redondas e o nariz afiado para cima.

Ele olhou para a princesa, mas não falou nada.

— Diga algo *agora* — disse a rainha Eliza. — Gostaria de *ver* um ouriço falar.

— A verdade é que, se devo falar, falarei a verdade — disse Erinaceus. — A princesa sacrificou o desejo de uma vida inteira para me tornar visível. Gostaria que ela tivesse desejado algo de bom para si mesma em vez disso.

— Oh, era esse o meu desejo da vida toda? — chorou a princesa. — Eu não sabia, querido ouriço, eu não sabia. Se soubesse, teria desejado que você voltasse à sua verdadeira forma.

— Se tivesse — disse o ouriço —, teria sido a forma de um homem morto. Lembre-se de que tenho mil lanças em minhas costas. Nenhum homem pode carregar essas lanças e continuar vivo.

ARTE DE GERALD SPENCER PRYSE, 1912

A princesa desatou a chorar.

— Oh, você não pode continuar sendo um ouriço para sempre — disse ela. — Não é justo. Não consigo suportar isso. Oh, mãe, pai, Benévola!

E lá estava Benévola diante deles, uma pequena e deslumbrante figura com asas azuis de borboleta e uma coroa de luar.

— Bem? — disse ela. — Bem?

— Oh, você sabe — disse a princesa, ainda chorando. — Joguei fora meu desejo de vida, mas ele ainda é um ouriço. Não pode fazer *nada*?

— Não, mas você pode — disse a fada. — Seus beijos são mágicos. Não se lembra de como curou o rei e a rainha de todas as feridas que o ouriço lhes fez ao rolar sobre os rostos deles durante a noite?

— Mas ela não pode sair beijando ouriços — disse a rainha —, seria totalmente impróprio. Além disso, isso a machucaria.

Mas o ouriço levantou o rostinho pontudo, e a princesa o pegou nas mãos. Havia muito tempo desde que aprendera a fazer isso sem se machucar. Ela o olhou nos pequenos e brilhantes olhos.

— Eu beijaria cada uma de suas mil lanças — disse ela — para lhe dar o que deseja.

— Beije-me uma vez onde o pelo é macio — disse ele. — Isso é tudo o que desejo. É o bastante para viver e morrer.

Ela baixou a cabeça e o beijou na testa, onde o pelo era macio, bem onde começavam os espinhos.

No mesmo instante, ela estava de pé com as mãos nos ombros de um jovem, os lábios no rosto dele, bem onde o cabelo começa e a testa termina. Ao redor dos pés dele jazia um monte de flechas caídas.

Ela recuou e o olhou.

— Erinaceus — disse ela —, você está diferente... do filho do padeiro, quero dizer.

— Quando eu era um ouriço invisível — disse ele —, eu sabia de tudo. Agora, esqueci toda essa sabedoria, exceto

duas coisas. A primeira é que sou filho de um rei, fui roubado na infância por um padeiro sem escrúpulos, mas, na verdade, sou filho daquele rei usurpador em cujo rosto eu rolava durante a noite. É doloroso rolar no rosto de seu pai quando você está todo espinhoso, mas eu fiz isso, princesa, por sua causa e também pelo meu pai. Agora irei até ele e contarei tudo. Depois, pedirei perdão.

— Você vai embora? — disse a princesa. — Ah! Não vá embora. O que farei sem meu ouriço? — Erinaceus ficou parado, parecendo de fato um príncipe muito bonito.

— Qual é a outra coisa que você se lembra da sabedoria de ouriço? — perguntou a rainha, curiosa.

Erinaceus respondeu, não para ela, mas para a princesa:

— A outra coisa, princesa, é que eu a amo.

— Não há uma terceira coisa, Erinaceus? — perguntou a princesa, olhando para baixo.

— Há, mas você deve dizer isso, não eu.

— Oh — disse a princesa, um pouco decepcionada. — Então você sabia que eu o amava?

— Ouriços são animaizinhos muito sábios — disse Erinaceus —, mas eu soube apenas quando você me contou.

— Eu... contei?

— Quando você beijou meu rosto pontudo, princesa. Foi quando eu soube.

— Meu Deus do céu — disse o rei.

— De fato — respondeu Benévola. — A propósito, eu não convidaria *ninguém* para o casamento.

— Exceto você, querida — disse a rainha.

— Bem, como eu estava passando por aqui... não há momento melhor do que o presente — disse Benévola. — Suponho que você deva ordenar o toque dos sinos de casamento imediatamente!

Princesas quase Esquecidas

MARY DE MORGAN
1880 ◊ The Necklace of Princess Fiorimonde

O COLAR da PRINCESA FIORIMONDE

A beleza da princesa Fiorimonde esconde um segredo compartilhado com uma bruxa escondida na montanha. Quando sua liberdade é ameaçada pela iminência de um casamento, a princesa dá um jeito de transformar seus pretendentes em contas para seu colar. Porém, suas maldades podem estar sob ameaça.

Era uma vez um rei cuja esposa havia falecido.

Sua filha, a princesa, era tão, tão bela que todos imaginavam que fosse uma pessoa tão boa quanto sua beleza, quando na verdade ela não era apenas má, como também praticava bruxaria. Aprendera com uma bruxa horrenda e cruel que vivia em uma cabana na encosta de uma montanha, da qual ninguém além da filha do rei sabia da existência. À noite, enquanto todos dormiam, a princesa, que se chamava Fiorimonde, costumava visitá-la às escondidas para aprender feitiçaria. Eram as artes místicas da bruxa que tornavam Fiorimonde bela como nenhuma outra no mundo. Em troca, a princesa a auxiliava em todas as suas maldades e não contava a ninguém que ela estava lá.

Um dia, o rei começou a cogitar a ideia de a filha se casar. Convocou seus conselheiros e disse:

— Não tenho um filho para governar após minha morte. Precisamos encontrar um príncipe digno de se casar com a princesa, um que reine em meu lugar quando eu estiver velho demais.

Todos no conselho concordaram que a decisão era sábia e que seria bom que a princesa se casasse. Mensageiros foram enviados aos reis e príncipes vizinhos para anunciar que o rei escolheria um marido para a filha, o qual se tornaria o governante depois dele. Fiorimonde chorou de raiva ao saber disso, certa de que, se tivesse um marido, ele ficaria sabendo das visitas à velha bruxa e a impediria de praticar magia, e então ela perderia sua beleza.

Naquela noite, quando todos no palácio estavam dormindo, a princesa foi até o quarto e abriu a janela bem devagar. Tirou um punhado de ervilhas do bolso e as segurou do lado de fora, assoviando baixinho, até que um pequeno pássaro marrom veio do telhado até ela, pousou em seu pulso e passou a comer as ervilhas. No mesmo instante, o pássaro começou a crescer, crescer e crescer, até ficar tão grande que a princesa já não conseguia mais segurá-lo, deixando-o na soleira da janela enquanto ele continuava a crescer, crescer e crescer. Quando o pássaro já estava tão grande quanto um avestruz, Fiorimonde saltou para as costas do animal, sobrevoando as copas das árvores até chegar à montanha onde a bruxa vivia.

Ela parou em frente à porta da cabana e, descendo das costas do pássaro, murmurou algumas palavras através da fechadura, quando uma voz rouca respondeu do outro lado:

— Por que veio esta noite? Não deixei claro que desejava ficar sozinha por treze noites? Por que me perturba?

— Imploro que me deixe entrar — disse a princesa —, pois estou em apuros e quero sua ajuda.

— Entre, então.

A porta se abriu e a princesa entrou. A bruxa estava sentada ao centro da cabana, envolta em um manto cinzento que quase a escondia. Sentando-se ao lado dela, Fiorimonde contou sua história: sobre como o rei desejava que se casasse e já havia encaminhado mensageiros aos príncipes vizinhos, que logo fariam propostas.

— Estas são mesmo notícias ruins — disse a bruxa, coaxando como um sapo —, mas ainda os venceremos.

"Você deve lidar com um príncipe por vez. Gostaria que os transformasse em cães obedientes? Em pássaros que voem pelo ar, cantando sobre sua beleza? Ou talvez em contas para um colar como nenhuma outra mulher jamais possuiu, para que os use no pescoço e os leve sempre consigo?"

— O colar! O colar! — exclamou a princesa, batendo palmas de alegria. — Essa seria a melhor escolha, pendurá-los em um cordão e usá-los ao redor do pescoço. Os membros da corte não farão a menor ideia de onde vieram minhas novas joias.

— Será uma jogada perigosa — alertou a bruxa —, pois, a menos que seja bastante cuidadosa, você também poderá se tornar uma conta no colar e permanecerá nele até que alguém corte o cordão e a liberte.

— Não há nada a temer, serei cuidadosa. Apenas me diga o que fazer e terei grandes príncipes e reis para usar de adorno. Todas as suas grandezas não lhes servirão de nada para salvá-los.

A bruxa enfiou a mão em uma bolsa negra que jazia no chão ao lado dela, da qual retirou um longo cordão dourado. As pontas do cordão estavam unidas, mas não era possível ver as fechos; também não seria possível quebrá-lo, por mais que o puxasse.

131

Passando o fio dourado com facilidade por sobre a cabeça de Fiorimonde, a bruxa disse:

— Agora, preste atenção: você estará a salvo enquanto o cordão estiver pendurado em seu pescoço, mas, se tocá-lo com os dedos, terá o mesmo destino de seus amantes. Quanto aos reis e príncipes que quiserem se casar com você, basta fazer com que encostem os dedos no fio, e eles se tornarão contas duras e brilhantes penduradas no colar, onde permanecerão até que o fio seja cortado.

— Excelente — disse a princesa. — Mal posso esperar pela vinda do primeiro para que eu possa experimentar.

— E agora — continuou a bruxa —, já que está aqui e ainda há tempo, faremos uma dança. Vou invocar os convidados.

Dizendo isso, ela apanhou um tambor e um par de baquetas do canto da sala. Foi até a porta e começou a tocar, produzindo um chacoalhar terrível.

No mesmo instante, todo tipo de criatura surgiu em resposta, voando para dentro da cabana. Havia pequenos duendes com caudas longas, goblins que gritavam e riam e outras bruxas que chegaram voando em vassouras. Havia também uma fada má com a forma de um gato enorme de olhos verdes e brilhantes, e outra que veio deslizando como uma víbora cintilante.

Quando todos haviam chegado, a bruxa parou de tocar e, dirigindo-se ao centro da cabana, pisou firme no chão para abrir um alçapão. Ela entrou primeiro, mostrando o caminho através de uma passagem escura e estreita, pela qual os estranhos convidados a seguiram. Chegaram então a uma ampla câmara subterrânea, onde todos dançaram e celebraram de formas terríveis até que, ao ouvirem o cantar do galo, os convidados desapareceram como fumaça.

A princesa se apressou de volta pela passagem escura e para fora da cabana, onde o grande pássaro ainda esperava por ela. Montou-o e voou depressa para casa, entrando pela mesma janela pela qual saíra. Chegando ao quarto, apanhou uma pequena garrafa escura e serviu algumas gotas de água

mágica em uma xícara para dar de beber à ave, que encolheu e encolheu até voltar ao tamanho normal e voou de volta para o telhado. Por fim, a princesa fechou a janela e foi para a cama, adormecendo em seguida. Ninguém soube de sua estranha jornada ou onde estivera.

No dia seguinte, Fiorimonde informou ao pai, o rei, de que se casaria com qualquer príncipe que ele lhe arrumasse como marido, o que o agradou muito. Não demorou até que fosse anunciado que um jovem rei estava a caminho, vindo do outro lado do oceano para se casar com ela: chamava-se Pierrot, governante de um grande e rico país para o qual ele a levaria quando se tornasse sua noiva.

Grandes preparativos foram feitos para a chegada dele. Fiorimonde se apresentou em suas melhores e mais finas vestes para recebê-lo, e, quando ele chegou, toda a corte concordou que aquele era sem dúvida o marido ideal para a princesa, pois era forte e belo, com cabelos negros e olhos escuros como ameixas.

O rei Pierrot ficou encantado com a beleza de Fiorimonde e felicíssimo. Tudo correu bem até a tarde antes do casamento. Um grande banquete foi dado, no qual a princesa se apresentou mais bela do que nunca em um longo vestido vermelho como o interior de uma rosa. Não usava nenhuma joia ou ornamento, exceto por um fio dourado e brilhante sobre a pele clara do pescoço.

Ao término do banquete, a princesa se levantou da cadeira dourada ao lado do pai e caminhou devagar até o jardim, parando embaixo de uma árvore de olmo para observar a lua. Logo em seguida, o rei Pierrot a seguiu e parou ao lado dela, maravilhado com sua beleza.

— Amanhã, minha doce princesa, você será minha rainha e compartilhará de todas as minhas posses. Que presente deseja que lhe dê no dia de nosso casamento?

— Gostaria de um colar feito do ouro e das joias mais finas que podem ser encontradas — respondeu Fiorimonde —, e que seja exatamente do mesmo tamanho do cordão que uso em meu pescoço.

— Por que usa essa corrente? — perguntou o rei Pierrot. — Não há nenhuma joia ou ornamento nela.

— Ainda assim, não há outro cordão igual ao meu em todo o mundo — disse Fiorimonde, os olhos faiscando com malícia enquanto falava. — É leve como uma pluma, porém mais forte que uma corrente de ferro. Pegue-o com as duas mãos e tente quebrá-lo; verá quão resistente é.

Pierrot segurou o fio dourado entre as mãos para puxá-lo, mas, tão logo seus dedos o tocaram, o rei desapareceu como uma pequena nuvem de fumaça. Uma conta brilhante e cristalina surgiu no cordão, mais bela que qualquer outra, reluzindo em verde, azul e dourado.

A princesa Fiorimonde fitou o próprio colo e riu alto, exclamando com alegria:

— Ah, meu orgulhoso amante! Está aí? Meu colar está mesmo acima de todos os outros!

Ela acariciou a conta com as pontas dos dedos brancos e delicados, tomando cuidado para que não se fechassem ao redor do cordão. Em seguida, retornou ao salão onde estava sendo realizado o banquete e se dirigiu ao rei:

— Com sua licença, meu senhor. Peço com urgência que envie alguém para encontrar o rei Pierrot, pois, enquanto conversávamos, há apenas um minuto, ele me deixou de repente. Receio que possa tê-lo ofendido ou que ele esteja doente.

O rei deu a ordem para que os servos vasculhassem as imediações à procura de Pierrot, e assim eles o fizeram, mas não o encontraram em lugar algum.

— Ele sem dúvida estará pronto a tempo do casamento amanhã — disse o rei, parecendo ofendido —, mas não me agrada em nada que nos trate dessa maneira.

A princesa Fiorimonde tinha a seu serviço uma jovem aia chamada Yolande. Era uma garota de rosto vivaz e alegres olhos castanhos, mas não era bela como Fiorimonde. Também não tinha nenhum apreço por sua senhora, pois a temia e suspeitava de suas maldades.

Naquela mesma noite, ao ajudá-la a se despir, Yolande reparou no cordão dourado e na única conta brilhante que havia nele. Depois, enquanto escovava os cabelos da princesa, a aia reparou também, pelo espelho, no quanto Fiorimonde parecia apegada ao colar e em como ela sorria ao acariciar a conta com as pontas dos dedos, de novo e de novo.

— Que conta maravilhosa no cordão de sua alteza — disse Yolande, fitando o colar no reflexo do espelho. — Sem dúvida se trata de um presente de casamento do rei Pierrot?

— Isso mesmo, pequena Yolande — disse Fiorimonde, rindo com alegria. — O melhor presente que ele poderia ter me dado. Mas acho que apenas uma conta parece feia e deselegante. Em breve, espero, terei outra, e outra, e mais outra, todas tão belas quanto a primeira.

Yolande balançou a cabeça, dizendo a si mesma que aquilo era mau sinal.

Na manhã seguinte, tudo estava pronto para o casamento. A princesa vestia cetim branco e pérolas, com um longo véu e uma coroa de flores sobre a cabeça. Ela aguardava entre outras damas grandiosamente vestidas, que diziam jamais ter visto uma noiva tão bela. Mas, enquanto se preparavam para descer ao salão, um mensageiro entrou apressado para avisar à princesa que seu pai, o rei, estava bastante transtornado e que ela deveria ir até ele.

— Minha filha — disse o rei ao avistar Fiorimonde, ainda vestida de noiva, quando ela adentrou o quarto onde ele se encontrava sentado, sozinho —, o que faremos? O rei Pierrot não está em lugar algum. Temo que tenha sido capturado e perfidamente assassinado por bandidos em busca de suas finas vestes ou levado para alguma montanha e abandonado para morrer de fome. Meus soldados estão em toda parte à procura dele, e devemos ter notícias antes que o dia termine, mas, se não houver um noivo, também não poderá haver casamento.

— Pois permita que a cerimônia seja adiada, meu pai — disse a princesa. — Amanhã saberemos se devemos nos vestir para um casamento ou para um funeral.

E fingiu estar chorando, mas mal podia conter o riso.

Os convidados foram embora, e a princesa deixou de lado o vestido de noiva. Aguardaram ansiosamente por notícias do rei Pierrot, até que, quando nenhuma chegou, todos o deram por morto, lamentando por ele e se perguntando como teria encontrado seu fim.

Fiorimonde colocou um vestido preto e implorou que lhe fosse permitido se isolar de todos por um mês em luto pelo rei Pierrot. Sozinha no quarto outra vez, a princesa se sentou em frente ao espelho e riu até que lágrimas rolassem por seu rosto. Yolande viu tudo, estremecendo ao vê-la rir daquela forma e percebendo também que ela ainda usava o cordão dourado sob o vestido preto. Jamais o tirava, fosse dia ou noite.

Mal um mês havia se passado quando o rei foi até a filha e anunciou que um novo pretendente havia surgido, um que ele gostaria muito que se tornasse marido dela. Obediente, a princesa concordou com tudo o que disse o pai, e assim o casamento foi marcado.

O novo príncipe se chamava Hildebrandt. Vinha de um país distante ao norte e do qual um dia seria rei. Era alto, belo e forte, com cabelos claros e olhos azuis.

Fiorimonde ficou muito satisfeita ao ver seu retrato e disse:

— Deixem que venha. Quanto mais cedo, melhor.

Ela guardou as roupas escuras, e, mais uma vez, grandes preparativos foram feitos para um casamento. O rei Pierrot havia sido esquecido.

O príncipe Hildebrandt chegou na companhia de muitos nobres cavalheiros, trazendo maravilhosos presentes para a noiva. Tudo correu bem no dia de sua chegada, quando um novo banquete grandioso foi dado. O príncipe estava deslumbrado com a beleza de Fiorimonde, que dessa vez não saiu do lado do pai durante toda a noite.

136

Ao raiar do dia seguinte, enquanto todos ainda dormiam, a princesa se levantou e se vestiu toda de branco, escovando os cabelos por sobre os ombros antes de sair em silêncio até os jardins do palácio. Caminhou até estar sob a janela do príncipe Hildebrandt, onde parou e começou a cantar uma canção tão doce e alegre quanto o canto de uma cotovia. Quando Hildebrandt a ouviu, ele se levantou e foi até a janela para ver quem estava cantando. Apressou-se em se vestir e descer ao encontro de Fiorimonde ao avistá-la sob a luz avermelhada da alvorada, que fazia os cabelos dela parecerem feitos de ouro e deixava suas faces rosadas.

— Minha princesa! — disse ele ao chegar ao jardim e parar ao lado dela. — É uma enorme alegria encontrá-la tão cedo. Diga-me: por que sai sozinha ao amanhecer para cantar?

— Venho observar as cores do céu: vermelho, azul e dourado — respondeu ela. — Veja, não há nenhuma dessas cores em parte alguma, a não ser na conta que uso em meu cordão.

— O que é esta conta e de onde veio? — perguntou Hildebrandt.

— Veio do outro lado do oceano, para onde jamais deverá retornar — disse Fiorimonde, mal conseguindo disfarçar um sorriso. Como na outra vez, os olhos da princesa faiscavam de ansiedade. — Segure o cordão em meu pescoço e o observe de perto. Diga-me se já viu algum outro igual.

Hildebrandt estendeu as mãos e apanhou o cordão, desaparecendo no instante em que seus dedos se fecharam ao redor da corrente. Uma nova conta brilhante, ainda mais bela que a primeira, surgiu no cordão dourado de Fiorimonde.

A princesa deu uma longa e terrível gargalhada, dizendo:

— Ah, meu querido colar, veja só quão belo está ficando! Acho que o amo mais do que qualquer outra coisa no mundo.

Ela voltou para a cama sem ser ouvida por ninguém. Adormeceu depressa, dormindo até Yolande entrar para avisá-la de que era chegada a hora de se levantar e se preparar para o casamento.

ARTES DE WALTER CRANE E JOSEPH SWAIN, 1886

A princesa vestia roupas belíssimas, mas somente Yolande reparou no fio dourado que ela usava sob o longo vestido de cetim e que agora havia nele duas contas brilhantes em vez de apenas uma.

A noiva mal havia terminado de se vestir quando o rei irrompeu em seu quarto, furioso, exclamando:

— Minha filha, estão tramando contra nós. Deixe de lado suas vestes matrimoniais e não pense mais no príncipe Hildebrandt, pois ele também desapareceu e não foi encontrado em lugar algum.

Fiorimonde começou a chorar, implorando que prosseguissem com afinco nas buscas pelo príncipe, mas estava rindo por dentro. *Procurem onde quiserem, jamais o encontrarão*, pensou. Outra grande busca foi feita e, quando nenhum sinal do príncipe foi encontrado, o palácio inteiro ficou em polvorosa.

A princesa voltou a guardar seu vestido de noiva e a se vestir de preto, e sentou-se sozinha no quarto para fingir que chorava. Enquanto a observava, Yolande balançou a cabeça e pensou que outros ainda viriam e desapareceriam antes que a princesa estivesse satisfeita.

Um mês se passou, ao longo do qual Fiorimonde fingiu estar de luto por Hildebrandt, até que ela foi até o rei e disse:

— Meu senhor, não permita que digam que sempre que um noivo me vê, ele prefere fugir a se casar comigo. Imploro-lhe que pretendentes sejam convocados de lugares próximos e distantes para que eu não seja deixada sozinha e sem marido.

O rei concordou. Mensageiros foram enviados para todas as partes do mundo para convocar qualquer um que viesse e se tornasse o marido da princesa Fiorimonde. E assim chegaram reis e príncipes do norte e do sul, do leste e do oeste. Rei Adrian, príncipes Sigbert e Algar, e muitos outros. No entanto, embora tudo sempre corresse bem até a manhã do casamento, ao chegar a hora de ir para a igreja, nenhum noivo jamais era encontrado.

Triste e assustado, o velho rei teria desistido de encontrar um marido para a princesa se ela não lhe implorasse, com lágrimas

nos olhos, que não permitisse que ela caísse em desgraça daquela maneira. Um após o outro, os pretendentes continuaram vindo, até que todos ficaram sabendo, de alto a baixo, que qualquer um que se apresentasse para pedir a mão de Fiorimonde desapareceria sem deixar rastros. Os membros da corte sussurravam, assustados, que nada daquilo fazia sentido, mas somente Yolande reparou em como mais contas surgiam no cordão da princesa. O fio dourado já estava quase completamente coberto por elas, mas sempre havia espaço para mais uma.

O tempo passou, e a cada ano a princesa se tornava mais e mais bela, tanto que ninguém que a visse poderia imaginar o quanto era má.

Em um país distante vivia um jovem príncipe chamado Florestan. Seu melhor amigo, a quem amava mais do que qualquer outra pessoa no mundo, chamava-se Gervaise, um homem alto, robusto e de costas largas. Gervaise também amava o príncipe Florestan, tanto que morreria de bom grado para servi-lo.

Por acaso, o príncipe Florestan viu um retrato de Fiorimonde; naquele mesmo instante, jurou que iria até a corte do pai dela e imploraria a ele que lhe concedesse a mão da filha em casamento.

Gervaise tentou dissuadi-lo, em vão:

— Uma maldição paira sobre a princesa Fiorimonde. Muitos partiram para se casar com ela, mas onde estão agora?

— Não sei e não me importo — respondeu Florestan. — Tudo o que sei é que me casarei com ela e voltarei para cá, trazendo minha noiva comigo.

Assim, Florestan partiu rumo ao lar de Fiorimonde, e Gervaise o seguiu, angustiado. Ao chegarem à corte, o velho rei os recebeu de braços abertos, dizendo:

— Aqui está um jovem e belo príncipe, com o qual todos gostaríamos de ver nossa princesa se casar. Esperamos que tudo transcorra bem desta vez.

Fiorimonde, porém, havia se tornado tão ousada que mal procurava disfarçar a malícia.

— Podemos nos casar amanhã mesmo, se ele vier à igreja — disse ela. — Se não vier, o que posso fazer? — E riu aberta e alegremente, até que todos os que a ouviam estremecessem.

Fiorimonde estava sentada à beira de uma fonte de mármore no jardim quando as damas de companhia vieram lhe dizer que o príncipe Florestan havia chegado.

— Digam-lhe que venha — disse ela, alimentando os peixinhos dourados que nadavam na água da fonte. — Não farei alarde para me encontrar com nenhum pretendente, nem me vestirei de nenhuma forma especial. Deixem que venha e me encontre como sou, já que todos acham tão fácil ir e vir quando bem entendem.

Nisso, as damas disseram ao príncipe que a princesa Fiorimonde o aguardava próximo à fonte. Ela não se levantou quando ele se aproximou, mas ainda assim o coração dele se encheu de alegria, pois jamais havia visto uma mulher tão linda.

O vestido branco e leve da princesa se prendia firme ao redor de sua silhueta graciosa. As belas mãos e braços estavam nus, tocando a superfície da água enquanto ela brincava com os peixes. Os olhos grandes e azuis faiscavam de alegria, tão belos que ninguém jamais suspeitaria da malícia por trás deles. No pescoço da princesa jazia o maravilhoso colar de contas de todas as cores, o que por si só era um espetáculo para os olhos.

— Seja muito bem-vindo, príncipe Florestan, meu mais novo pretendente. Pensou bem a respeito do que fará, sabendo de quantos príncipes me viram e fugiram para sempre em vez de se casarem comigo?

Enquanto falava, a princesa tirou a mão branca da água e a estendeu para o príncipe, que se curvou e beijou as costas dela, tão estarrecido diante da beleza de Fiorimonde que nem sabia como responder. Gervaise o havia seguido de perto, mas estava irrequieto, tremendo de medo e ansiedade pelo que estava por vir.

— Diga ao seu amigo que nos deixe a sós — disse Fiorimonde, olhando para Gervaise. — Venha se sentar ao meu

lado, contar-me de sua terra, do porquê deseja se casar comigo e tantas coisas mais.

Quando Florestan implorou ao amigo que os deixasse por um instante, Gervaise se afastou devagar, pesaroso. Caminhou sem pensar aonde ia até encontrar Yolande debaixo de uma árvore repleta de maçãs rosadas, que ela apanhava e jogava em um cesto a seus pés. Gervaise teria passado por ali sem dizer nada, mas ela fez com que parasse, perguntando:

— Você veio com o novo príncipe? Ama seu mestre?

— Sim, mais do que a qualquer outra pessoa na terra — respondeu Gervaise. — Por que quer saber?

— E onde está ele agora? — perguntou Yolande, ignorando a pergunta de Gervaise.

— Está sentado próximo à fonte com a bela princesa.

— Nesse caso, espero que tenha se despedido dele, pois nunca mais o verá de novo — disse Yolande, balançando a cabeça.

— Por que não? E quem é você para falar dessa maneira?

— Meu nome é Yolande. Sou a aia da princesa Fiorimonde. Você não sabia que o príncipe Florestan é o décimo primeiro pretendente que vem para se casar com ela? Todos desapareceram, um a um, e somente eu sei para onde foram.

— E onde estão eles? — perguntou Gervaise. — Por que não diz a verdade e previne que bons homens se percam dessa forma?

— Porque tenho medo de minha senhora. — Yolande se aproximou dele, falando baixinho: — Ela é uma feiticeira que usa os bravos reis e príncipes que vieram cortejá-la em um fio ao redor do pescoço. Cada um deles se tornou uma conta desse colar, o qual ela veste dia e noite.

"De início, esse colar não passava de um simples fio dourado, mas eu o vi crescer. Vi a primeira conta surgir quando o rei Pierrot desapareceu. Depois veio Hildebrandt, e logo havia duas contas em vez de apenas uma. Em seguida vieram Adrian, Sigbert e Algar, e então Cenred, Pharamond e Baldwyn, e por fim Leofric e Raoul. Todos desapareceram, tornando-se dez contas

no cordão de minha senhora. Esta noite, seu amado príncipe Florestan se tornará a décima primeira."

— Se o que diz é verdade — disse Gervaise —, não descansarei enquanto não tiver enterrado minha espada no coração de Fiorimonde!

Mas Yolande balançou a cabeça, dizendo:

— Ela é uma feiticeira. Assassiná-la pode ser difícil e talvez não quebre o feitiço nem traga os príncipes de volta à vida. Queria poder lhe mostrar o colar para que visse de perto as contas e confirmasse se o que digo é ou não verdade, mas é impossível, já que sempre está no pescoço dela, dia e noite.

— Leve-me ao quarto dela esta noite, quando ela estiver dormindo, para que eu possa vê-lo.

— Muito bem, tentaremos isso — disse Yolande. — Mas você deve ser muito discreto e não fazer barulho algum, pois se ela despertar será pior para nós dois. Lembre-se disso.

Ao anoitecer, depois que todos no palácio haviam se retirado, Gervaise e Yolande se encontraram no salão principal, onde ela o informou de que a princesa já estava dormindo profundamente.

— Vamos, então — disse a aia —, e lhe mostrarei o colar no qual Fiorimonde mantém os amantes, ainda que eu não saiba como ela os transforma em contas.

— Espere um momento, Yolande. — Gervaise a conteve antes que subissem as escadas. — Pode ser que, por mais que tente, eu seja derrotado e acabe morto ou transformado em uma conta, tal como os que vieram antes de mim. Mas, se for bem-sucedido e livrar o reino de sua princesa desalmada, o que me promete como recompensa?

— O que gostaria?

— Quero que se torne minha esposa e volte comigo para minha própria terra — disse Gervaise.

— Prometo que o farei de bom grado — respondeu Yolande, beijando-o. — Agora, não pensemos ou falemos mais nisso, não até que tenhamos cortado o fio no pescoço de Fiorimonde e libertado seus pretendentes.

Prosseguiram em silêncio rumo ao quarto da princesa, com Yolande usando apenas uma lanterna pequena e de luz fraca para iluminar o caminho.

Lá estava Fiorimonde, deitada em sua grandiosa cama. Vendo-a de perto com a luz da lanterna, parecia tão bela que Gervaise pensou que Yolande havia mentido e não era possível que fosse tão má.

O rosto da princesa estava calmo e doce como o de uma criança adormecida. Os cabelos se espalhavam em ondas alouradas pelo travesseiro; os lábios rosados sorriam, revelando covinhas nas bochechas. As mãos brancas e macias estavam envoltas pelas rendas e o linho dos lençóis perfumados.

Deslumbrado com tanta beleza, Gervaise quase se esqueceu de olhar para as contas brilhantes no pescoço de Fiorimonde até que Yolande o puxou pelo braço.

— Não olhe para ela — sussurrou. — A beleza dela já causou sofrimento demais. Em vez disso, olhe para o que restou daqueles que a acharam tão bela quanto você está achando agora.

Yolande apontou o dedo para cada uma das contas.

— Este era Pierrot, e este, Hildebrandt. Estes eram Adrian, Sigbert e Algar, e também Cenred, e aqueles eram Pharamond, Baldwyn, Leofric e Raoul. E aqui está seu mestre, príncipe Florestan. Procure-o em qualquer lugar e não o encontrará, nem o verá novamente até que o fio seja cortado e o feitiço desfeito.

— Do que é feito o cordão? — sussurrou Gervaise.

— É do mais fino ouro — respondeu ela. — Não, não a toque, ou ela acordará. Deixe que eu lhe mostre.

Yolande largou a lanterna, aproximando-se com cautela para separar as contas do colar e revelar o fio de ouro embaixo. Porém, ao fazê-lo, os dedos dela se fecharam sobre o cordão e ela desapareceu. Uma nova conta surgiu no colar, e Gervaise agora estava sozinho com a princesa adormecida. Ele olhou para todos os lados, desesperado, mas não ousou gritar por Yolande, por receio que Fiorimonde despertasse.

— Yolande? — sussurrou, tão alto quanto a coragem lhe permitia. — Yolande, onde está você?

Mas não houve nenhuma resposta. Inclinando-se sobre a princesa, Gervaise viu a nova conta no colar, bem ao lado daquela que Yolande apontara como sendo o príncipe Florestan. *Antes eram onze, mas agora são doze*, pensou Gervaise, contando-as novamente. *Maldita seja, princesa! Agora sei para onde foram os bravos reis e príncipes que vieram cortejá-la e para onde minha Yolande também foi.*

Lágrimas encheram os olhos de Gervaise ao ver a última conta no colar. Era mais clara e brilhante que as outras, de um vermelho cálido, igual ao vestido que Yolande estava usando.

Ainda dormindo, a princesa se virou de lado e começou a rir. Gervaise foi tomado de horror e repúdio, estremecendo enquanto saía do quarto na ponta dos pés. Passou o restante da noite acordado, sozinho no próprio quarto, pensando em como derrotaria Fiorimonde e libertaria Florestan e Yolande.

Na manhã seguinte, após se vestir, Fiorimonde ficou surpresa ao observar as contas e perceber que uma nova havia surgido no colar. *Quem pode ter entrado e apanhado minha corrente sem meu conhecimento?*, pensou. Ponderou a respeito disso por algum tempo antes de cair numa estranha gargalhada.

— De qualquer jeito, seja quem for, já foi devidamente punido — disse em voz alta. — Meu intrépido colar, você é capaz de cuidar de si mesmo. Se alguém tentar roubá-lo, a recompensa será tornar-se parte de meus gloriosos troféus. Sei que posso dormir sossegada, pois nada tenho a temer.

O dia passou sem que ninguém desse falta de Yolande. Ao entardecer, a chuva começou a cair em uma enxurrada, seguida de uma tempestade tão terrível que todos no palácio ficaram assustados. Os trovões rugiram e os relâmpagos transformaram a noite em dia, de novo e de novo, cada vez mais fortes. O céu estava tão escuro que, exceto pela luz dos raios, não era possível ver nada.

Fiorimonde era a única que gostava dos raios e trovões. Ela estava sentada à janela de um quarto no alto de uma das torres do palácio, vestida dos pés à cabeça em veludo negro, e ria em voz alta a cada estalo dos trovões.

Enquanto isso, no meio da tempestade, um estranho envolto em um manto havia chegado a cavalo aos portões do castelo. As damas de companhia da princesa correram para contar a ela que um novo príncipe viera cortejá-la.

— Ele se recusa a revelar seu nome — disseram as damas. — Diz ter ouvido que todos são bem-vindos para pedir a mão da princesa e que ele também gostaria de tentar a sorte.

— Permitam que venha de imediato — respondeu Fiorimonde. — Seja um príncipe ou um impostor, de que me importa? Se os príncipes fogem de mim, talvez seja melhor me casar com um plebeu.

O recém-chegado foi levado até o quarto onde Fiorimonde aguardava. Vestia uma longa e espessa capa, mas, jogando-a para o lado ao entrar, revelou riquíssimas vestes de seda por baixo. Estava tão bem disfarçado que Fiorimonde não percebeu que se tratava de Gervaise.

— Seja muito bem-vindo, príncipe misterioso que cavalgou através da tempestade para me encontrar — disse ela. — É verdade que deseja ser meu pretendente? O que ouviu a meu respeito?

— É a mais pura verdade, princesa — respondeu Gervaise. — E ouvi dizer que você é a mulher mais linda deste mundo.

— E quanto a isso, também é verdade? Olhe para mim e diga.

Gervaise ergueu os olhos para ela. *Sim, é verdade, princesa maldita!*, pensou. *Jamais houve mulher mais bela do que você, tampouco outra que eu odiasse tanto como a odeio agora!*

Em voz alta, porém, ele disse:

— Não, princesa, não é verdade. Você é linda, mas sei de uma mulher mais bela que você, ainda que sua pele pareça de marfim contra o vestido de veludo e que seus cabelos pareçam de ouro.

— Uma mulher mais bela do que eu? — rugiu Fiorimonde, arfando. Seus olhos faiscaram de ódio, pois jamais alguém lhe havia dito tal coisa. — Quem é você que ousa vir até mim para falar de mulheres mais belas que eu?

— Sou um pretendente que pede para ser seu marido, princesa — respondeu Gervaise. — Ainda assim, afirmo já ter visto uma mulher mais bela que você.

— Quem é ela? Onde ela está? — gritou Fiorimonde, que mal podia conter a raiva. — Traga-a aqui neste instante para que eu possa ver se o que diz é verdade.

— O que me dará para que eu a traga até você? — perguntou Gervaise. — Dê-me o colar que está usando, e eu a trarei imediatamente.

Fiorimonde balançou a cabeça.

— O que me pede é a única coisa da qual não posso abrir mão.

Então ela fez as damas lhe trazerem seu porta-joias, do qual retirou diamantes, pérolas e rubis, oferecendo-os a Gervaise. Os relâmpagos faziam as joias brilharem, mas, mesmo quando a princesa deixou claro que ele poderia escolher uma ou ficar com todas para si, Gervaise recusou com um gesto.

— Não, nenhuma destas joias servirá. Você poderá ver a mulher de quem falei em troca do colar e nada mais.

— Pegue-o você mesmo, então — exclamou Fiorimonde. Já estava tão zangada que a única coisa que queria naquele momento era se livrar de Gervaise.

— Não, de maneira alguma — respondeu ele. — Não sou nenhuma dama de companhia. Não saberia como prendê-lo ou desprendê-lo.

Apesar dos esforços da princesa, Gervaise se recusou a tocar nela ou na corrente mágica.

À noite, a tempestade se tornou ainda mais forte. Fiorimonde, que não se incomodava com a chuva e os raios lá fora, esperou até que todos estivessem dormindo para abrir a janela do quarto e assoviar baixinho para o pássaro marrom no telhado. Alimentou-o com sementes como da outra vez, fazendo

com que crescesse e crescesse, até ficar tão grande quanto um avestruz, para então saltar em suas costas e alçar voo pelo ar noturno, rindo dos relâmpagos e trovões que rugiam ao redor.

    Chegando ao lar da velha bruxa, Fiorimonde a encontrou na soleira da porta, apanhando raios para transformar em amuletos.

    — Bem-vinda, querida — disse ela, coaxando como um sapo enquanto a princesa saltava das costas do pássaro. — Esta é uma noite muito agradável para nós duas. Como vai o colar? Muito bem, pelo que vejo. Já são doze contas... mas o que é essa décima segunda?

    — É o que quero que me diga — respondeu Fiorimonde, secando os cabelos dourados. — Noite passada, quando me deitei para dormir, eram onze contas, mas hoje pela manhã havia doze. Não sei de onde veio a última.

    — Não é nenhum pretendente — concluiu a bruxa, examinando de perto a última conta do colar. — É uma jovem moça. Mas por que deveria se importar com isso? A conta ficou bem com as outras.

    — Uma jovem — disse a princesa, pensando em voz alta. — Nesse caso, deve ser Cicely ou Marybel, ou talvez Yolande. Alguma delas deve ter tentado roubar o colar enquanto eu dormia. Bem, pouco importa. A tola rameira teve o castigo merecido, assim como o terão todos os que tentarem o mesmo.

    — E quando virá a décima terceira conta? E de onde? — perguntou a bruxa.

    — Ele está à minha espera no palácio — disse Fiorimonde, rindo. — Foi por causa dele que vim falar com você.

    E assim a princesa contou do príncipe misterioso que havia chegado durante a tempestade, de como ele se recusara a tocar o colar e de como afirmara conhecer uma mulher mais bela do que ela.

    — Cuidado, princesa, cuidado — alertou a velha bruxa. — Por que se importaria com rumores de mulheres mais belas que você? Já não a fiz a mais linda de todas neste mundo?

Acha que alguém poderia fazer melhor do que eu? Não, não dê ouvidos ao que diz esse forasteiro, do contrário se arrependerá.

— Como posso ouvir falarem de outras tão belas quanto eu? — murmurou Fiorimonde.

— Esteja avisada, antes que tenha motivos para se arrepender. É tão tola ou vaidosa que se deixa perturbar pelo que diz um príncipe qualquer, mesmo sabendo não ser verdade? Ignore o que ele diz e faça logo com que se torne parte de sua corrente, para que então não diga mais nada.

A princesa e a bruxa passaram as horas seguintes discutindo sobre como fariam para que Gervaise segurasse o cordão fatal.

No outro dia, ao nascer do sol, Gervaise se dirigiu ao bosque para colher bolotas de carvalho, bagas e frutos de roseira, os quais pendurou em um cordão para criar um colar rudimentar. Escondeu-o junto ao peito e voltou ao palácio sem falar com ninguém.

Quando a princesa despertou, ela se vestiu tão lindamente quanto foi capaz, trançando com muito cuidado as madeixas douradas dos cabelos. Estava determinada a fazer com que seu mais novo pretendente estivesse liquidado até o final da manhã. Após o desjejum, dirigiu-se ao jardim, onde o sol brilhava forte. O passar da tempestade havia deixado um leve frescor no ar.

Encontrando uma bola dourada entre a grama, Fiorimonde a apanhou e começou a brincar com ela.

— Vão até nosso convidado — disse às damas que a acompanhavam — e peçam que venha jogar comigo.

Elas o fizeram, retornando em seguida na companhia de Gervaise.

— Bom dia, príncipe — disse Fiorimonde. — Por gentileza, venha testar sua habilidade contra a minha neste jogo. Quanto a vocês — acrescentou, voltando-se para as damas —, não esperem por nós. Vão e façam o que lhes aprouver.

Elas obedeceram, deixando Gervaise e Fiorimonde a sós.

— Pois bem, príncipe — disse ao começarem o jogo. — O que acha de mim sob a luz da manhã? Ontem estava tão escuro,

com trovões e nuvens, que você mal podia ver meu rosto. Pois olhe bem agora, na luz brilhante do dia, e diga se não sou mais bela do que qualquer outra no mundo.

Ela sorriu para Gervaise, tão adorável que o deixou sem resposta, até que, lembrando-se de Yolande, ele disse:

— Sem dúvida você é mesmo linda, então por que se incomoda tanto que eu diga que já vi uma mulher mais bela do que você?

Isso bastou para que a princesa se zangasse novamente, mas, lembrando-se das palavras da bruxa, ela disse:

— Nesse caso, se acredita que exista mesmo uma mulher mais bela do que eu, olhe para minhas contas. Veja as cores refletidas pela luz do sol e diga se já viu joias como estas antes.

— É verdade que nunca vi contas como as suas, mas tenho comigo um colar que me agrada mais.

Gervaise tirou do bolso o colar de frutos de roseira, bagas e bolotas de carvalho amarrados em um cordão.

— Que colar é esse, e onde o conseguiu? Mostre-me! — gritou Fiorimonde, mas Gervaise o manteve fora de seu alcance.

— Gosto mais do meu colar do que do seu, princesa. E acredite, não há nenhum colar igual ao meu em todo o mundo.

— Por quê? É um colar das fadas? O que ele faz? Por favor, entregue-o para mim!

Fiorimonde tremia de raiva e curiosidade, pensando que aquele colar poderia ter o poder de deixar a usuária linda. Talvez fosse o colar da mulher que ele dizia ser a mais bela e este era o segredo de sua beleza!

— Façamos uma troca justa — disse Gervaise. — Dê-me seu colar e lhe darei o meu. Coloque-o, e direi com sinceridade que você é a mulher mais linda de todo mundo. Mas, primeiro, preciso do seu colar.

— Pois tome-o! — gritou a princesa que, naquele momento de fúria e ansiedade, esqueceu-se de todo o resto e apanhou o cordão dourado para tirá-lo do pescoço. Porém, tão logo seus

dedos se fecharam ao redor do fio, o colar foi ao chão com um ruído baixo e Fiorimonde desapareceu.

Gervaise se aproximou do colar sobre a grama, sorrindo ao contar treze contas. Soube de imediato que a décima terceira era a própria princesa, que havia sido vítima do destino cruel que ela mesma havia preparado para tantos outros.

— Ora, princesa! — exclamou ele, rindo em voz alta. — Acho que você não é tão sagaz assim para ser enganada com tanta facilidade!

Gervaise apanhou o colar com a ponta da espada e o levou pendurado daquele jeito até a sala do conselho, onde o rei se sentava rodeado de outros líderes e membros da corte, ocupados com os assuntos do reino.

— Com sua licença, rei — disse Gervaise. — Envie alguém para procurar pela princesa Fiorimonde. Há apenas um momento estávamos jogando no jardim, mas agora ela não está em lugar algum.

O rei deu a ordem para que os servos procurassem sua alteza real, a princesa. Ao retornarem, informaram-lhe de que não a haviam encontrado.

— Nesse caso, permita-me trazê-la de volta para o senhor — disse Gervaise —, mas não antes que aqueles que estão desaparecidos há mais tempo do que ela venham e contem suas histórias.

Gervaise deixou que o colar deslizasse pela espada e caísse no chão. Sacou uma adaga afiada e cortou o fio dourado ao qual as contas estavam presas, produzindo um estalo avassalador como o ribombo de um trovão quando a lâmina atravessou o fio.

— Observem! — bradou ele. — Vejam o rei Pierrot, que estava perdido!

No instante em que Gervaise retirou a primeira conta do fio, o rei Pierrot, em suas vestes reais, surgiu de espada em punho em frente à multidão.

— Traição! — gritou ele, mas, antes que pudesse dizer qualquer outra coisa, Gervaise retirou outra conta, e o rei

Hildebrandt surgiu. Depois vieram Adrian, Sigbert e Algar, e em seguida Cenred e Pharamond, e então Baldwyn, Leofric e Raoul. Por fim, o último dos príncipes: Florestan, o querido mestre de Gervaise. Um a um, todos denunciaram a vilania da princesa Fiorimonde.

— E agora — anunciou Gervaise —, aquela que ajudou a salvá-los.

Ele retirou a décima segunda conta, e lá estava Yolande em seu vestido vermelho. Gervaise largou a adaga ao vê-la, tomando-a nos braços, e os dois choraram de alegria.

O rei e os demais membros da corte permaneceram pálidos e trêmulos, incapazes de dizer qualquer coisa em razão do medo e da vergonha. Por fim, o rei disse com uma voz profunda:

— Devemos a todos as mais sinceras desculpas, ó nobres reis e príncipes! Que punição desejam que seja preparada à minha filha culpada?

Gervaise o interrompeu com um gesto, dizendo:

— Não lhe dê nenhuma punição além da que ela escolheu para si mesma. Pois vejam, aqui está ela, a décima terceira conta no fio. Não permitam que ninguém ouse removê-la. Pendurem-na onde todos possam vê-la, para que saibam que a princesa perversa foi punida por sua feitiçaria. Que sirva de aviso a todos que pensarem em seguir seus passos.

O cordão dourado foi erguido com cuidado e pendurado no alto da igreja da cidade. Todos que vissem a conta solitária brilhando sob a luz do sol saberiam que se tratava da perversa princesa Fiorimonde e que a justiça havia sido feita.

Todos os reis e príncipes agradeceram a Gervaise e Yolande, cobrindo-os de presentes antes de retornarem aos seus respectivos reinos. Gervaise se casou com Yolande e os dois voltaram para casa na companhia do príncipe Florestan, onde todos viveram felizes até o fim de seus dias.

Princesas quase Esquecidas

ELSIE SPICER EELLS

1918 ◊ *The most Beautiful Princess*

A PRINCESA mais BELA

Quando um príncipe cai na armadilha de um gigante, uma princesa amaldiçoada pode ser sua única salvação. De dia ela é uma lebre, à noite, uma linda jovem. Depois dela, nenhuma será bela o bastante. Conto de fadas brasileiro.

Há muito tempo*, havia um rei que se encontrava muito doente. Quando desejou que uma lebre fosse morta para que lhe fizessem caldo, seu único filho, o príncipe, partiu em busca de uma. Enquanto o príncipe caminhava ao longo do trajeto até a floresta,

---

* A autora escreveu diversos contos de fadas baseados na cultura e folclore brasileiros da época. Embora Elsie Spicer Eells seja norte-americana e sua visão tenha sido apenas um recorte com tratamento e visão estrangeira, *Tales of Giants from Brazil* e *Fairy Tales from Brazil* são dois dos poucos livros com esta temática disponíveis. [N.E.]

uma lebrezinha saiu de uma sebe e cruzou seu caminho. Ele a perseguiu de imediato, mas a lebre era muito veloz.

O príncipe a perseguia pelas profundezas da floresta quando, de repente, a lebre fugiu por um buraco no chão. Ele permaneceu em seu encalço, mas logo percebeu, com grande pesar, que estava em uma ampla caverna, e que ao final dela estava o maior gigante que já vira em toda a vida.

O príncipe ficou terrivelmente assustado.

— Arrá! — disse o gigante, com uma voz tão feroz e profunda que as palavras ecoaram de novo e de novo pela caverna. — Achou que pegaria minha lebrezinha, não achou? Ora, quem pegou você fui eu!

O gigante apanhou o príncipe com uma das enormes mãos, jogando-o em uma caixa no fundo da caverna, a qual tampou e trancou com uma grande chave. O príncipe conseguia apenas um pouquinho de ar através de um buraco acima, o que o fez pensar que não sobreviveria.

Passaram-se horas. Por vezes, o príncipe adormecia, mas a maior parte do tempo ele ficou ali, pensando no pai doente e no que poderia fazer para escapar da caixa e voltar para o lado dele.

De repente, ouviu a chave mover a tranca. A tampa foi erguida, e diante de si ele viu a donzela mais linda que já vira ou sonhara.

— Sou a lebre que você perseguiu até a caverna — disse ela, sorrindo. — Sou uma princesa encantada, mas, embora precise assumir a forma de uma lebre durante o dia, ao anoitecer sou livre para retornar à minha própria forma. Você caiu nessa enrascada ao me seguir até a caverna; sinto tanto por você que irei libertá-lo.

— Você é tão linda que eu poderia ficar aqui para sempre apreciando seus belos olhos — disse o príncipe.

— Veria apenas uma lebre durante o dia — respondeu a princesa. — Nem sempre é noite. Além do mais, o gigante pode retornar a qualquer momento. Ele saiu em uma caçada porque achou que você não daria uma ceia grande o bastante para ele.

Não seja tolo. Vou lhe mostrar a saída da caverna, e você deverá correr de volta para sua casa o mais depressa possível.

 O príncipe agradeceu por toda a gentileza dela. Seguiu seu conselho, voltando para casa pelo caminho mais próximo, mas, ao retornar ao palácio, o pai já estava morto. O lugar estava envolto pelo luto.

 Sobrepujado pelo sofrimento, o príncipe pensou que não poderia continuar vivendo no palácio, e partiu como um andarilho após o funeral do pai. Então, trocou de roupas com um pobre pescador que encontrou próximo ao rio, pois não queria que o reconhecessem como príncipe.

 Vestido como um humilde pescador, ele vagou de um reino para o outro. Apanhava peixes para se alimentar, percebendo com rapidez que a rede que o pescador lhe dera como parte da indumentária era excelente. Nem o maior peixe no oceano poderia rompê-la.

 — Esta rede deve ter sido abençoada por Nossa Senhora — disse o príncipe.

 Ao longo da jornada, o príncipe chegou em uma cidade onde um grande festival estava acontecendo. O palácio estava decorado com estandartes vibrantes. Toda tarde, o mensageiro do rei cavalgava de cima a baixo pelas ruas, proclamando:

 — A princesa de nosso reino é a mais bela do mundo!

 O príncipe se lembrou da linda princesa que o havia libertado da caverna do gigante.

 — Essa princesa não pode ser tão bela quanto ela — disse. — Preciso vê-la com meus próprios olhos para acreditar.

 Assim, o príncipe se dirigiu ao portão do palácio para procurar pela princesa. Logo, ela surgiu na sacada e se apoiou sobre a balaustrada. Era muito bonita, mas tinha o nariz um pouquinho torto. Não se comparava à princesa da caverna.

 — Essa princesa não é de maneira alguma a mais linda do mundo — disse o príncipe vestido de pescador. — Sei onde há uma princesa mais bela.

As pessoas próximas o ouviram. Suas palavras foram relatadas de imediato aos guardas reais, que o apanharam bruscamente e o levaram ao rei.

— É você o pescador que diz que minha filha não é a princesa mais bela do mundo? — perguntou o rei, severo. — Você afirma, segundo me informaram, que conhece uma princesa muito mais bela. Sou um rei justo, do contrário ordenaria que fosse executado neste instante. Portanto, darei a você a chance de provar o que diz. Se não for capaz de cumpri-lo e me mostrar essa princesa que, na opinião de minha corte, é mais bela do que minha filha, você perderá a vida. Lembre-se de que precisará trazê-la até aqui para que sua beleza seja provada.

— Obrigado, vossa majestade — disse o príncipe. — Se me permitir duas semanas para cumprir com o acordo, e preparar um banquete para a noite de minha chegada a partir de hoje, farei de tudo para mostrar a princesa mais bela de todo o mundo para a corte reunida.

O rei estava espantado com as palavras do homem, pois não havia pensado que um pobre pescador conhecesse muitas princesas. Contudo, permitiu que partisse em busca dela.

Nisso, o príncipe se apressou de volta para casa e caminhou outra vez em direção à floresta, pelo mesmo caminho que havia feito no dia em que saíra em busca de uma lebre para o caldo do pai. Logo encontrou o local onde a lebre havia cruzado seu caminho, dando o melhor de si para se lembrar do trajeto pelo qual a havia perseguido floresta adentro.

Na floresta, encontrou vestígios do que parecia uma enchente. A água havia levado embora qualquer sinal da entrada da caverna. Ele cavou e cavou no local que acreditava ser o certo, mas não encontrou nada que se assemelhasse com a entrada.

Assim, ele cavou e cavou de novo em um local próximo, até encontrar o caminho barrado por uma porta enorme. Sem dúvida a entrada da caverna estaria do outro lado.

O príncipe bateu na porta com toda a força. Em seguida, a porta se abriu de leve, revelando a face de uma velha que espiou para fora.

— Sou a aia da princesa — disse ela. — Você deve ser o príncipe que ela esperava que retornasse para salvá-la de todas as calamidades que a assolam.

— O que aconteceu com minha bela princesa, aquela que salvou minha vida? — perguntou ele. — De fato, sou o príncipe, embora me surpreenda que tenha me reconhecido em meu traje de pescador.

— A princesa disse que eu o reconheceria pelo sorriso em seus olhos — respondeu a velha aia. — Não reparei em suas vestes nem por um momento. Você tem um sorriso no olhar, embora o rosto esteja triste. Venha até a caverna para que eu lhe conte tudo o que se passou.

Quando o príncipe entrou, ela rapidamente trancou a porta, e disse:

— Quando o gigante retornou, ele ficou furioso com a princesa por permitir que você escapasse. Ele a agarrou com truculência e a colocou na caixa em seu lugar. A princesa havia jogado a chave fora ao libertá-lo, de maneira que, por mais que procurasse, o gigante não foi capaz de encontrá-la em lugar algum. Isso o deixou ainda mais zangado do que antes. O dia todo ele se senta em cima da caixa, quando a princesa está em forma de lebre. À noite, quando sai, faz com que um grande rio corra ao redor da caverna, onde colocou um peixe gigantesco como guarda da entrada. Esse peixe nada para cima e para baixo em frente à nossa porta, chamando a princesa de nomes tão vis que, quando está na própria forma, ela permanece na caixa e coloca algodão nos ouvidos. Você chegou logo após o gigante sair. A água deve ter subido assim que entrou. Já posso ouvir o peixe.

O príncipe ouviu a voz do peixe enquanto falavam. Dizia coisas tão terríveis que ele ficou feliz que a princesa estivesse na caixa com algodão nos ouvidos.

— Entre na caixa com a princesa — disse ele à aia. — Sou um bom nadador. Vou abrir a porta e nadar para fora. A caixa é feita de madeira, portanto, vai flutuar. Dentro dela, você e a princesa irão flutuar para a segurança.

— Como vai nadar para longe daquele peixe terrível? — perguntou a velha aia.

— Não tema — respondeu o príncipe. — Tenho comigo uma rede tão forte que nem mesmo o maior e mais forte peixe do mundo poderia rompê-la. Vou prendê-lo nela, espere e verá. Enquanto isso, tire o algodão dos ouvidos da princesa e diga a ela que estou aqui. Acalme os medos dela e fique na caixa por um tempinho.

A velha aia permaneceu na caixa conforme o príncipe a havia instruído. Em seguida, ele destrancou a grande porta. O peixe nadou com ferocidade até ele, mas o príncipe o aprisionou rapidamente na rede. Segurando-o firme, ele nadou até a superfície da água, chegando depressa às margens do rio, onde matou o peixe e o escamou, guardando as escamas no bolso.

Como o príncipe havia previsto, a caixa flutuou até a superfície, onde ele arremessou a rede por cima dela e a puxou até a terra firme para que a aia e a bela princesa saíssem. A princesa estava tão encantadora que o príncipe caiu de joelhos diante dela. A visão de tamanha beleza quase o cegou.

— Sempre soube que você voltaria — disse a princesa. — Sabia que me salvaria de todos os meus problemas, mas você demorou bastante tempo para chegar até aqui.

O príncipe contou a ela tudo o que havia acontecido com ele.

— Você me salvou do gigante — disse. — Estou muito feliz em ter uma oportunidade de fazer o mesmo por você. Agora, preciso lhe pedir outra vez que salve minha vida.

Nisso, ele contou a ela sobre o festival onde deveria mostrar a princesa mais linda do mundo, ou perder a vida.

— Irei com você ao festival com o maior prazer — disse a princesa. — É fortuito que aconteça à noite.

A princesa e a aia viajaram depressa com o príncipe até o reino que alegava possuir a princesa mais bela do mundo, chegando

ARTE DE HELEN M. BARTON

bem na noite marcada para o festival. O exército do rei havia sido enviado para assassinar o príncipe. Ninguém imaginava que o pobre pescador seria capaz de trazer qualquer princesa que fosse, muito menos uma tão bela. O príncipe escondeu a princesa em uma caixa, à qual a velha aia carregou acima da cabeça.

    Uma grande risada ecoou pela corte quando o pobre pescador surgiu diante do rei com a velha aia ao seu lado.

161

— Sabíamos que o pescador jamais traria uma princesa mais bela do que a nossa — disseram os membros da corte —, mas vejam o que trouxe em vez disso!

Eles riram e gargalhavam, até que mal conseguissem ficar de pé.

Os soldados do rei avançaram para capturar o pescador e levá-lo à morte.

— Deem-me apenas mais um momento de vida — implorou o príncipe.

O rei assentiu. O príncipe levou a mão ao bolso do casaco e tirou dali um punhado de escamas prateadas, preenchendo o salão com uma belíssima nuvem de prata.

— Apenas mais um momento — disse o príncipe, tirando um punhado de escamas douradas do bolso. A mais bela nuvem dourada preencheu o salão. — Por favor, só mais um minutinho — implorou, tirando do bolso um punhado de escamas cravejadas com joias. Uma maravilhosa nuvem de joias cintilantes caiu sobre todos.

Quando a nuvem se dissipou, lá estava, entre a velha aia e o príncipe em trajes de pescador, a princesa mais bela que qualquer um ali já vira ou sonhara.

Os soldados recuaram. O rei e os membros da corte baixaram os olhos.

— Você ganhou a aposta — disse o rei quando por fim encontrou a própria voz. — Nossa filha não é a princesa mais bela do mundo. Eu mesmo vejo agora que o nariz dela é um pouquinho torto.

Os três fizeram o caminho de volta para o reino do príncipe, onde o casamento dele com a princesa foi celebrado com um grande banquete. No instante em que as escamas caíram sobre a princesa, o feitiço dela foi quebrado, de maneira que ela nunca mais se tornou uma lebre. Ela e o príncipe viveram felizes no palácio, e o gigante nunca mais os incomodou, embora eles sempre tomassem o cuidado de se manterem longe da floresta.

Princesas quase Esquecidas

EDITH NESBIT
1901 ◊ Melisande, or Long and Short Division

MELISANDE

Não convidar uma fada para uma festa de batizado é uma má ideia, mas não convidar todas elas pode ser muito pior. Amaldiçoada por Malévola, a princesa Melisande terá de enfrentar muitos dissabores e cálculos para quebrar a maldição.

Quando a princesa Melisande nasceu, sua mãe, a rainha, quis dar uma festa de batizado, mas o rei bateu o pé e não concordou.
— Festa de batizado sempre tem muito problema — disse ele. — Não importa o cuidado que a gente tome com a lista de convidados, alguma fada sempre fica de fora, e você sabe no que dá. Ora, até mesmo na minha família já tivemos acontecimentos chocantes. A fada Malévola não foi convidada para o batizado da minha avó... e você conhece bem a história do fuso e do sono de cem anos.
— Talvez você tenha razão — respondeu a rainha. — Ao mandar os convites para o batizado da filha, uma

prima minha esqueceu uma fada velha e antiquada qualquer, a velhota miserável apareceu na última hora e até hoje a menina está arrotando sapos.

— Pois é. E ainda há a questão dos ratos e das ajudantes de cozinha — disse o rei. — Não vamos arrumar sarna para nos coçar. Serei o padrinho dela, você será a madrinha e não convidaremos fada nenhuma; assim, nenhuma delas ficará ofendida.

— A não ser que todas fiquem — argumentou a rainha.

E foi exatamente isso que aconteceu. Quando o rei, a rainha e o bebê voltaram do batizado, a copeira os recebeu à porta, dizendo:

— Vossa Majestade, chegaram várias fadas. Eu disse que Vossas Majestades não estavam, mas todas decidiram esperar.

— Estão na sala de visitas? — perguntou a rainha.

— Eu as levei até a sala do trono — respondeu a copeira. — Sabe, é que são muitas.

Eram mais ou menos setecentas. A grande sala do trono estava lotada de fadas, de todas as idades e graus de beleza e feiura — fadas boas e más, fadas florais e lunares, fadas que pareciam aranhas e fadas que lembravam borboletas — e, quando a rainha abriu a porta e começou a dizer o quanto lamentava deixá-las esperando tanto tempo, todas gritaram em uníssono:

— Por que não me convidou para a festa de batizado?

— Eu não dei nenhuma festa — respondeu a rainha, e voltou-se para o rei, sussurrando: — Eu não disse? — Esse foi seu único consolo.

— Mas fez o batizado — disseram as fadas, todas juntas.

— Sinto muitíssimo — respondeu a pobre rainha.

Mas Malévola se adiantou e vociferou, com a maior grosseria:

— Cale-se!

Malévola é a mais velha das fadas, assim como a mais malvada. Tem péssima fama, e merecida; já foi excluída de mais festas de batizado do que todas as outras fadas juntas.

— Não comece a inventar desculpas — disse ela, apontando o dedo bem na cara da rainha. — Isso só piora o seu comportamento. Sabe muito bem o que acontece quando uma fada não é convidada para uma festa de batizado. Agora, vamos todas entregar nossos presentes de batizado. Sendo a fada de melhor posição social, hei de começar. A princesa será careca!

Enquanto Malévola se afastava, a rainha quase desmaiou, e outra fada, com uma boina elegante enfeitada de serpentes, adiantou-se com um farfalhar de asas de morcego. Mas o rei também se adiantou.

— Não vão, não! — disse ele. — Francamente, as senhoras me surpreendem. Como é que as fadas podem ser tão indignas do nome? Será que nenhuma das senhoras foi à escola? Não estudaram a história da sua própria raça? Sem dúvida, não precisam que um pobre rei ignorante como eu explique que isso é inaceitável.

— Como se atreve? — gritou a fada de boina, levantando a cabeça e fazendo as serpentes tremelicarem. — É a minha vez, e eu digo que a princesa será...

O rei chegou mesmo a tapar a boca dela com a mão.

— Olhe aqui — disse ele. — Não aceito isso. Dê ouvidos à razão ou vai se arrepender. Uma fada que viola as tradições da história feérica se apaga tal como a chama de uma vela, a senhora sabe muito bem. E as tradições contam que só as fadas malvadas são excluídas de uma festa de batizado, enquanto as boas são sempre convidadas; então, ou isto aqui não é uma festa de batizado, ou é e todas vocês foram convidadas, a não ser uma, conforme ela mesma diz, que é Malévola. Quase sempre é assim. Fui claro?

Muitas fadas de alta classe que a influência de Malévola havia desencaminhado murmuraram que Sua Majestade tinha lá sua razão.

— Se não acreditam em mim, experimentem — disse o rei. — Deem seus presentes maldosos à minha filha inocente...

mas, se o fizerem, podem ter certeza, vão se apagar como a chama da vela. Agora, querem se arriscar?

Ninguém respondeu, e naquele momento várias fadas se aproximaram da rainha e disseram que a festa tinha sido ótima, mas precisavam ir embora. Esse exemplo fez as outras se decidirem. Uma por uma, todas as fadas se despediram e agradeceram à rainha pela tarde excelente que passaram com ela.

— Foi uma maravilha — disse a dama da boina de serpentes. — Convide-nos outra vez o quanto antes, cara rainha. Estou ansiosa para revê-la, assim como ao lindo bebê. — E lá se foi ela, com os enfeites serpentinos tremelicando mais do que nunca.

Depois que a última fada foi embora, a rainha correu para ver a filha, tirou a touca de renda que ela usava e desatou a chorar. É que todo o cabelo macio e loiro da princesa Melisande saiu com a touca, e ela ficou tão careca quanto um ovo.

— Não chore, meu amor — disse o rei. — Tenho direito a um desejo que nunca tive oportunidade de usar. Minha fada madrinha o deu para mim como presente de casamento, mas desde então não desejei nada!

— Obrigada, querido — respondeu a rainha, sorrindo por entre as lágrimas.

— Guardarei o desejo até que o bebê cresça — continuou o rei. — Então, eu o darei para ela, que poderá pedir cabelo, se quiser.

— Ah, não quer desejar agora mesmo? — perguntou a rainha, derramando lágrimas e beijos na cabeça redonda e lisa do bebê.

— Não, meu bem. Quando crescer, talvez ela prefira outra coisa. Além do mais, o cabelo pode voltar a nascer por conta própria.

Mas não nasceu. A princesa Melisande cresceu bela como o sol e preciosa como o ouro, mas nunca teve um único fio de cabelo na cabeça. A rainha costurava touquinhas de seda verde para ela, e, debaixo delas, o rosto alvo e rosado da princesa se destacava como uma flor brotando do caule. E a cada dia, ao ficar

mais madura, ficava mais querida; e, ao ser mais querida, ficava mais bondosa; e, ao ser mais bondosa, ficava ainda mais bela.

Agora que a princesa estava adulta, a rainha disse ao rei:

— Meu amor, nossa querida filha já tem idade para saber o que quer. Deixe-a fazer o desejo.

Assim, o rei escreveu uma carta para sua fada madrinha e mandou uma borboleta entregá-la, perguntando se poderia dar à sua filha o desejo que a fada dera a ele como presente de casamento.

"Nunca tive oportunidade de usá-lo, mas sempre fiquei feliz ao lembrar que tinha tal coisa em casa", explicou ele. "O desejo está novo em folha, e minha filha já tem idade para dar valor a um presente tão precioso."

E a fada respondeu, também via borboleta:

"Prezado rei, por favor, faça o que quiser com meu humilde presentinho. Eu já havia me esquecido dele, mas me alegra pensar que Vossa Majestade estimou minha humilde lembrancinha por todos esses anos.

"Com carinho, da sua madrinha,
Fortuna F."

O rei destrancou seu cofre de ouro com as sete chaves de diamante que trazia penduradas no cinto, pegou o desejo lá dentro e o entregou à filha.

E Melisande disse:

— Pai, vou desejar que todos os seus súditos sejam muito felizes.

Mas todos já eram felizes, pois o rei e a rainha eram muito bons. Assim, o desejo não se realizou.

Ela, pois, disse:

— Então, desejo que sejam todos bons.

Mas todos já eram bons, porque eram felizes. Assim, mais uma vez, o desejo foi em vão.

A rainha disse:

— Querida, por amor a mim, deseje o que eu lhe disser.

— Ora, é claro que sim — respondeu Melisande.

A rainha sussurrou no ouvido da princesa e esta abanou a cabeça, concordando. Depois, disse em voz alta:

— Meu desejo é ter um metro de cabelo loiro, que ele cresça dois centímetros por dia, cresça duas vezes mais rápido toda vez que for cortado e...

— Pare! — gritou o rei. Mas o desejo funcionou, e no instante seguinte a princesa sorria para ele com uma cascata de cabelos dourados.

— Ah, que beleza — disse a rainha. — Que pena você tê-la interrompido, querido; ela ainda não havia terminado.

— E como terminaria? — perguntou o rei.

— Ah — respondeu Melisande. — Eu só ia acrescentar "duas vezes mais grosso".

— Que bom que não acrescentou — disse o rei. — Assim já basta. — Pois sua cabeça real entendia matemática, sendo capaz de somar, sem a menor dificuldade, os grãos de trigo usando o tabuleiro de xadrez, assim como os cravos nas ferraduras do cavalo.

— Ora, qual é o problema? — perguntou a rainha.

— Logo você saberá — respondeu o rei. — Venha, vamos ser felizes enquanto podemos. Dê-me um beijo, filhinha, e vá pedir para a governanta lhe ensinar como pentear o cabelo.

— Eu já sei — respondeu Melisande. — Penteei muitas vezes o cabelo de minha mãe.

— O cabelo da sua mãe é lindo — disse o rei —, mas creio que o seu será um pouco mais difícil de arrumar.

E foi mesmo. O cabelo da princesa começou com um metro de comprimento e, toda noite, crescia dois centímetros. Se você sabe fazer os cálculos mais simples, pode imaginar que em mais ou menos um mês o cabelo já tinha quase o dobro do tamanho. Esse comprimento não é nada conveniente. O cabelo se arrasta pelo chão e leva todo o pó, e, embora nos palácios só exista pó de ouro, ninguém gosta de ficar com pó no cabelo. E o cabelo da princesa

continuava a crescer toda noite. Quando chegou a três metros, ela não aguentou mais — era muito pesado e esquentava muitíssimo! Então, pegou emprestada a tesoura da governanta, cortou tudo e teve algumas horas de conforto. Mas o cabelo continuou a crescer, e agora crescia duas vezes mais rápido; assim, em trinta e seis dias, ficou maior do que nunca. A pobre princesa chorava de cansaço; quando não aguentou mais, cortou o cabelo outra vez e teve um período muito breve de conforto. É que o cabelo voltou a crescer, agora quatro vezes mais rápido, e depois de dezoito dias estava mais longo do que nunca, e ela teve que cortá-lo. Em certa altura, ele começou a crescer vinte centímetros por dia, e depois de mais um corte passou a crescer quarenta centímetros, depois oitenta, depois cento e sessenta, depois trezentos e vinte, e assim por diante, crescendo duas vezes mais rápido a cada corte, até que a princesa passou a ir dormir com o cabelo cortado rente à cabeça, acordando com metros e mais metros de fios dourados ocupando todo o quarto, de modo que não conseguia se mexer sem puxar o próprio cabelo, e a governanta precisava cortá-lo para que ela conseguisse sair da cama.

— Queria ser careca outra vez — dizia a pobre Melisande, suspirando, e olhava as touquinhas verdes que usava antigamente, chorando até pegar no sono entre as ondas de cabelo loiro. Mas nunca deixava sua mãe vê-la chorar, pois aquilo era culpa da rainha, e Melisande não queria dar a impressão de que a culpava.

Quando o cabelo da princesa cresceu pela primeira vez, a mãe mandou mechas para todos os parentes da realeza, que mandaram aplicá-las em anéis e broches. Depois, a rainha conseguiu mandar o bastante para fazer braceletes e cinturões. Mas agora havia tantas mechas cortadas que precisaram queimá-las.

Quando chegou o outono, as plantações murcharam; foi como se todo o tom dourado da colheita tivesse migrado para o cabelo da princesa, e o povo teve fome. Então, Melisande disse:

— É um desperdício queimar todo o meu cabelo, já que cresce tão depressa. Será que não podemos forrar alguma coisa com ele para vender e assim dar de comer ao povo?

O rei convocou um conselho de comerciantes, que mandaram amostras do cabelo da rrincesa a toda parte; logo as encomendas chegaram à farta e o cabelo da princesa se transformou no principal produto de exportação do país. Foi usado para forrar travesseiros e colchões, para fabricar cordas para os marinheiros e cortinas para os palácios da realeza. Também teceram com ele pano rústico para as roupas dos ermitões e outras pessoas que não gostavam de conforto. Mas o tecido era tão macio e sedoso que só os deixava felizes e aquecidos, ao contrário do que queriam. Assim, os ermitões deixaram de usá-lo e as mães passaram a comprá-lo para vestir os bebês, e todas as crianças bem nascidas passaram a usar roupinhas feitas dos cabelos da princesa.

O cabelo não parava de crescer, as pessoas tiveram o que comer e a fome acabou.

Então, o rei disse:

— Foi muito bom ter todo esse cabelo enquanto a fome durou, mas agora devo escrever para minha fada madrinha e ver se há algo a fazer.

Ele escreveu uma carta e mandou uma cotovia entregá-la. A resposta também chegou via pássaro:

"Por que não procura um príncipe competente? Ofereça o prêmio de sempre."

O rei mandou seus arautos saírem pelo mundo proclamando que qualquer príncipe respeitável com boas referências poderia se casar com a princesa Melisande se fizesse o cabelo dela parar de crescer.

Séquitos de príncipes vieram de toda parte, ansiosos para tentar a sorte, e trouxeram todo tipo de coisas esquisitas dentro de garrafas e caixas de madeira arredondadas. A princesa experimentou todos os remédios, mas não gostou de nenhum deles, e também não gostou de nenhum príncipe; assim, no fundo, ficou feliz porque nenhuma das coisas esquisitas dentro de garrafas e caixas surtiu o menor efeito em seu cabelo.

Agora a princesa tinha que dormir na grande sala do trono, pois nenhum outro cômodo era grande o suficiente para ela e seu cabelo. De manhã, quando acordava, o salão alto e amplo estava cheio de pilhas e mais pilhas de cabelos dourados, espessas como a lã num estábulo. E toda noite, quando cortava o cabelo bem rente à cabeça, sentava-se à janela, usando um vestido de seda verde, e chorava, beijando as touquinhas verdes que usava antes, e queria ser careca outra vez.

Na noite da véspera do solstício de verão, ao sentar-se e chorar, ela viu pela primeira vez o príncipe Florizel.

Ele chegara ao palácio naquela noite, mas não quis aparecer diante dela coberto da poeira da estrada, e ela havia se recolhido com vinte pajens carregando seu cabelo antes de ele tomar banho, mudar de roupa e entrar na sala de recepção.

Agora, ele andava pelo jardim à luz do luar; olhou para cima quando ela olhou para baixo, e, pela primeira vez, Melisande, ao olhar para um príncipe, quis que ele tivesse o poder de fazer seu cabelo parar de crescer. Quanto ao príncipe, ele quis muitas coisas, e a primeira lhe foi concedida, pois perguntou:

— Você é Melisande?

— E você é Florizel?

— Há muitas rosas em torno da sua janela — disse ele —, e ainda mais aqui embaixo.

Ela arremessou para ele uma das três rosas brancas que segurava nas mãos, e ele disse:

— As roseiras de rosas brancas são fortes. Posso subir até aí?

— É claro — respondeu a princesa.

Então, o príncipe subiu pelas roseiras até a janela.

— Agora — disse ele —, se eu fizer o que seu pai pede, você aceitará se casar comigo?

— Meu pai prometeu que sim — respondeu Melisande, brincando com as rosas brancas que tinha nas mãos.

— Cara princesa, a promessa de seu pai não é nada para mim. O que quero é a sua. Você promete?

171

— Sim — disse ela, e deu a ele a segunda rosa.
— Quero sua mão.
— Sim — repetiu ela.
— E, com ela, seu coração.
— Sim — disse a princesa, e deu a ele a terceira rosa.
— E um beijo para selar a promessa.
— Sim — disse ela.
— E um beijo para acompanhar a mão.
— Sim — repetiu ela.
— E um beijo para trazer o coração.
— Sim — respondeu a princesa, e deu a ele os três beijos.
— Pois bem — disse ele, depois de devolver os beijos.
— Não vá para a cama esta noite. Fique à janela e eu ficarei lá embaixo, no jardim, a observar. Quando seu cabelo tiver crescido até o teto do quarto, chame por mim e faça o que eu disser.

— Farei isso — respondeu a princesa.

Assim, no frescor da alvorada, o príncipe, deitado na grama ao lado do relógio de sol, ouviu a voz dela:

— Florizel! Florizel! Meu cabelo cresceu tanto que está me empurrando pela janela.

— Suba no peitoril — disse ele — e torça o cabelo três vezes em volta do grande gancho de ferro que está aí.

E foi o que ela fez.

O príncipe subiu pelas roseiras com a espada desembainhada presa entre os dentes, segurou o cabelo da princesa com a mão a mais ou menos um metro da cabeça dela e disse:

— Pule!

A princesa pulou — e gritou, pois ficou ali pendurada no gancho por um metro do próprio cabelo lustroso.

O príncipe abriu a mão e passou a espada pelos fios. Então, baixou Melisande com delicadeza pelos cabelos até os pés dela alcançarem o chão; depois, pulou atrás dela.

Os dois ficaram conversando no jardim até que todas as sombras se recolhessem debaixo das árvores que as projetavam e o relógio de sol mostrasse que era hora do desjejum.

H. R. MILLAR E CLAUDE A. SHEPPERSON, 1901

Então, foram comer, e toda a corte se reuniu em volta deles, admirada e assombrada, pois o cabelo da princesa havia parado de crescer.

— Como você conseguiu? — perguntou o rei, apertando calorosamente a mão de Florizel.

— Foi a coisa mais simples do mundo — respondeu o príncipe, modesto. — Vocês sempre cortaram o cabelo da princesa e o deixaram cair; eu cortei o cabelo e deixei a princesa cair.

— Grunf! — resmungou o rei, cuja cabeça entendia lógica. E durante o desjejum ele olhou várias vezes para a filha, ansioso.

173

Quando deixaram a mesa, a princesa se levantou com as outras pessoas, mas não parou mais de se levantar, até parecer que o gesto nunca mais acabaria. É que ela havia crescido três metros.

— Era o que eu temia — resmungou o rei, triste. — Fico pensando qual será a taxa de progresso. Sabe — disse ele ao pobre Florizel —, quando cortamos o cabelo e o deixamos cair, ele cresce; então, cortando o cabelo e deixando a princesa cair, é ela quem cresce. Bem que você poderia ter pensado nisso!

A princesa continuou a crescer. Na hora do jantar, já estava tão grande que foi preciso levar comida para ela no jardim, pois não cabia mais no palácio. Mas estava triste demais para conseguir comer. Chorou tanto que formou uma grande lagoa no jardim, e vários pajens quase se afogaram nela. Então, ela se lembrou de ter lido *Alice no País das Maravilhas* e parou de chorar na mesma hora. Mas nem por isso parou de crescer; ficava cada vez maior, até precisar sair do jardim do palácio e sentar-se no campo, e até mesmo ele era pequeno demais para acomodá-la com conforto, pois a cada hora a princesa crescia duas vezes mais do que antes. E ninguém sabia o que fazer, nem onde a princesa ia dormir. Felizmente, as roupas haviam crescido com ela; do contrário, teria sentido muito frio. Agora, estava sentada no campo com o vestido verde bordado de fios de ouro, parecendo um grande morro coberto de tojo em flor.

Você não consegue imaginar o quanto a princesa estava crescendo, e sua mãe ficava na torre do castelo, torcendo as mãos de aflição, e o príncipe Florizel, de coração partido, olhava para a princesa, tirada de seus braços e transformada numa mulher do tamanho de uma montanha.

O rei não chorou nem olhou. Sentou-se imediatamente e escreveu uma carta para sua fada madrinha, pedindo um conselho. Mandou uma doninha entregar a carta, e via doninha a carta foi devolvida com o seguinte aviso: "Foi embora. Não deixou endereço".

E foi bem nessa hora, com o reino mergulhado na tristeza, que um rei vizinho meteu na cabeça a ideia de mandar um exército invadir a ilha onde morava Melisande. As tropas chegaram aos montes, de navio, e a princesa, lá das alturas, viu os soldados estrangeiros marcharem no solo sagrado de seu país.

— Ser grande não me incomodará muito — disse ela — se assim puder ser útil.

E pegou punhados e mais punhados do exército inimigo, colocou-os de volta nos navios e deu um piparote em cada um, lançando-os longe, e tão depressa que só pararam ao chegar à própria terra. Ao chegar lá, todos os soldados disseram que prefeririam enfrentar a corte marcial cem vezes a ter que voltar àquele lugar.

Enquanto isso, Melisande, sentada na montanha mais alta da ilha, sentiu a terra tremer debaixo dos pés gigantescos.

— Acho que estou ficando pesada demais — disse ela, e pulou da ilha para o mar, que só chegava aos seus tornozelos.

Nessa hora, apareceu uma grande frota de navios de guerra, dotada de canhões e lança-torpedos, destinada a atacar a ilha.

Melisande não teria a menor dificuldade para afundar todos aqueles navios com um único chute, mas não quis fazer isso, pois afogaria os marinheiros; além do mais, poderia inundar a ilha.

Por isso, abaixou-se e pegou a ilha como quem colhe um cogumelo — pois é óbvio que todas as ilhas são sustentadas por um caule — e a levou para uma parte longínqua do mundo. Assim, quando as belonaves chegaram ao ponto onde a ilha ficava no mapa, não encontraram nada além de mar, e um mar bem alvoroçado, porque a princesa o havia agitado com seus passos ao partir para longe com a ilha.

Quando Melisande chegou a um lugar adequado, muito ensolarado e quente, sem tubarões na água, baixou a ilha no mar. O povo logo lançou as âncoras para prendê-la no lugar e depois todos foram dormir, agradecendo ao destino gentil que lhes mandara uma princesa tão grandiosa para ajudá-los numa hora de necessidade, chamando-a de salvadora da pátria e baluarte da nação.

175

Mas é péssimo ser o baluarte da nação e a salvadora do país quando se tem quilômetros de altura, não há ninguém com quem conversar e tudo o que se quer é voltar a ter o tamanhinho de sempre e se casar com a pessoa amada. E, quando escureceu, a princesa se aproximou da ilha, olhou para baixo, viu o palácio e a torre onde havia morado, e chorou, e chorou mais. Não importa o quanto alguém chore no mar; não faz diferença, qualquer que seja o tamanho da pessoa.

Quando escureceu ainda mais, a princesa olhou para as estrelas.

— Fico pensando quando serei grande o bastante para bater a cabeça nelas — murmurou.

E ali, observando as estrelas, ouviu um sussurro ao pé do ouvido; um sussurro muito baixo, mas bem distinto.

— Corte o cabelo! — dizia.

Tudo o que a princesa vestia e levava junto do corpo havia crescido com ela; assim, do seu cinto dourado pendia uma tesoura do tamanho da Península Malaia, além de uma almofada de alfinetes do tamanho da Ilha de São Sebastião e uma fita métrica com a qual seria possível dar a volta na Austrália.

Quando ela ouviu aquela voz tão baixinha, entendeu, por mais baixa que fosse, que era a querida voz do príncipe Florizel; assim, sacou a tesoura do estojo dourado e cortou, cortou e cortou todo o cabelo, que caiu no mar. As criaturas que viviam nos corais tomaram posse dele num instante e começaram a trabalhar, criando o que, hoje, é o maior recife de corais do mundo. Mas isso não tem nada a ver com a história.

Então, a voz disse:

— Aproxime-se da terra!

Foi o que a princesa fez, mas não conseguiu chegar muito perto porque era grande demais; ela olhou de novo para as estrelas, que agora lhe pareceram muito mais distantes.

E a voz disse:

— Prepare-se para nadar!

176

A princesa sentiu alguma coisa sair de sua orelha e descer por seu braço, as estrelas foram ficando mais e mais distantes e, no instante seguinte, a princesa se viu nadando do mar, com o príncipe Florizel nadando ao seu lado.

— Eu subi na sua mão quando você estava carregando a ilha — explicou ele quando os dois chegaram à praia e começaram a andar pela água rasa — e entrei no seu ouvido com uma corneta acústica. Você não percebeu que eu estava lá porque era muito grande.

— Ah, meu querido príncipe — chorou Melisande, atirando-se nos braços dele. — Você me salvou. Voltei ao meu tamanho normal.

Os dois foram para casa e contaram tudo ao rei e à rainha, que ficaram muito felizes, mas o rei coçou o queixo com a mão e disse:

— Você com certeza saiu ganhando, rapaz, mas não está vendo que voltamos ao ponto onde estávamos? Ora, o cabelo dela está crescendo outra vez.

E estava mesmo.

Então, mais uma vez, o rei escreveu uma carta para sua fada madrinha. Esta ele mandou via peixe-voador, e via peixe veio a resposta:

"Acabei de voltar de férias. Lamento o acontecido. Que tal uma balança?"

Essa mensagem fez a corte meditar por semanas a fio.

Mas o príncipe mandou fazer uma balança de ouro e a pendurou no jardim do palácio, debaixo de um grande carvalho. Um dia, de manhã, ele disse à princesa:

— Minha querida Melisande, preciso ter uma conversa séria com você. O tempo está passando. Tenho quase vinte anos; já é hora de pensarmos em definir nossa vida. Pode confiar totalmente em mim e sentar-se num dos pratos daquela balança dourada?

177

Ele a levou até o jardim e a ajudou a subir na balança, onde ela se encolheu com seu vestido verde e dourado, parecendo um montinho de grama com flores amarelas.

— E o que vai no outro prato? — perguntou Melisande.

— Seu cabelo — respondeu Florizel. — Quando cortamos seu cabelo e o deixamos cair, ele cresce, e, quando cortamos seu cabelo e a deixamos cair, é você quem cresce... Ah, alegria do meu coração, jamais poderei esquecer como você cresceu! No entanto, se o seu cabelo não pesar mais que você, nem você mais que seu cabelo, e eu passar a tesoura entre você ele, nem você nem seu cabelo vão cair e nenhum dos dois poderá decidir qual vai crescer.

— Mas e se os dois crescerem? — perguntou a pobre princesa, humildemente.

— Impossível — respondeu o príncipe, estremecendo. — Até mesmo a malevolência de Malévola tem limite. E, além do mais, Fortuna disse "balança". Vamos tentar?

— Farei o que você quiser — disse a pobre princesa. — Mas, primeiro, deixe-me dar um beijo em meu pai e minha mãe, e na governanta, e em você também, meu querido, para o caso de ficar grande outra vez e não conseguir mais beijar ninguém.

Assim, um por um, foram beijar a princesa.

Depois, a governanta cortou o cabelo dela e este já começou a crescer numa velocidade alarmante.

O rei e a rainha correram a colhê-lo e empilhá-lo no outro prato da balança, que aos poucos foi descendo. O príncipe esperou entre os pratos com a espada em punho, e, pouco antes de os dois pesos se igualarem, desferiu um golpe. Mas, durante o tempo que a espada levou para cortar o ar, o cabelo da princesa cresceu um ou dois metros, e assim, no instante em que a lâmina o cortou, os pesos ficaram idênticos.

— Você é um rapaz de grande discernimento — disse o rei, abraçando-o, enquanto a rainha e a governanta corriam a ajudar a princesa a descer da balança de ouro.

Quando Melisande saiu de um prato, o outro, cheio de cabelos dourados, foi ao chão, e ela ficou de pé diante daqueles que a amavam, rindo e chorando de felicidade, pois continuava do tamanho certo e seu cabelo havia parado de crescer.

Ela beijou o príncipe dezenas de vezes e, no dia seguinte, os dois se casaram. Todos os convidados comentaram a beleza da noiva, notando que o cabelo dela estava bem curto — tinha apenas um metro e sessenta e cinco de comprimento —, chegando até seus lindos tornozelos. É que os pratos da balança estavam a exatamente três metros e trinta centímetros um do outro, e o príncipe, tendo visão aguçada, cortara o cabelo exatamente no meio!

Princesas quase Esquecidas

ANDREW LANG
1897 ◊ The Princess in the Chest

A PRINCESA no CAIXÃO

Ninguém deve visitar a princesa isolada até que faça quatorze anos, porém seu pai está ansioso demais para conhecê-la. Uma sombria maldição recai sobre ela e um caixão precisa ser colocado na igreja. Quem poderia guardar o esquife da princesa sem fugir à meia-noite?

Era uma vez um rei e uma rainha que viviam em um maravilhoso castelo e governavam sobre uma terra ampla, justa e próspera. Eles se amaram imensamente desde o primeiro dia e foram muito felizes juntos, mas não tinham um herdeiro.

Estavam casados há sete anos, mas não tinham filhos, o que causava grande sofrimento a ambos. Quando o rei estava de mau humor, às vezes descontava sua frustração na pobre rainha, alegava que estavam envelhecendo sem herdeiros, que nem o trono nem o reino tinham um herdeiro, e que isso tudo era culpa dela. A rainha se aborrecia e chorava, pois eram acusações muito difíceis de ouvir.

Um dia, por fim, o rei lhe disse:

— Isso não pode mais ficar assim. É por sua culpa que permaneço sem filhos, portanto, partirei em uma jornada e ficarei fora por um ano. Se você tiver um filho quando eu voltar, tudo ficará bem. Eu a amarei mais do que tudo e nunca mais direi uma palavra enraivecida contra você. Contudo, se o ninho estiver vazio quando eu voltar para casa, terei que me livrar de você.

Assim que o rei partiu, a rainha mergulhou em solidão, lamentando-se e sofrendo mais do que nunca, até que um dia sua criada lhe disse:

— Acho que Vossa Majestade encontraria alguma ajuda se a buscasse.

Ela contou à rainha sobre uma sábia idosa que vivia naquele país, a qual havia auxiliado muitos em problemas similares. Não tinha dúvidas de que poderia ajudar a rainha também se ela a chamasse.

A rainha assim fez. A sábia mulher foi até ela, e a rainha confiou a ela sua tristeza. Estava sem filhos, bem como o rei e o reino permaneciam sem um herdeiro.

A mulher conhecia uma solução para isso.

— No jardim do rei — disse ela —, sob o grande carvalho à esquerda da saída do castelo, há um pequeno arbusto, mais marrom do que verde, com folhas cabeludas e longos espinhos. Nesse arbusto há, neste exato momento, três botões. Se vossa majestade for até lá sozinha, em jejum e antes do nascer do sol, para pegar o botão do meio e comê-lo, em seis meses trará ao mundo uma princesa. Assim que nascer, ela deve ter uma ama, a qual providenciarei. Essa ama deverá viver com a criança em uma parte isolada do palácio; nenhuma outra pessoa deverá visitá-la, nem mesmo o rei ou a rainha, até que ela tenha quatorze anos, pois isso causaria grande tristeza e desgraça.

A rainha recompensou a sábia idosa com grandes riquezas. Na manhã seguinte, antes do nascer do sol, ela estava no jardim, onde encontrou de imediato o arbusto com os três botões, colheu o do meio e o comeu. Tinha um sabor doce, mas depois amargo como fel. Seis meses depois, ela deu à luz uma menina. Havia uma ama de prontidão, a qual a mulher sábia havia providenciado, assim como os preparativos para que ela vivesse sozinha com a criança em uma ala isolada do castelo, com vista para o parque de brincar. A rainha fez como a mulher havia dito; entregou a criança de imediato para que vivesse lá com a ama.

Quando o rei voltou para casa e soube do nascimento de uma filha, é claro que ficou muito feliz e contente, desejando vê-la no mesmo instante. A rainha teve que contar a ele que fora previsto que haveria grande tristeza e desgraça se vissem a criança antes que ela completasse quatorze anos de idade.

Isso era tempo demais para esperar. O rei ansiava ver a filha, e a rainha não menos que ele, mas sabia que aquela não era como as outras crianças, pois era capaz de falar imediatamente após o nascimento e se mostrava tão sábia quanto os mais velhos. A ama lhe contara tudo isso, pois a rainha conversava com ela de vez em quando, mas não havia ninguém que tivesse visto a princesa. A rainha também já tinha visto do que a sábia idosa era capaz, portanto, insistiu com firmeza que o aviso deveria ser obedecido. O rei perdia a paciência com frequência e decidia que era hora de ver a filha, mas a rainha sempre o dissuadia da ideia. As coisas seguiram assim até um dia antes da princesa completar os quatorze anos de idade.

O rei e a rainha estavam no jardim, quando ele disse:

— Não posso e não vou mais esperar. Preciso ver minha filha neste instante. Algumas horas a mais ou a menos não podem fazer qualquer diferença.

A rainha lhe implorou que fosse paciente até a manhã. Depois de terem esperado tanto tempo, sem dúvida poderiam aguardar mais um único dia. Mas o rei estava completamente irracional.

ARTE DE H. J. FORD, 1904

—Chega de bobagens—disse.—Ela é tão minha quanto sua, e eu a verei agora.

Ele foi direto para o quarto da filha. Arrombou a porta e empurrou a ama quando ela tentou impedi-lo, vendo a filha logo em seguida. Era a mais encantadora princesa, vermelha e branca como leite e sangue, com olhos azuis-claros e cabelos dourados, mas, bem no meio da testa, havia um tufo de cabelo marrom.

A princesa foi ao encontro do pai. Caiu no pescoço dele e o beijou, mas, ao fazer isso, disse:

—Oh, pai, pai! O que você fez? Amanhã morrerei, e você deverá escolher uma dessas três coisas: a terra será atingida pela peste, você terá uma longa e sangrenta guerra, ou, assim que eu

morrer, deverá me colocar em um caixão simples de madeira e levá-lo à igreja, deixando uma sentinela ao lado dele todas as noites por um ano inteiro.

O rei ficou assustado de verdade. Pensou que a princesa estava delirando, mas, para agradá-la, disse:

— Bem, dessas três coisas, escolherei a última; se você morrer, eu a colocarei de imediato em um caixão simples de madeira na igreja, onde todas as noites deixarei uma sentinela ao lado. Mas você não morrerá, mesmo que esteja doente agora.

Ele prontamente convocou todos os melhores médicos do país. Eles vieram com todas as prescrições e frascos de remédios, mas, no dia seguinte, a princesa estava rígida e fria na imobilidade da morte. Todos os médicos puderam atestá-lo, assinando seus nomes e imprimindo seus brasões, alegando que haviam feito tudo o que podiam.

O rei cumpriu a promessa. O corpo da princesa foi colocado no mesmo dia em um caixão simples de madeira na capela do castelo. Naquela, e em todas as noites seguintes, um guarda foi colocado a postos na igreja para vigiar o caixão.

Na primeira manhã em que foram até lá pra liberar a sentinela, não havia mais ninguém. Pensaram que ele apenas havia se assustado e fugido, de maneira que, na noite seguinte, um novo guarda foi designado para a igreja, mas, ao amanhecer, ele também havia desaparecido.

Assim foi toda noite. Quando chegavam de manhã para liberar a sentinela, não encontravam ninguém, o que tornava impossível descobrir para onde teriam ido se tivessem fugido. E por que fugiriam, todos eles, de maneira que nunca mais fossem vistos ou ouvidos após serem colocados para vigiar o caixão da princesa?

Criou-se a crença geral de que o fantasma da princesa perambulava e devorava todos aqueles que deveriam guardar seu caixão. Logo não havia mais ninguém que aceitasse a responsabilidade. Os soldados do rei desertavam antes que fosse a vez deles de vigiarem-na, de modo que o rei prometeu

ARTE DE JAY VAN EVEREN, 1921

ARTE DE H. J. FORD, 1904

uma grande recompensa a quem se voluntariasse para o posto. Isso funcionou por algum tempo, pois havia alguns sujeitos destemidos que desejavam receber esse ótimo pagamento. No entanto, eles nunca o receberam, pois, pela manhã, também haviam desaparecido.

Assim foi por cerca de um ano inteiro; toda noite, uma sentinela era colocada ao lado do caixão, à força ou por vontade própria, mas ninguém jamais era visto, fosse no dia seguinte ou em qualquer momento posterior.

Também aconteceu que, ao anoitecer de um certo dia, um jovem e alegre ferreiro chegou à cidade onde ficava o castelo do rei. Era a capital do país, para onde pessoas de todo o reino iam em busca de trabalho. Esse ferreiro, chamado Christian, viera com o mesmo propósito. Estava à procura de um emprego, pois não havia trabalho para ele na cidade natal.

Entrando em uma estalagem, ele se acomodou na sala comum e pediu algo para comer. Alguns suboficiais estavam lá, tentando recrutar alguém para ficar de sentinela. Precisavam fazer isso dia após dia, sempre conseguindo, até então, algum sujeito destemido. No entanto, naquele dia ainda não haviam encontrado ninguém. Era sabido que todas as sentinelas designadas para o posto acabavam desaparecendo, de maneira que todos aqueles que foram abordados o haviam recusado com agradecimentos.

Eles se sentaram ao lado de Christian, pediram bebidas e beberam junto com ele. Christian era um sujeito animado, que gostava de boa companhia; sabia beber, cantar, conversar e se gabar quando um pouco de bebida lhe subia à cabeça. Contou aos suboficiais que era o tipo de pessoa que não tinha medo de nada, o que fazia dele bem o tipo de homem que procuravam, disseram os guardas. E que ele poderia facilmente ganhar uma boa quantia antes de completar mais um dia de vida, pois o rei pagava cem moedas de ouro a quem ficasse a noite toda como sentinela na igreja, ao lado do caixão da filha dele.

Christian não tinha medo de nada, e continuou a se gabar e a beber garrafas de vinho com os guardas, até que foram até o coronel, onde ele recebeu o uniforme, a espingarda e tudo mais. Depois, foi trancado na igreja para ficar de sentinela naquela noite.

Eram oito horas quando assumiu o posto. Na primeira hora, estava bastante orgulhoso da própria coragem; durante a segunda, muito satisfeito com a grande recompensa que receberia, mas, na terceira hora, quase às onze, os efeitos do vinho haviam passado. Ele começou a ficar desconfortável, pois já havia ouvido falar sobre aquele posto; até onde se sabia, ninguém jamais escapara com vida. Contudo, também ninguém sabia o destino das sentinelas.

Esse pensamento martelava em sua cabeça. Depois que o efeito do vinho passou, ele procurou por toda parte por uma maneira de escapar. Por fim, às onze horas, encontrou uma pequena porta secreta destrancada no campanário, pela qual saiu com a intenção de fugir.

No instante em que colocou o pé para fora, deparou-se com um pequeno homem, que disse:

— Boa noite, Christian. Para onde está indo?

Ele sentiu como se estivesse enraizado no lugar, incapaz de se mover.

— Para lugar nenhum — disse.

— Ah, sim — continuou o pequeno homem. — Você estava prestes a fugir, mas assumiu o compromisso de ficar de sentinela na igreja esta noite, portanto, é lá que deve ficar.

Christian disse muito humildemente que não ousava, que precisava escapar. Implorou para ser liberado.

— Não — disse o homenzinho. — Você deve permanecer em seu posto, mas vou lhe dar um conselho: suba no púlpito e fique lá, de pé. Não dê atenção a nada do que vê ou ouve. Nada será capaz de lhe fazer mal, contanto que permaneça em seu lugar até ouvir a tampa do caixão se fechar atrás dos mortos;

todo o perigo terá passado, e você poderá circular pela igreja como achar melhor.

O pequeno homem o empurrou de volta pela porta, trancando-a em seguida. Christian se apressou em subir no púlpito e ficou lá, sem reparar em nada, até que o relógio bateu meia-noite. Então, a tampa do caixão se abriu.

Algo parecido com a princesa saiu dali, desfigurado pela decomposição da morte, gritando e uivando:

— Sentinela, onde está você? Onde está você? Se não vier, terá a morte mais cruel que alguém já teve!

Ela deu várias voltas pela igreja, até que avistou o ferreiro no púlpito. Correu na direção dele e subiu os degraus, mas não conseguiu subir até o fim. Apesar de se esticar e se esforçar, não conseguia tocar Christian que, esse tempo todo, permanecia tremendo no púlpito. Quando o relógio bateu uma hora, a aparição teve que voltar para o caixão.

Christian ouviu a tampa do caixão batendo. Depois disso, houve um silêncio sepulcral na igreja. Ele se deitou onde estava e adormeceu, acordando somente quando já estava claro. Ouviu passos do lado de fora, bem como o barulho da chave sendo colocada na fechadura. Ele desceu do púlpito e parou com a espingarda diante do caixão da princesa.

Foi o próprio coronel quem surgiu com a patrulha, muito surpreso ao encontrar o rapaz são e salvo. Ele queria um relatório, mas Christian não lhe deu nenhum, de maneira que ele o levou diretamente ao rei, anunciando pela primeira vez que ali estava a sentinela que havia ficado de guarda na igreja durante a noite. O rei saiu da cama e colocou cem moedas de ouro sobre a mesa.

— Viu alguma coisa? — perguntou na intenção de interrogá-lo. — Viu minha filha?

— Fiquei em meu posto — disse o jovem ferreiro. — Isso é mais que suficiente. Não me dispus a mais nada.

Ele não tinha certeza se ousava contar o que vira e ouvira. Também se sentia um pouco vaidoso, pois havia feito o

que nenhum outro homem tinha sido capaz ou tivera coragem de fazer.

O rei afirmou estar satisfeito, e perguntou se ele aceitaria ficar de guarda mais uma vez na noite seguinte.

— Não, obrigado — disse Christian. — Não quero mais nada disso!

— Como quiser — disse o rei. — Você agiu como um homem corajoso. Receba agora seu café da manhã. Deve precisar de algo para se fortalecer depois dessa experiência.

O rei mandou preparar o café da manhã. Sentou-se à mesa com ele, constantemente enchendo seu copo, elogiando-o e brindando à sua saúde. Christian não precisou de muita insistência, fazendo plena justiça tanto à comida quanto à bebida, e não menos à última. Por fim, tornou-se audacioso e disse que, se o rei lhe pagasse duzentas moedas de ouro, ele estaria disposto a ficar de sentinela na próxima noite também.

Quando isso foi acertado, Christian lhe desejou um bom dia e desceu até os guardas, e depois para a cidade junto com os outros soldados e suboficiais. Com os bolsos cheios, ele bebeu com eles e lhes pagou bebidas, gabando-se e zombando dos imprestáveis que tinham medo de ficar de guarda, pois temiam que a princesa morta os devorasse. Ele proclamava para que eles conferissem se ela o havia devorado! Assim, o dia passou em alegria e brincadeira, mas, ao bater das oito horas, Christian foi trancado na igreja mais uma vez, completamente sozinho.

Antes do fim de duas horas, ele já havia se cansado e não pensava em nada além de sair dali. Às dez horas, encontrou uma pequena porta destrancada atrás do altar e saiu por ela, correndo em direção à praia. Estava quase chegando lá quando, de repente, o mesmo homenzinho surgiu diante dele.

— Boa noite, Christian. Para onde está indo?

— Tenho permissão para ir aonde quiser — disse o ferreiro, mas percebeu na hora que não conseguia dar um passo.

— Não. Você se comprometeu a ficar de guarda esta noite também. Deve cumprir com o combinado.

Ele o pegou, e, por mais relutante que estivesse, Christian teve que voltar com ele pela mesma portinha por onde havia saído. Ao chegarem lá, o homenzinho lhe disse:

— Vá para a frente do altar e pegue o livro que está lá. Fique lá até ouvir a tampa do caixão bater sobre os mortos. Dessa forma, você não sofrerá nenhum mal.

Com isso, o homenzinho o empurrou pela porta e a trancou. Christian se apressou para a frente do altar e pegou o livro em mãos, permanecendo assim até o relógio bater meia-noite.

A aparição saltou para fora do caixão.

— Sentinela, onde está você? Onde está você? — gritava ela.

Ela correu para o púlpito, subindo nele, mas não havia ninguém lá naquela noite. Assim, ela uivou e gritou novamente:

— *Meu pai não colocou a sentinela a me guardar! Guerra e peste esta noite devem começar!*

Nesse momento, ela notou o ferreiro parado em frente ao altar.

— Você está aí? — gritou, correndo na direção dele. — Agora vou pegar você!

Mas ela não conseguia subir o degrau. Continuou gritando, uivando e ameaçando, até que o relógio bateu uma hora e teve que voltar para o caixão. Christian ouviu a tampa se fechando. Naquela noite, no entanto, o fantasma não tinha a mesma aparência que na anterior; não estava tão feio.

Quando tudo se acalmou dentro da igreja, o ferreiro se deitou diante do altar e dormiu com tranquilidade até a manhã seguinte, quando o coronel veio buscá-lo. Ele foi levado ao rei novamente, e as coisas correram como no dia anterior. Ele recebeu o dinheiro, mas não deu nenhuma explicação sobre ter visto a filha do rei. Disse que não assumiria o posto outra vez, mas, depois de tomar um bom café da manhã e provar bastante dos vinhos do rei, concordou em ficar de guarda na terceira noite. Contudo, disse que não o faria por menos do que a metade do reino, pois era um posto perigoso. O rei teve que concordar.

O restante do dia transcorreu como o anterior. Ele, como um belo de um arrogante soldado, se vangloriava com seus muitos camaradas e companheiros de farra. Às oito horas, teve que vestir o uniforme e ser trancado na igreja.

Nem uma hora havia se passado antes que recobrasse o juízo e pensasse: *É melhor parar agora, enquanto o jogo está indo bem.* A terceira noite, ele tinha certeza, seria a pior: estava bêbado quando prometeu ficar de guarda, e o rei nunca poderia ter falado sério sobre a metade do reino! Decidiu ir embora sem esperar tanto quanto nas noites anteriores. Dessa forma, escaparia do homenzinho que o observara antes.

Todas as portas e portinholas estavam trancadas, até que teve a ideia de se esgueirar até uma janela, abrindo-a e saindo por ela às nove horas em ponto. Estava um tanto alta na parede, mas ele chegou ao chão sem quebrar nenhum osso e começou a correr.

Chegou à margem sem encontrar ninguém e entrou em um barco, afastando-se da terra. Riu consigo mesmo ao pensar em como havia sido astuto e enganado o homenzinho.

Nesse momento, ouviu uma voz da margem:

— Boa noite, Christian. Para onde está indo?

Ele não respondeu. *Esta noite suas pernas serão curtas demais*, pensou, remando com força, mas logo sentiu algo segurar o barco e arrastá-lo de volta para a costa, por mais que fizesse força com os remos.

O homem o agarrou e disse:

— Você deve permanecer em seu posto, como prometeu.

Querendo ou não, Christian teve que voltar com ele todo o caminho até a igreja. Pensou que nunca conseguiria entrar por aquela janela; pois era alta demais.

— Você deveria estar lá, portanto, é por aqui que vai entrar — disse o homenzinho, levantando-o até o parapeito da janela. Em seguida, disse: — Observe bem agora o que deve fazer. Esta noite, você deve se deitar no lado esquerdo do caixão. A tampa se abre para a direita, ou seja, ela sai para a esquerda. Quando

ela sair do caixão e passar por cima de você, entre nele depressa e se deite ali, sem que ela o veja. Deve permanecer deitado até o amanhecer. Quer ela ameace ou implore, você não deve sair, nem dar a ela qualquer resposta. Assim, ela não terá qualquer poder sobre você, e ambos estarão livres.

O ferreiro teve que entrar pela janela, da mesma forma que havia saído. Deitou-se de comprido no lado esquerdo do caixão da princesa, bem perto dele, onde ficou rígido como uma pedra até o bater da meia-noite. Então, a tampa saltou para a direita.

A princesa saiu, passando direto por cima dele. Ela correu ao redor da igreja, uivando e gritando:

— *Sentinela, onde está você? Onde está você?*

Ela foi até o altar, mas não havia ninguém lá. Então, gritou novamente:

— *Meu pai não colocou a sentinela a me guardar! Guerra e peste esta noite devem começar!*

Ela circundou a igreja toda, de cima a baixo, suspirando e chorando:

— *Meu pai não colocou a sentinela a me guardar! Guerra e peste esta noite devem começar!*

Em seguida, ela partiu outra vez, no mesmo instante em que o relógio bateu uma hora da madrugada.

O ferreiro ouviu uma música suave na igreja, cada vez mais alta, até que logo preenchia todo o lugar. Ouviu também uma multidão de passos, como se a igreja estivesse se enchendo de pessoas. Ouviu o sacerdote realizar o serviço em frente ao altar, ao som do canto mais belo que já ouvira na vida. Ouviu o sacerdote agradecer em oração pela terra ter sido libertada da guerra e da peste, de todas as desgraças, e a filha do rei, libertada do mal.

Muitas vozes se uniram para entoar um hino de louvor. Ele ouviu o sacerdote, ouviu seu próprio nome e o da princesa, e pensou que estavam se casando. A igreja estava lotada, mas ele não conseguia ver nada. Em seguida, ouviu outra vez os muitos passos, como se os mais velhos estivessem saindo da

igreja, enquanto a música soava mais e mais fraca, até desaparecer por completo. Quando tudo se aquietou, a luz do dia entrou pelas janelas.

O ferreiro saltou para fora do caixão, caiu de joelhos, e agradeceu a Deus. A igreja estava vazia, mas em frente ao altar estava a princesa, branca e vermelha, como um ser humano, mas soluçando e chorando, tremendo de frio envolta em um sudário branco.

O ferreiro pegou o casaco de sentinela e o enrolou ao redor dela. Ela secou as lágrimas, tomou-o pela mão e agradeceu, dizendo que ele a havia libertado de toda a feitiçaria que vivia nela desde o nascimento, e a qual lhe possuiu quando o pai quebrou a ordem de não a ver até que completasse catorze anos de idade.

Ela disse ainda que, se aquele que a libertou a tomasse por esposa, ela seria dele. Caso contrário, entraria para um convento, e ele não poderia se casar com mais ninguém enquanto ela vivesse, pois estavam casados pelo serviço dos mortos, conforme ele ouvira.

Ela era a mais bela princesa que alguém poderia desejar ver, e ele era senhor da metade do reino que lhe havia sido prometida por permanecer de guarda na terceira noite. Assim, concordaram que seriam um do outro e se amariam por todos os dias de suas vidas.

Com o primeiro raio de sol, o vigia chegou e abriu a igreja. Não apenas o coronel estava lá, como o próprio rei viera para verificar o que havia acontecido com a sentinela. Ele encontrou o rapaz e a princesa sentados de mãos dadas no degrau em frente ao altar, e reconheceu a filha de imediato, abraçando-a e agradecendo a Deus e ao seu libertador. Não fez objeções ao que haviam combinado, de maneira que Christian, o ferreiro, casou-se com a princesa, recebendo metade do reino no mesmo dia, e o restante quando o rei faleceu.

Quanto aos outros sentinelas, com tantas portas e janelas abertas, sem dúvida haviam fugido e se unido ao serviço prussiano. Quanto às visões de Christian? Bem, ele havia bebido mais vinho do que deveria.

Princesas quase Esquecidas

FLORA ANNIE STEEL
1894 ◊ Princess Pepperina

A PRINCESA PIMENTINA

Uma passarinha come a pimenta verde mais preciosa de um gigante adormecido. A donzela que nascerá de seu ovo será capaz de despertar inveja no coração das mulheres que cruzarem seu caminho. Uma história Panjabe.

Em uma floresta, vivia um pássaro bulbul que cantava o dia todo para o companheiro, até que, certa manhã, ela disse:

— Ó querido marido! Você canta lindamente, mas eu gostaria tanto de um pouco de pimenta verde para comer!

O obediente bulbul saiu voando de imediato para encontrar a pimenta, mas, embora tivesse voado por muitas milhas, procurando em todos os jardins pelo caminho, não conseguiu encontrar nem mesmo uma única pimenta verde. Não havia um fruto sequer nos arbustos, apenas minúsculas flores-estrela, ou pimentas, que estavam todas maduras e vermelhas.

 Por fim, para lá dos ermos, o pássaro se deparou com um jardim murado. Mangueiras altas criavam sombras de todos os lados, barrando o sol forte e os ventos ásperos, para que dentro crescessem inúmeras flores e frutos. Contudo, não havia sinal de vida dentro das paredes — nada de pássaros ou borboletas, apenas o silêncio e o perfume das flores.

 O bulbul pousou em meio ao jardim e, veja só! Ali crescia uma pimenteira solitária. Em meio às folhas polidas brilhava um fruto verde imenso, resplandecendo como uma esmeralda.

 Felicíssimo, o pássaro voou de volta para casa, de encontro à companheira, para contar que havia encontrado a mais bela pimenta verde no mundo. Ele a levou consigo de volta para o jardim, onde o outro pássaro, de imediato, começou a comer o delicioso alimento.

 Esse tempo todo, o gênio a quem o jardim pertencia repousava em sua casa de veraneio. Como costumava ficar acordado por doze anos inteiros, e dormia, em seguida, por outros doze anos, naquele momento, encontrava-se, é claro, em um sono bastante profundo, alheio às idas e vindas do bulbul. Entretanto, como não faltava muito para a hora de acordar, ele teve pesadelos terríveis enquanto a pimenta verde era despedaçada a bicadas. Cada vez mais inquieto, o gênio acordou bem no momento em que a parceira do bulbul, após colocar um ovo verde e brilhante como uma esmeralda sob o pé de pimenta, foi embora com ele.

 Como de costume, após bocejar e se alongar, o gênio foi ver como estava sua pimenta de estimação, ficando arrasado e enfurecido ao encontrá-la em pedaços. Não podia imaginar quem ou o que poderia ter cometido tamanha diabrura, certo de que nenhum pássaro, besta ou inseto habitava o jardim.

197

— Alguma criatura rastejante daquele terrível mundo lá fora deve ter se infiltrado enquanto eu dormia — disse o gênio para si mesmo, começando de imediato a busca pelo intruso.

Não encontrou nada além do ovo verde e brilhante, com o qual foi surpreendido, e levou consigo para a casa de veraneio, onde o embrulhou em algodão em rama antes de colocá-lo cuidadosamente em um nicho talhado na parede. Observava-o todos os dias, suspirando ao pensar na perda da pimenta, até que, certa manhã, ora, veja só! O ovo havia desaparecido, dando lugar a uma pequena e adorável donzela, vestida dos pés à cabeça em verde-esmeralda. Em seu pescoço estava pendurada uma esmeralda de grandes proporções, com a forma exata da pimenta verde.

O gênio, uma criatura pacata e inofensiva, estava encantado, pois amava crianças. Aquela era a coisinha mais linda que já vira, de maneira que decidiu que sua missão de vida seria cuidar da princesa Pimentina — nome informado pela própria menina.

Passados doze anos despertos no jardim florido, era chegada a hora do bondoso gênio voltar a dormir. Preocupava-o muito pensar no que seria da princesa enquanto ele estivesse desacordado e não fosse mais capaz de cuidar dela, mas aconteceu que, enquanto caçavam pela floresta, um grande rei e seu ministro se depararam com o jardim murado. Curiosos para descobrir o que havia dentro, eles escalaram a parede e encontraram a adorável princesa Pimentina sentada sob o pé de pimenta.

O rei se apaixonou de imediato por ela, implorando, na mais rebuscada linguagem, que se tornasse sua esposa. Contudo, a princesa apenas meneou a cabeça com modéstia, dizendo:

— De maneira alguma! Deve pedir ao gênio dono deste jardim. O problema é que ele tem o péssimo hábito de devorar homens de vez em quando.

Ainda assim, ao ver o jovem rei ajoelhado diante dela, a princesa não pôde deixar de pensar que se tratava do mais

belo e esplêndido jovem no mundo, de maneira que seu coração ficou mais leve. Então, ao ouvir os passos do gênio, ela gritou:

— Escondam-se no jardim! Tentarei persuadir meu guardião a ouvi-los.

Tão logo o gênio apareceu, ele começou a farejar ao redor, exclamando:

— Fi! Fa! Fum! Sinto cheiro de sangue de homem!

A princesa Pimentina tentou acalmá-lo, dizendo:

— Querido gênio, você pode devorar *a mim*, se quiser, pois não há mais ninguém aqui.

Beijando-a e acariciando-a, o gênio respondeu:

— Minha preciosa vida! Preferiria comer tijolos e argamassa!

Depois disso, a princesa astutamente guiou a conversa para o sono do gênio que se aproximava, perguntando-se com lágrimas no rosto o que seria dela, sozinha no jardim murado. Nisso, o bondoso gênio ficou bastante preocupado, até que declarou, por fim, que o plano ideal seria casar a princesa com algum jovem nobre. Acrescentou, contudo, que seria difícil encontrar um marido digno dela, pois deveria ser tão belo entre os homens quanto a princesa Pimentina o era entre as mulheres.

Ao ouvir isso, a princesa aproveitou a chance para perguntar ao gênio se permitiria que ela se casasse com alguém tão belo quanto ela. O gênio o prometeu com sinceridade, sequer imaginando que a princesa já havia encontrado tal pessoa. Portanto, ficou imensamente espantado quando ela bateu palmas, fazendo com que o jovem e esplêndido rei surgisse da mata. Todavia, quando o jovem casal uniu as mãos, nem mesmo o gênio pôde negar jamais ter visto um par tão belo.

Ele concedeu sua bênção ao casamento, o qual foi realizado com grande pressa, pois o gênio já havia começado a bocejar e cabecear. Ainda assim, chegada a hora de dizer adeus à sua amada princesinha, ele chorou tanto que as lágrimas o mantiveram acordado. Ele a acompanhou em pensamento, até que o desejo de ver o rosto dela outra vez se tornou tão forte que se

transformou em um pombo branco, voando até ela e batendo as asas acima de sua cabeça.

Ela parecia bastante feliz, conversando e sussurrando para o marido, de maneira que o gênio voou de volta para casa para dormir, mas o manto verde de sua querida princesa Pimentina continuava drapejando diante de seus olhos.

Ele não conseguia descansar. Transformando-se em um falcão, o gênio voou depressa atrás dela, descrevendo grandes círculos acima da princesa. Ela sorria ao lado do marido, portanto, o gênio retornou ao jardim, bocejando horrivelmente; mesmo assim, os olhos gentis da princesa Pimentina pareciam mirar os dele, afugentando o sono para longe. Então, ele se transformou em uma águia para voar muito alto no céu azul, onde, com seu olhar penetrante, avistou muito ao longe, no horizonte, a princesa adentrando o palácio de um rei. Por fim, o bom gênio se sentiu satisfeito e pôde cair no sono.

Nos anos que se passaram, o jovem rei permaneceu profundamente apaixonado pela linda noiva, porém, as outras mulheres no palácio sentiam muita inveja dela, em especial depois de dar à luz ao mais adorável príncipe que se podia imaginar. Assim, decidiram arquitetar a ruína dela, planejando por horas como poderiam matá-la ou preparar uma armadilha para ela.

Toda noite elas se dirigiam à porta do quarto da rainha, sussurrando para ver se ela estava acordada:

— A princesa Pimentina está desperta, mas todo o mundo dorme profundamente.

A esmeralda que a princesa usava no pescoço era um talismã que sempre dizia a verdade. Se qualquer pessoa sussurrasse uma mentira, ele se erguia e revelava a verdade *de imediato*, envergonhando o culpado sem qualquer remorso. Nessas ocasiões, a esmeralda respondia:

— De maneira alguma! A princesa Pimentina está dormindo. É o mundo que está acordado.

As mulheres malignas então batiam em retirada, pois sabiam que não seriam capazes de fazer mal à princesa enquanto ela usasse o talismã.

Aconteceu por fim que, durante o banho, a jovem rainha tirou o talismã de esmeralda, esquecendo-o por engano no local. Naquela noite, quando as mulheres invejosas surgiram para sussurrar do outro lado da porta, "A princesa Pimentina está desperta, mas todo o mundo dorme profundamente", o talismã da verdade exclamou do quarto de banho:

— De maneira alguma! A princesa Pimentina está dormindo. É o mundo que está acordado.

Percebendo pelo som que o talismã não estava no lugar habitual, as perversas criaturas invadiram o quarto em silêncio. Mataram o príncipe recém-nascido que dormia pacificamente no berço, cortaram-no em pedacinhos, e os espalharam pela cama da mãe, manchando os lábios dela com o sangue.

Na manhã seguinte, elas correram até o rei, chorando e gritando enquanto imploravam para que ele fosse presenciar a horrível cena.

— Veja! — diziam elas. — A bela princesa, a quem você tanto ama, é uma ogra! Nós tentamos avisá-lo, mas agora ela matou o filho ao devorá-lo!

O rei estava furioso e desolado, pois amava a esposa, mas não podia negar que se tratava de uma ogra. Ordenou que ela fosse banida do reino e depois executada.

Assim, a adorável e gentil rainha foi escorraçada para longe dali, e cruelmente assassinada enquanto as mulheres invejosas se regozijavam com o sucesso de seus planos malignos.

Com a morte da princesa Pimentina, seu corpo se tornou uma grande parede de mármore branco. Os olhos se transformaram em poças d'água, o manto verde em faixas de grama verdejante, os cabelos longos e cacheados em videiras e gavinhas. A boca escarlate e os dentes brancos se tornaram um maravilhoso canteiro de rosas e narcisos. Sua alma tomou a forma de um casal de patos brancos — as adoráveis aves que,

como os pombos selvagens, são sempre constantes —, flutuando nas poças em longos dias de luto pelo seu triste destino.

Muitos dias depois, o jovem rei que, apesar do suposto crime, não conseguia evitar lamentar a perda da esposa, saiu em uma caçada. Sem encontrar animal algum, vagou muito longe pelos campos, até se deparar com a grande parede de mármore branco. Curioso para ver o que havia do outro lado, ele a escalou até a grama verdejante, onde as gavinhas se remexiam suavemente, as rosas e narcisos floresciam, e o casal de pássaros flutuava nas poças em um luto constante.

Cansado e entristecido, o rei se deitou para descansar e ouvir os sons dos pássaros naquele maravilhoso lugar. Enquanto ouvia, o significado desses sons parecia ficar cada vez mais claro, tanto que ele os ouviu contar toda a história da traição das vis mulheres.

Nisso, um dos pássaros disse:

— Poderia ela voltar a viver?

O outro respondeu:

— Se o rei nos apanhar e nos colocar próximos, coração com coração, enquanto corta nossas cabeças com um único golpe de espada, de maneira que nenhum morra antes do outro, a princesa Pimentina viverá outra vez. Mas, se um morrer antes do outro, ela permanecerá como está!

Com o coração acelerado, o rei chamou os pássaros até perto de si. Eles obedeceram, parando com os corações um de frente para o outro enquanto o rei lhes cortava as cabeças com um único golpe, de maneira que ambos caíram mortos no mesmo instante.

A princesa Pimentina ressurgiu naquele momento, sorridente e mais bela do que nunca. Curiosamente, as poças, a grama, as gavinhas e as flores permaneceram como estavam.

O rei implorou para que ela retornasse com ele, jurando que nunca mais deixaria de confiar nela, e que sentenciaria à morte as perversas traidoras. Contudo, ela recusou, dizendo que preferia viver para sempre dentro das muralhas de mármore, onde ninguém poderia importuná-la.

— De fato! — exclamou o gênio, o qual, tendo recém-despertado dos doze anos de sono, havia voado diretamente até a querida princesa. — Vocês viverão aqui, e eu viverei com vocês!

O gênio construiu um magnífico palácio para os dois, onde o casal viveu feliz para sempre. Como ninguém jamais soube de nada a respeito, ninguém nunca mais sentiu inveja da linda princesa Pimentina.

Princesas quase Esquecidas

MARY DE MORGAN
1886 ◊ *The Wise Princess*

A PRINCESA SÁBIA

Sedenta por mais conhecimento, a princesa vai até a caverna de um velho sábio para se tornar sua pupila. Ao final de três anos, ela se torna tão sábia quanto seu mestre, mas algo ainda a incomoda: ela não aprendeu a ser feliz.

E*ra uma vez um rei cuja esposa* havia falecido, deixando para trás uma filha chamada Fernanda. Era uma princesa muito bonita e boazinha, mas, quando criança, constrangia todas as damas de companhia ao lhes fazer perguntas sobre tudo o que via.

— Vossa alteza não deveria desejar saber tanto — diziam-lhe elas.

Mas a princesa Fernanda jogava a pequena cabeça para trás e dizia:

— Quero saber tudo.

À medida que crescia, tivera

todo tipo de mestres e mestras para lhe ensinar todas as línguas e ciências, mas ainda assim dizia:

— Não é o bastante; quero saber mais.

Em uma profunda caverna subterrânea vivia um velho mago tão sábio que seu rosto era quase todo escurecido pelas rugas, com uma longa barba branca que fluía até os pés. Ele conhecia todo tipo de magia, sentando-se dia e noite para se debruçar sobre os livros, até que parecesse não haver mais nada para aprender.

Certa noite, após todos estarem dormindo, a princesa Fernanda se levantou, deslizou suavemente escadas abaixo, para fora do palácio, e, sem ser ouvida por ninguém, saiu às escondidas para a caverna do mago.

O velho estava sentado em um banquinho, lendo um livro imenso sob uma luz fraca e esverdeada, mas ergueu os olhos e olhou para a princesa quando ela atravessou a porta. Ela vestia um manto azul e prateado, mas o cabelo brilhante estava solto, caindo em ondas até a cintura.

— Quem é você, e o que quer de mim? — perguntou ele.

— Sou a princesa Fernanda — disse ela —, e desejo me tornar sua pupila. Ensine-me tudo o que sabe.

— Por que deseja tal coisa? — perguntou o mago. — Isso não a tornará melhor ou mais feliz.

— Já não sou feliz agora — respondeu a princesa, suspirando com exaustão. — Ensine-me, e terá uma pupila habilidosa. Pagarei em ouro.

— Não aceitarei seu ouro — disse o mago. — Venha até mim todas as noites a esta hora, e, em três anos, saberá tudo o que sei.

Assim, todas as noites, enquanto todos na corte dormiam, a princesa descia até a caverna do mago. As pessoas se maravilhavam mais e mais diante dela, dizendo:

— Quanto conhecimento! Quanta sabedoria!

Quando se passaram os três anos, o mago lhe disse:

— Vá! Não tenho mais nada a lhe ensinar. É tão sábia quanto eu.

A princesa lhe agradeceu e retornou ao palácio do pai.

Ela era muito sábia. Falava as línguas de todos os animais. Os peixes surgiam das profundezas ao seu chamado, e os pássaros das árvores. Sabia dizer quando o vento sopraria, ou quando o mar se tornaria calmo. Podia transformar inimigos em pedra, ou presentear os amigos com fortunas incalculáveis. Apesar de tudo isso, quando sorria, seus lábios eram muito tristes, e os olhos, sempre cheios de preocupações.

Ao dizer que estava cansada, o pai pensou que estivesse doente. Queria convocar os médicos, mas ela o impediu.

— Como poderiam me ajudar, meu pai — disse ela —, visto que sei mais do que eles?

Uma noite, um ano após a última lição do mago, ela se levantou e retornou à caverna. Ele ergueu os olhos e a viu, como outrora, diante de si.

— O que quer? — perguntou. — Ensinei-lhe tudo o que sei.

— Ensinou-me muito — disse ela, caindo de joelhos ao lado dele —, mas permaneço ignorante sobre uma única coisa. Ensine-me isto também: *como ser feliz*.

— Não — respondeu o mago com um sorriso pesaroso. — Não posso lhe ensinar tal coisa, pois eu também não o sei. Vá e pergunte aos que sabem, os mais sábios do que eu.

A princesa deixou a caverna e caminhou até a costa. Passou toda aquela noite sentada em uma rocha que se erguia do mar, observando o céu aberto e a lua que ia e vinha de trás das nuvens. O mar se agitava ao redor dela, e o vento soprava, mas ela não os temia.

O sol nasceu, acalmando as águas e parando o vento. Uma cotovia surgiu dos campos e voou até os céus, cantando como se o coração estivesse prestes a explodir de alegria.

— Aquele pássaro sem dúvida é feliz — disse a princesa a si mesma, chamando o pássaro na língua dele em seguida. — Por que canta?

— Canto porque estou feliz! — respondeu a cotovia.

— E por que está tão alegre?

ARTE DE WALTER CRANE, 1886

— Por quê? — perguntou o pássaro. — Nosso deus é tão bom! O céu é tão azul, os campos são tão verdes. Não é o bastante para me fazer feliz?

— Ensine-me, então, para que eu também seja feliz — disse a princesa Fernanda.

— Não posso — respondeu a cotovia. — Não sei ensinar.

O pássaro saiu voando e cantando, ascendendo até o azul acima. A princesa suspirou e retornou ao palácio.

Encontrou seu cãozinho do lado de fora da porta, o qual latia e pulava de alegria ao vê-la.

— Cãozinho — disse ela —, pobre cãozinho, por que está tão contente em me ver? Por que está tão feliz?

— Por quê? — perguntou o cachorrinho, surpreso. — Tenho muito o que comer, uma almofada macia para descansar, e você para me fazer carinho. Não é o bastante para me fazer feliz?

— Não é o bastante para mim — disse a princesa, suspirando, mas o pequeno animal apenas balançou a cauda e lambeu a mão dela.

No quarto, ela encontrou a pequena Doris, sua dama de companhia favorita, dobrando seus vestidos.

— Doris — chamou ela —, você parece alegre. Por que está tão feliz?

— Estou indo ao festival, Vossa Alteza — respondeu Doris. — Luke se encontrará comigo lá; mas — acrescentou, fazendo beicinho — eu gostaria de ter um chapéu novo e bonito para usar com meu vestido novo.

— Então não está perfeitamente feliz. Não pode me ensinar — disse a princesa Fernanda, suspirando mais uma vez.

Ao entardecer, quando o sol se pôs, ela se levantou e saiu rumo ao vilarejo. Uma mulher cuidava de um bebê em frente à porta da primeira cabana que encontrou, cantando para fazê-lo dormir. A mãe olhava com orgulho para o bebê gordo e rosado.

A princesa parou para falar com ela.

— Você tem uma bela criança — disse. — Sem dúvida está muito feliz.

A mulher sorriu.

— Sim — disse —, estou; exceto por meu marido que saiu para pescar e está bastante atrasado, o que me deixa ansiosa.

— Nesse caso, você não pode me ensinar — disse a princesa, suspirando para si enquanto se afastava.

Ela caminhou a esmo, até se deparar com uma igreja, na qual entrou. Tudo estava calmo, pois estava vazia; mas, em frente ao altar, o corpo de um jovem que havia sido morto na guerra jazia em um esplêndido ataúde. Ele vestia um uniforme vibrante, com o peito coberto de medalhas e a espada logo ao lado. Fora atingido no coração, mas seu rosto estava em paz, com lábios sorridentes.

A princesa caminhou até o lado dele, fitando o rosto silencioso. Inclinou-se para a frente e beijou a testa fria, invejando o soldado.

— Se ele pudesse falar — disse —, com certeza poderia me ensinar. A boca de um vivo jamais sorriria dessa maneira.

208

Nisso, ela olhou para o alto e viu um anjo branco de pé do outro lado do ataúde, e soube de imediato que se tratava da Morte.

— Você o ensinou — disse a princesa, estendendo os braços. — Não poderia me ensinar a sorrir como ele?

— Não — disse a Morte, apontando para as medalhas no peito do homem morto. — Eu o ensinei enquanto ele cumpria com o dever. Não posso fazer o mesmo por você.

Tendo dito isso, o anjo desapareceu de vista.

Ela deixou a igreja e caminhou em direção à beira-mar. O mar estava alto, o vento soprava forte. Um garoto estivera brincando entre as pedras e escorregara em direção à água, onde se debatia contra as ondas. Logo se afogaria, pois a água era profunda demais para ele.

Quando a princesa o viu, ela mergulhou na água e nadou até onde ele estava. Tomou-o nos braços, levando-o em segurança de volta para as rochas, mas as ondas estavam tão fortes que ela própria mal conseguia se manter acima delas. Ao tentar se agarrar às rochas, a princesa viu a Morte se aproximando por cima da água.

— Agora — disse o anjo — ensinarei tudo o que desejar saber.

A princesa o recebeu com alegria. O anjo a envolveu em seus braços e a levou para as profundezas da água.

Os servos do rei a encontraram deitada na margem. Serena, tinha o rosto branco e os lábios frios, mas sorria como nunca antes. Levaram-na de volta para casa, onde a vestiram com pompa e honraria, coberta de ouro e prata.

— Ela era tão sábia — chorava a pequena dama de companhia, colocando flores nas mãos frias da princesa —, sabia tudo.

— Não tudo — disse a cotovia da janela. —, pois pediu a mim, mesmo eu sendo tão ignorante, que a ensinasse a ser feliz.

— Essa era a única coisa que eu não podia lhe ensinar — disse o velho mago, contemplando a face da princesa morta. — Ainda assim, acredito que tenha aprendido e seja agora mais sábia do que eu. Veja como ela sorri!

209

Princesas quase Esquecidas

PARKER FILLMORE
1921 ◊ *The Nightingale in the Mosque*

O ROUXINOL NA MESQUITA

*a história do filho mais jovem do sultão
e da princesa Flor do Mundo*

A princesa Flor do Mundo está destinada a se casar com aquele que roubar seu Rouxinol Guisar, mas antes precisará enfrentar alguns mentirosos pelo caminho. Enquanto isso, o filho mais jovem do sultão provará sua coragem. Um conto iugoslavo.

E*ra uma vez um sultão tão piedoso e devoto, que passava muitas horas por dia em oração.*
Pela glória de Alá, pensou ele, *devo construir a mais bela mesquita do mundo.* Assim, ele mandou chamar os melhores artesãos do país e lhes disse o que queria. Gastou um terço das próprias riquezas na obra, mas, quando a mesquita foi concluída, todos disseram:

— Vejam, nosso sultão construiu a mais bela mesquita do mundo para a grande glória de Alá!

No primeiro dia em que o sultão saiu para rezar na nova mesquita, um dervixe — membro de uma ordem mística islâmica conhecida por suas práticas devocionais e espirituais —, que se sentava de pernas cruzadas na entrada, falou com ele em um tom grave e cantante, dizendo:

— Não, sua mesquita ainda não é bela o bastante! Há algo de que ela carece. Suas orações não serão ouvidas!

As palavras do homem santo entristeceram tanto o sultão, que ele mandou derrubar a mesquita e construir outra ainda mais bonita no lugar.

— Esta é sem dúvida a mesquita mais bela do mundo! — disseram as pessoas, deixando o coração do sultão muito feliz no primeiro dia em que entrou para rezar.

Porém, o dervixe sentado na entrada lhe falou novamente naquele tom grave e cantante:

— Não, sua mesquita ainda não é bela o bastante! Há algo de que ela carece. Suas orações não serão ouvidas!

Diante das palavras do homem santo, o sultão mandou derrubar a segunda mesquita e construir uma terceira, a mais impressionante de todas. No entanto, quando foi concluída pela terceira vez, o dervixe entoou novamente:

— Não, sua mesquita ainda não é bela o bastante! Há algo de que ela carece. Suas orações não serão ouvidas!

— O que posso fazer? — exclamou o sultão. — Gastei todas as minhas riquezas, não tenho mais meios para construir outra mesquita!

Ele caiu em lamentações. Nada que qualquer um dissesse podia consolá-lo.

Os três filhos vieram até ele e disseram:

— Pai, não há nada que possamos fazer por você?

O sultão suspirou e balançou a cabeça.

— Nada, meus filhos, a menos que descubram para mim por que minha terceira mesquita não é a mais bela do mundo.

211

— Irmãos — sugeriu o mais jovem —, vamos até o dervixe perguntar a ele por que a terceira mesquita ainda não é bela o bastante. Talvez ele nos diga o que falta.

Assim, foram até o dervixe e perguntaram a ele o que queria dizer ao afirmar que a terceira mesquita ainda não era suficientemente bela. Imploraram que lhes dissesse o que estava faltando.

O dervixe fixou os olhos ao longe e, balançando o corpo para a frente e para trás, respondeu naquele tom cantante:

— A mesquita é bonita. A fonte ao centro é bonita, mas onde está o glorioso Rouxinol Gisar? Com ele cantando ao lado da fonte, então, de fato, a terceira mesquita seria a mais bela de todas!

— Diga-nos onde está o glorioso rouxinol — imploraram os irmãos. — Nós o traremos mesmo que custe nossas vidas!

— Não posso — contrapôs o dervixe. — Vocês terão que sair pelo mundo e encontrá-lo por si mesmos.

Os três irmãos retornaram ao sultão e lhe contaram o que o dervixe havia dito.

— Tudo o que falta para a terceira mesquita ser a mais bela do mundo — disseram — é o Rouxinol Gisar cantando ao lado da fonte; portanto, não sofra mais, pai. Nós, seus três filhos, viajaremos pelo mundo à procura desse glorioso pássaro. Retornaremos em um ano com ele em mãos, contanto que esteja de fato em algum lugar deste vasto mundo.

O sultão os abençoou. Os três partiram lado a lado, viajando juntos até chegarem a um lugar onde a estrada se dividia em três. Na pedra da estrada à esquerda, nada estava escrito. Na da estrada do meio havia a inscrição: "Quem vai por este caminho, retorna". A inscrição na terceira pedra dizia: "Quem vai por este caminho enfrenta muitos perigos e pode nunca mais retornar".

— É hora de nos separarmos — disse o irmão mais velho.
— Cada um de nós deve tomar um caminho diferente. Se tudo correr bem, nos reencontraremos neste mesmo local daqui a um

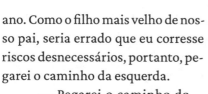

ano. Como o filho mais velho de nosso pai, seria errado que eu corresse riscos desnecessários, portanto, pegarei o caminho da esquerda.

— Pegarei o caminho do meio! — exclamou o segundo irmão.

O irmão mais novo riu e disse:

— Isso deixa o caminho perigoso para mim! Muito bem, irmãos. É exatamente o caminho que eu desejava seguir. Afinal, por que eu deixaria minha casa se não fosse pelas aventuras? Adeus, então, até nos encontrarmos outra vez daqui a um ano.

O mais velho seguiu pelo caminho seguro, até chegar a uma cidade onde se tornou barbeiro. A cada homem cuja cabeça raspava, ele perguntava:

— Sabe algo sobre o Rouxinol Gisar?

Nunca encontrou ninguém que sequer tivesse ouvido falar do pássaro. Depois de um tempo, parou de perguntar.

O segundo irmão seguiu o caminho do meio, até chegar a uma cidade onde se estabeleceu e abriu uma casa de café.

— Você já ouviu falar de um glorioso rouxinol chamado Gisar? — ele perguntava a cada viajante que entrava e provava seu café. Nenhum deles jamais tinha ouvido falar, de maneira que, com o tempo, o segundo irmão parou até mesmo de perguntar a respeito dele.

Tendo escolhido o caminho perigoso, o irmão mais jovem não chegou a nenhuma cidade, mas a um lugar remoto e desolado, sem casas, estradas ou fazendas. Criaturas selvagens se escondiam na vegetação, serpentes deslizavam por entre as rochas.

Um dia, encontrou uma mulher selvagem que estava penteando o cabelo com um galho de zimbro.

— Não é assim que se deve pentear o cabelo — disse ele. — Aqui, deixe-me ajudar.

Ele pegou o próprio pente e desembaraçou todos os nós no cabelo da mulher selvagem, até que ela se sentisse confortável e feliz.

— Você foi muito gentil comigo — disse ela. — Há algo que eu possa fazer para retribuir?

— Estou à procura do Rouxinol Gisar. Se souber onde está esse glorioso pássaro, diga-me. Será mais do que suficiente como recompensa.

Mas a mulher selvagem nunca tinha ouvido falar do rouxinol.

— Apenas as feras habitam este lugar remoto — disse ela —, além de algumas pessoas como eu. Não encontrará o Rouxinol Gisar aqui.

— Nesse caso, devo ir mais longe — disse o irmão mais jovem.

A mulher implorou para que não o fizesse.

— Além destas montanhas — disse ela —, há um deserto mais selvagem, com animais ainda mais ferozes. Volte enquanto é tempo.

— Não — insistiu ele —, irei aonde Deus me guiar.

Ele deixou a mulher e atravessou as montanhas. Prosseguiu até estar cansado e com os pés doloridos, chegando, por fim, à casa do Tigre.

A esposa do Tigre o encontrou primeiro.

— Vá embora, jovem — advertiu ela —, ou o Tigre o devorará quando voltar para casa.

— Não! — disse o irmão mais novo. — Agora que estou aqui, vou ficar, pois preciso fazer uma pergunta ao Tigre.

A esposa do Tigre estava fazendo pão. Quando a massa estava pronta para ir ao forno, ela se inclinou por cima das brasas ardentes e começou a afastá-las com o próprio corpo.

— Pare! — gritou o irmão mais novo. — Você vai se queimar!

— Mas de que outra forma posso afastar as brasas ardentes? — perguntou a esposa do Tigre.

— Vou lhe mostrar.

O irmão mais novo cortou um galho de uma árvore lá fora e o transformou em uma vassoura improvisada. Em seguida, mostrou à esposa do Tigre como deveria usá-la.

— Ah! — disse ela, agradecida. — Antes disso, sempre que assava o pão, eu ficava doente por dez dias depois. Com o que você me ensinou, não ficarei mais doente. Em troca, deixe-me escondê-lo em um canto escuro. Quando o Tigre chegar, direi a ele o quanto você foi gentil. Pode ser que ele não o devore.

Ela escondeu o irmão mais novo e, quando o Tigre chegou em casa, ela o recebeu e disse:

— Veja, assei o pão hoje, mas não estou doente, pois um jovem me mostrou como varrer as brasas para longe sem me queimar.

O Tigre ficou radiante ao ouvir que a esposa havia assado pão sem ficar doente, jurando ser um irmão para aquele que a havia ensinado a usar a vassoura daquela forma. Assim, o irmão mais novo saiu do canto onde estava escondido.

O Tigre o recebeu calorosamente.

— Por que está vagando por esta terra selvagem? — perguntou.

— Estou à procura do Rouxinol Gisar. Vim até você para perguntar se saberia me dizer onde posso encontrar esse glorioso pássaro.

O Tigre nunca tinha ouvido falar do rouxinol, mas pensou que seu irmão mais velho, o Leão, poderia saber.

— Vá em frente a partir daqui — disse ele —, até chegar à casa do Leão. A velha esposa dele fica do lado de fora, de frente para a casa, com as velhas mamas jogadas sobre os ombros. Aproxime-se dela por trás e pegue-as como se estivesse mamando. Quando ela perguntar quem é, diga: "Não me reconhece, mãe? Sou seu filhote mais velho". Ela o conduzirá até o Leão, que é

tão velho que as pálpebras despencam. Mantenha-as abertas e, quando o vir, ele lhe dirá o que sabe.

O irmão mais novo seguiu para a casa do Leão e encontrou a velha esposa do lado de fora, como o Tigre disse que estaria. Fez tudo o que ele havia dito que fizesse, de maneira que, quando a esposa do Leão lhe perguntou quem era, o rapaz disse:

— Não me reconhece, mãe? Sou seu filhote mais velho.

A velha esposa o conduziu até o Leão, onde o príncipe sustentou as pálpebras caídas dele e perguntou sobre o Rouxinol Gisar.

O velho Leão balançou a cabeça para os lados.

— Nunca ouvi falar do Rouxinol Gisar. Ele nunca cantou neste lugar selvagem. Volte e procure por ele em outro lugar, jovem. Além daqui há um país de criaturas ainda mais selvagens, onde você apenas perderá a vida.

— Isso está nas mãos de Deus.

O irmão mais novo se despediu do Leão e da velha esposa, seguindo para as terras selvagens mais além. As montanhas ficavam cada vez mais ásperas, as planícies secas e estéreis. Tornava-se mais difícil encontrar comida a cada novo dia.

Uma vez, ao atravessar um deserto, três águias mergulharam sobre ele. Só o que ele pôde fazer para afastá-las foi golpear com a espada, cortando o bico de uma, a asa de outra e uma perna da terceira. Ele guardou essas três coisas na bolsa como troféus.

Chegou, por fim, a uma cabana onde uma velha assava bolos na lareira.

— Deus a abençoe, vovó — disse ele. — Poderia me dar algo para jantar e me abrigar por esta noite?

A mulher balançou a cabeça.

— Meu rapaz, é melhor você não ficar aqui. Tenho três filhas e, se elas voltarem para casa e o encontrarem aqui, vão matá-lo.

Mas o irmão mais novo insistiu que não tinha medo, até que ela o deixou ficar. Escondeu-o num canto atrás da lenha e ordenou que ficasse quieto.

Logo, as três águias cujos membros ele havia decepado voaram para dentro da cabana, mergulhando em uma tigela de leite que a velha havia colocado sobre a mesa. De repente, suas vestes de penas se abriram, revelando três donzelas. Uma havia perdido os lábios, outra um braço, e a terceira uma perna.

— Ah! — exclamaram para a mãe. — Veja o que nos aconteceu! Se ao menos o jovem que nos mutilou nos devolvesse o bico, a asa e a perna que nos cortou fora, contaríamos a ele tudo o que desejasse saber.

Nisso, o irmão mais novo saiu de trás do monte de lenha.

— Pois digam onde posso encontrar o Rouxinol Gisar e terão de volta o bico, a asa e a perna.

Ele abriu a bolsa. Radiantes ao verem as três coisas, elas contaram a ele tudo o que sabiam sobre o rouxinol.

— Longe daqui — disseram —, há uma princesa guerreira, tão bela que os homens a chamam de Flor do Mundo. Ela mantém o Rouxinol Gisar em uma gaiola de ouro pendurada no quarto. A porta é guardada por um leão, um lobo e um tigre, pois a Flor do Mundo sabe que terá que se casar com o homem que roubar o rouxinol.

— Como poderia um homem entrar no quarto da Flor do Mundo? — perguntou o irmão mais novo.

— À meia-noite — prosseguiram as irmãs —, os três animais dormem por alguns momentos. Um homem poderia entrar no quarto durante esses poucos momentos, pegar o Rouxinol Gisar e escapar. Contudo, ele ainda assim não estaria seguro, pois a Flor do Mundo poderia reunir seu exército e persegui-lo.

— Agora digam como posso chegar ao palácio de Flor do Mundo, a princesa guerreira.

— Nunca chegaria lá sozinho — disseram elas. — O caminho é longo e cheio de perigos, portanto, fique aqui conosco

por três meses. Ao final desses três meses, nós o levaremos em nossas asas.

Assim, por três meses, o irmão mais novo permaneceu na cabana com a velha mulher e as três donzelas. As três voaram em suas vestes de águia até a fonte da Água da Vida, onde, ao se banharem naquela fonte mágica, fizeram crescer novamente o bico, a asa e a perna que o irmão mais novo havia decepado.

Ao final dos três meses, elas o levaram nas asas até o reino distante onde vivia Flor do Mundo, a princesa guerreira.

Elas o deixaram à meia-noite na frente do palácio. Ele passou despercebido pelos guardas no portão e pelos corredores do palácio, até chegar ao quarto da princesa. O leão, o lobo e o tigre estavam dormindo, de maneira que ele conseguiu afastar a cortina diante da qual estavam deitados e se aproximar da cama da princesa sem que o descobrissem.

Ele olhou uma vez para a Flor do Mundo adormecida. Era tão bela que não ousou olhar outra vez, com receio de esquecer o rouxinol e se trair ao gritar.

Havia quatro velas acesas na cabeceira da cama. Na extremidade, quatro apagadas. Ele apagou as acesas e acendeu as outras, apanhando depressa a gaiola dourada onde o Rouxinol Gisar estava adormecido. Desprendeu-a da corrente e saiu apressado.

As águias estavam à espera, estendendo as asas no mesmo instante para levá-lo embora dali. Deixaram-no na encruzilhada onde ele havia se separado dos irmãos apenas um ano antes, despediram-se dele e voaram de volta para seus lares no deserto.

Meus irmãos provavelmente estarão aqui em algumas horas, pensou o filho mais novo. *É melhor esperar por eles.*

Ele estava com sono, portanto, deitou-se à beira da estrada e fechou os olhos. Enquanto dormia, os irmãos chegaram e, é claro, a primeira coisa que encontraram foi a gaiola dourada com o Rouxinol Gisar.

Ódio e inveja preencheram os corações deles. Começaram a reclamar e amaldiçoar a ideia de que o mais jovem entre eles havia sido bem-sucedido onde os outros haviam fracassado.

— Seremos motivo de piada em toda a nação se o deixarmos voltar para casa com o rouxinol! — disseram eles. — Vamos pegar o pássaro enquanto ele dorme e voltar para casa o mais depressa possível. Ninguém acreditará nele se voltar mais tarde e disser que foi ele quem de fato o encontrou.

Assim, espancaram o irmão até que perdesse a consciência, rasgando as roupas dele em farrapos para fazê-lo acreditar que havia sido atacado por bandidos. Depois, pegaram a gaiola dourada e o Rouxinol Gisar, e voltaram para casa, apresentando-se ao pai, o sultão.

— Aqui, ó pai — disseram —, está o Rouxinol Gisar! Enfrentamos todos os perigos do mundo para conseguir este glorioso pássaro.

— E seu irmão mais novo? — perguntou o sultão. — Onde está ele?

— O mais novo? Não pense mais nele, pai, pois ele é indigno de ser seu filho. Em vez de buscar o rouxinol pelo vasto mundo, ele se estabeleceu na primeira cidade que encontrou e viveu uma vida de ócio e felicidade. Uns dizem que se tornou barbeiro; outros, que abriu uma casa de café, passando os dias conversando com viajantes de passagem. Ele, sem dúvida, não voltou para casa conosco porque o envergonha saber que triunfamos onde ele fracassou.

O sultão ficou entristecido ao ouvir esse relato malévolo sobre o filho mais novo, mas radiante por receber o Rouxinol Gisar. Mandou a gaiola dourada para a mesquita e a pendurou ao lado da fonte no pátio.

No entanto, imagine a decepção quando o pássaro se recusou a cantar!

— Que aquele que encontrou o rouxinol venha à mesquita — disse o dervixe de voz monótona e melódica. — Somente assim o rouxinol cantará.

O sultão mandou chamar os dois filhos. Eles vieram, mas ainda assim o pássaro permaneceu em silêncio.

— Veja — disse o sultão —, meus filhos estão aqui, mas ainda assim o pássaro permanece em silêncio.

Mas o dervixe apenas repetia:

— Que aquele que encontrou o rouxinol venha à mesquita. Somente assim o rouxinol cantará.

No dia seguinte, um jovem em trapos, desconhecido por todos, entrou na mesquita para rezar. O rouxinol começou a cantar no mesmo instante.

Um mensageiro foi enviado às pressas ao sultão com a notícia de que o rouxinol estava cantando. O sultão correu para a mesquita, mas, ao chegar lá, o jovem mendigo já havia ido embora. O rouxinol havia parado de cantar.

— Agora que estou aqui — exclamou o sultão —, por que o pássaro não canta?

Balançando o corpo para a frente e para trás, o dervixe respondeu da mesma forma:

— Que aquele que encontrou o rouxinol venha à mesquita. Somente assim o rouxinol cantará.

Depois disso, todos os dias, sempre que o jovem mendigo vinha à mesquita para rezar, o rouxinol cantava. Porém, quando o sultão se aproximava, o mendigo se afastava e o pássaro se calava.

As pessoas começaram a sussurrar:

— É estranho que o rouxinol cante apenas quando aquele jovem mendigo está por perto. E ainda assim, o dervixe diz que ele não cantará a menos que aquele que o encontrou venha à mesquita! O que ele quer dizer com isso?

A notícia do jovem mendigo chegou aos ouvidos do sultão, fazendo com que ele fosse até o dervixe para questioná-lo.

— Por que diz que o Rouxinol Gisar não cantará até que aquele que o encontrou venha à mesquita? Eis aqui meus dois filhos que o encontraram, mas o pássaro permanece em silêncio. No entanto, as pessoas sussurram que, quando um certo

220

mendigo vem à mesquita, ele canta! Por que não o faz quando meus dois filhos e eu vamos rezar?

Mas o dervixe dava sempre a mesma resposta, com a mesma voz cantante:

— Que aquele que encontrou o rouxinol venha à mesquita. Somente assim o rouxinol cantará.

Logo, um rumor aterrorizante se espalhou pela terra, de que uma grande princesa guerreira, chamada Flor do Mundo, estava a caminho com um poderoso exército para fazer guerra ao sultão e destruir a cidade. Esse exército formidável superava em muito o do sultão, de maneira que, quando ela acampou em um amplo vale em frente à cidade, o povo do sultão, ao vê-lo, ficou cheio de medo e suplicou ao governante que declarasse paz com a princesa a qualquer custo.

O sultão chamou os arautos e, por meio deles, disse:

— Exija de mim o que quiser, até mesmo minha vida, mas poupe minha cidade.

A princesa guerreira respondeu assim:

— Pouparei você e sua cidade, contanto que entregue seu filho que roubou de mim o Rouxinol Gisar. Eu o executarei ou deixarei viver conforme me agradar mais.

Os dois filhos do sultão sabiam que a Flor do Mundo estava destinada a se casar com o homem que tomasse dela o Rouxinol Gisar. Ficaram radiantes ao ouvir a exigência dela, certos de que ela teria que se apaixonar por um deles. Discutiram demoradamente sobre qual deles havia de fato cometido o ato de roubar o pássaro, cada um insistindo que fora ele, e não o outro, até que o próprio sultão teve que intervir.

— Vocês me disseram que capturaram o pássaro juntos — disse ele. — Nesse caso, e como não posso enviar ambos para a princesa guerreira, é justo que vá o mais velho.

Assim, o filho mais velho cavalgou até a tenda da princesa guerreira sob uma esplêndida escolta. Ela o mandou entrar sozinho e, quando surgiu diante dela, ela o olhou longa e fixamente. Por fim, disse:

— Não, você jamais poderia ser o homem que tomou de mim o Rouxinol Gisar. Você não teria coragem de enfrentar os perigos pelo caminho.

O irmão mais velho respondeu com astúcia à Flor do Mundo:

— Mas como, princesa, se eu não o roubei de você, fui capaz de trazer de volta aquele glorioso pássaro e pendurar sua gaiola junto da fonte na mesquita?

Mas a Flor do Mundo não seria enganada por palavras tão ilusórias.

— Diga-me, então — disse ela —, se foi você quem roubou meu glorioso rouxinol, onde encontrou a gaiola dourada?

O príncipe mais velho não sabia responder a isso, então, disse de maneira aleatória:

— Encontrei a gaiola pendurada na árvore de cipreste que cresce no jardim de seu palácio.

— Basta! — exclamou a princesa, batendo as palmas das mãos para chamar os guardas. — Executem este homem imediatamente. Que a cabeça dele seja enviada ao sultão com a seguinte mensagem: "Esta é a cabeça de um mentiroso e covarde! Envie de imediato o filho que roubou meu glorioso Rouxinol Gisar, ou marcharei contra a cidade!".

O sultão ficou em choque ao receber essa mensagem junto da cabeça do filho mais velho.

— Ai de mim! — exclamou, chamando o segundo filho. — Quem dera eu o tivesse ouvido quando insistiu que foi você quem de fato cometeu o ato! Infelizmente, ouvi seu irmão! Veja agora a terrível consequência desse erro! Vá agora até esta princesa sem coração que os homens chamam de Flor do Mundo, ou então nossa pobre e indefesa cidade terá que arcar com as consequências.

Assim, o segundo príncipe foi levado à tenda da donzela guerreira, saindo-se ainda pior do que o irmão quando ela lhe fez as mesmas perguntas. Sua cabeça, também, foi enviada ao sultão com a mensagem: "Não me envie mais mentirosos

e covardes, mas o filho que de fato roubou de mim o glorioso Rouxinol Gisar".

Cada vez mais desesperado, o sultão foi até a mesquita para rezar. Enquanto baixava a cabeça, ouviu o rouxinol começar a cantar, avistando um jovem mendigo parado perto da fonte ao olhar para cima.

Terminadas as preces, o sultão saiu para encontrar o dervixe.

— A princesa Flor do Mundo exige que eu lhe envie outro filho. Não sei por onde anda meu terceiro filho. O que devo fazer?

Sem olhar para o sultão, o dervixe respondeu naquela voz melódica:

— Envie-lhe o filho para quem o rouxinol canta.

Desapontado, o sultão se afastou sem entender o que o dervixe queria dizer, quando um servo o puxou pela manga e sussurrou:

— O rouxinol canta para aquele jovem mendigo ali. Talvez seja dele que o dervixe está falando. Por que não perguntar a ele se iria à Flor do Mundo no lugar de seu filho mais novo?

O sultão assentiu. O servo chamou o jovem mendigo para que o sultão lhe perguntasse se iria até a princesa guerreira como o terceiro príncipe.

— Somente Alá sabe onde está meu filho mais novo — disse o sultão —, mas ele tem mais ou menos a sua idade e, se você fosse lavado, ungido e vestido com trajes adequados, não ficaria muito diferente dele.

O jovem mendigo disse que iria, mas insistiu em ir exatamente como estava. O sultão implorou para que fosse vestido como um príncipe, pois, do contrário, Flor do Mundo poderia se recusar a recebê-lo.

— Não — disse o jovem. — Irei como mendigo, ou não irei. Caberá à Flor do Mundo reconhecer se sou ou não o filho mais novo do sultão e o homem que lhe roubou o Rouxinol Gisar.

Assim, ele foi como estava até a tenda da princesa. Quando os guerreiros dela o viram se aproximar, disseram:

ARTES DE JAY VAN EVEREN, 1921

— O sultão zomba de você, enviando um mendigo quando você exige o terceiro filho dele.

Mas a Flor do Mundo ordenou a todos que saíssem, dizendo ao mendigo que entrasse. Ela o olhou longa e firmemente e, através das roupas rasgadas, viu que ele era de fato um jovem nobre, com um corpo forte e belo, moldado por trabalho e exercício. Pensou consigo mesma: *Não seria um mau destino casar com este jovem!*

Por fim, ela o questionou:

— É o terceiro filho do sultão?

— Sou.

— E por que se veste como um mendigo?

— Porque fui emboscado na encruzilhada, espancado até perder os sentidos, minhas roupas rasgadas em trapos. Eu voltava para casa em posse do Rouxinol Gisar quando me deitei à beira da estrada para descansar e aguardar a chegada de meus irmãos. Quando recuperei a consciência, o rouxinol e a gaiola dourada haviam desaparecido. Voltei à cidade de meu pai como um mendigo, onde me disseram que meus irmãos haviam chegado pouco antes de mim, trazendo consigo o rouxinol e se vangloriando dos perigos enfrentados. No entanto, disseram-me também que o rouxinol pendurado na gaiola ao lado da fonte se recusava a cantar, pois somente cantaria quando eu fosse à mesquita.

A princesa guerreira olhou profundamente nos olhos dele, certa de que falava a verdade. Seu coração se comoveu com a injustiça que sofrera nas garras dos irmãos, mas ela escondeu o sentimento e o questionou mais um pouco.

— Então foi mesmo você — disse — quem tomou de mim o meu glorioso Rouxinol Gisar?

— Sim, princesa, fui eu. Esgueirei-me através do leão, do lobo e do tigre ao passar da meia-noite, enquanto dormiam. Apaguei as quatro velas na cabeceira da cama e acendi as do pé. A gaiola dourada do rouxinol pendia de uma corrente dourada.

Antes de soltá-la, olhei para você enquanto dormia, mas não ousei olhar uma segunda vez.

— Por que não? — perguntou a princesa.

— Porque, ó Flor do Mundo, você era tão bela que eu temia, se olhasse novamente, esquecer-me do rouxinol e gritar de euforia.

A compaixão no coração da princesa se transformou em um grande amor. Ela soube com certeza que aquele era o homem destinado a se casar com ela.

Ela bateu as mãos, e, quando os guardas entraram, disse a eles:

— Chamem meus guerreiros para que eu mostre a eles o filho mais novo do sultão. O homem que roubou meu glorioso Rouxinol Gisar e com quem estou destinada a me casar.

Os guerreiros entraram até lotar a tenda por completo. A princesa se levantou, pegou a mão do filho mais novo do sultão e o apresentou a eles, contando-lhes sobre sua grande bravura e todos os perigos que ele havia enfrentado para obter o Rouxinol Gisar para a mesquita do pai.

— Ele veio até mim agora como um mendigo — disse ela —, mas eu o reconheci de imediato, pois havia verdade em suas palavras e coragem em seus olhos. Eis, ó guerreiros, o futuro senhor de todos vocês!

Os guerreiros ergueram as espadas e gritaram:

— Viva a Flor do Mundo! Viva o filho mais novo do sultão!

Ao ouvir a notícia, o exército da princesa levantou um grito tão poderoso que as pessoas na cidade do sultão ouviram e ficaram apavoradas, sem saber o que significava. Logo souberam, enlouquecendo de alegria, que o que ameaçava ser uma guerra estava se transformando em um casamento!

A Flor do Mundo, seus principais guerreiros e, com eles, o príncipe mais novo cavalgaram lentamente rumo à cidade. O príncipe agora estava vestido de acordo com sua posição, de maneira que, quando o sultão o viu, reconheceu-o no mesmo instante.

— Alá seja louvado! — exclamou ele. — Meu filho mais novo está vivo!

Eles contaram tudo a ele — como fora aquele príncipe que encontrara o Rouxinol Gisar, não os irmãos mais velhos, que o roubaram e espancaram até perder os sentidos.

Quando o sultão soube o quão vis seus filhos mais velhos haviam sido, o pesar pela morte deles foi aliviado.

— Alá seja louvado — disse ele —, que eu tenha ao menos um filho honrado!

Após a cerimônia de noivado, o sultão e o príncipe foram à mesquita para rezar. Enquanto rezavam, o rouxinol cantou tão gloriosamente que parecia que todos eles não estavam mais na Terra, mas no paraíso.

Ao terminarem as preces e saírem, o dervixe ergueu a voz cantante e disse:

— Agora a mesquita do sultão é a mais bela de todo o mundo, pois o glorioso Rouxinol Gisar canta ao lado da fonte!

Princesas quase Esquecidas

MARY DE MORGAN
1880 ◊ The Heart of Princess Joan

O Coração da Princesa Joan

Um feitiço rouba o coração da princesa por causa do orgulho de sua mãe, mas sua beleza poderá despertar o amor e a persistência de um príncipe. Ao final de sete anos, Michael deverá retornar com o coração de Joan, ou a perderá para sempre.

Há muito tempo, na época das fadas, havia um rei e uma rainha que eram muito ricos e felizes.

No entanto, a rainha era uma mulher orgulhosa e altiva, que não gostava que ninguém fosse mais poderoso do que ela. Acima de tudo, odiava os seres encantados e não suportava que viessem ao castelo onde ela e o rei moravam.

O tempo passou. A rainha teve um bebê, uma filha que foi chamada de Joan. Os sinos tocaram, festividades aconteceram em todo o país, e o rei e a rainha foram tão felizes quanto o dia é longo.

Um dia, enquanto a rainha estava ao lado do berço da pequena princesa, observando a própria filha, ela disse:

— Meu lindo bebê, quando você crescer, será rica e bonita. Deverá se casar com algum jovem príncipe que a amará profundamente, e então será rainha e terá um belo palácio, joias e terras à vontade.

Mal ela terminou de falar quando ouviu um barulho ao lado. Olhando para cima, viu uma mulher vestida de amarelo da cabeça aos pés, parada do outro lado do berço. Ela usava um gorro amarelo que cobria a cabeça por inteiro, de modo que nenhum cabelo era visível. Os olhos astutos e ferozes eram tão amarelos quanto o vestido.

— E como você sabe, rainha, que sua filha será tão feliz? De quem você buscará ajuda para conseguir todas essas coisas maravilhosas para ela? — disse a estranha mulher.

— Não pedirei a ajuda de ninguém — respondeu a rainha, sempre altiva —, pois sou a rainha desta terra e posso ter o que quiser.

A mulher amarela riu e disse:

— Não tenha tanta certeza, orgulhosa rainha; mas na próxima noite de luar, proteja bem a princesa quando o relógio bater meia-noite, para que nada lhe seja roubado.

— Nenhum ladrão se aproximará dela — gritou a rainha, mas, antes que terminasse de falar, a mulher havia desaparecido. A rainha sabia que se tratava de uma fada.

O céu estava escuro e nublado naquela noite, sem lua à vista. A noite seguinte foi igual, mas, na terceira noite, a luz brilhava clara e nítida. Quando o relógio bateu meia-noite, a rainha acordou e olhou para o bebê que dormia tranquilamente no berço. No entanto, entre as batidas do relógio, ela ouviu um assovio fraco do lado de fora da janela, mas que ficava mais

alto e próximo a cada instante. Era como se alguém estivesse assoviando para atrair um pássaro.

O bebê acordou e começou a chorar com amargura ao ouvir o ruído. Por mais que tentasse, a rainha não conseguia acalmá-la. Por fim, a pequenina deu um grito mais alto do que todos os outros, ficando em silêncio logo depois. A rainha viu algo como um passarinho minúsculo, com penas rosas e macias, voando pela sala. Então, ele voou diretamente para fora da janela.

O assovio cessou. Tudo ficou quieto outra vez. A rainha pegou a bebê nos braços e a olhou com ansiedade sob a luz da lua, mas ela parecia bem, dormindo com tranquilidade. A mãe a colocou de volta no berço, tentando esquecer a fada amarela e o assovio.

A ama da princesa Joan era uma mulher idosa e muito sábia, que conhecia bastante sobre as fadas e seus hábitos. À medida que a criança crescia, ela a observava com um rosto ansioso.

— Ela está enfeitiçada — dizia —, embora eu não saiba dizer como. Antes que se torne mulher, todos verão como ela é diferente de todos os outros.

As palavras da ama se provaram verdadeiras. Ninguém jamais havia visto uma menininha como a princesa. Nada a perturbava. Jamais derramava uma lágrima. Se estivesse com raiva, batia os pés e os olhos faiscavam, mas nunca chorava.

Ela não amava ninguém. Quando seu cachorrinho morreu, ela riu alto. Quando o rei, seu pai, foi para a guerra, isso não a entristeceu. Quando ele voltou, ela não ficou mais feliz do que quando ele estava ausente. Nunca beijava a mãe ou as damas, a quem, quando diziam que a amavam, encarava e perguntava o que queriam dizer com aquilo. As damas se irritavam com ela, repreendendo-a por ser tão insensível, mas a velha ama sempre as detinha, dizendo:

— Não é ela que vocês deveriam culpar. Ela está enfeitiçada, não é culpa dela.

A princesa Joan cresceu e se tornou a mulher mais encantadora do reino. Muitos anos haviam se passado desde que alguém tão belo foi visto, mas, apesar disso, sua mãe lamentava profundamente, os olhos eram vermelhos de tanto chorar pela bela filha que nunca havia derramado uma lágrima.

O país vizinho era governado por um rei e uma rainha que tinham apenas um filho, chamado Michael, a quem todos amavam muito. Era um jovem tão bondoso quanto belo. Tratava do mendigo mais pobre ao maior lorde com a mesma graciosidade, de maneira que os miseráveis iam até ele para lhes contar seus problemas quando achavam que estavam sofrendo alguma injustiça. Os membros da corte o amavam tanto quanto os camponeses em razão de sua beleza e coragem.

Naquele país havia uma torre redonda sobre uma colina alta, no topo da qual vivia um velho mago. Ninguém sabia sua idade, pois ele morava ali há centenas de anos. Também não sabiam como a torre havia sido construída, pois era feita de uma única pedra gigante, sem quaisquer juntas ao longo dela.

O rei e a rainha tinham medo do velho mago e nunca se aproximavam dele. Na verdade, ninguém em todo o país jamais se aventurara a subir a torre e ver o velho trabalhando, com exceção do príncipe Michael, que conhecia bem o velho feiticeiro e não o temia, subindo e descendo da torre sempre que queria.

Em uma noite clara de lua cheia, o príncipe, por acaso, se viu sozinho nos arredores da colina. Ao avistar uma luz brilhante no topo da torre, resolveu entrar e fazer uma visita ao velho. Foi até uma pequena porta, empurrou-a e entrou em uma escada estreita, escura e sinuosa que subia diretamente até o centro da sala ao topo, onde morava o mago.

A escada estava escura como breu, pois não havia janelas. Além disso, era tão estreita que apenas uma pessoa poderia caminhar nela de cada vez, mas o príncipe Michael conhecia muito bem o caminho. Subiu até ver uma nesga de luz, passando finalmente por uma pequena porta para a sala em que se encontrava o feiticeiro.

231

Essa sala estava tão clara quanto o dia, pois era iluminada por uma lâmpada feita pelo velho. No entanto, não queimava óleo ou pavio, sendo preenchida todos os dias com raios solares que mantinha durante a noite, após o pôr do sol.

Assim, todo o cômodo estava brilhante. Ao centro estava o mago, um homem velho e maravilhoso de se olhar, pois era todo branco. A barba era branca como a neve, de maneira que, de longe, não era possível dizer o que era barba e o que era roupa, mas, ao se aproximar, via-se que a barba fluía quase até os pés. A pele dele era tão branca quanto a barba e a roupa, com olhos totalmente sem cor, mas brilhantes como velas.

Quando Michael entrou, o mago se sentou para folhear um enorme livro cheio de figuras coloridas de pequenos homens e mulheres, cada um com cerca de sete centímetros de altura. Não eram como outras imagens, pois andavam e se moviam pela página como se estivessem vivos.

— Sou eu, mestre. Que livro está lendo? — disse Michael, parando ao lado do velho.

— Neste livro — disse o mago —, guardo os retratos de todos os homens e mulheres do mundo. São retratos vivos, também, pois se movem e parecem exatamente com os originais.

— Isso deve ser bastante intrigante — exclamou Michael. — Por favor, mostre-me os retratos de todos os reis, rainhas e princesas. Será encantador.

Ele se ajoelhou ao lado do velho e olhou por cima do ombro dele. O feiticeiro murmurou consigo mesmo e virou as páginas, parando em uma na qual Michael viu pequenas figuras de reis e rainhas de todos os tipos, alguns dos quais ele conhecia, bem como outros que nunca tinha visto antes.

— Veja — exclamou —, ali está o velho rei René, que veio à nossa corte no ano passado. Aquela é a rainha Constance com o sobrinho deles, o príncipe Guilbert, que será rei quando eles morrerem. Aqui estão nossos vizinhos, o rei e a rainha do país ao lado, mas, oh, mestre, quem é essa adorável princesa ao lado deles?

ARTES DE WALTER CRANE E JOSEPH SWAIN, 1886

— É a filha deles, a princesa Joan — disse o mago com um suspiro. — Mas não olhe para ela, meu filho, pois ela trará apenas problemas a todos que a conhecerem.

— Não me importa se ela trouxer problemas ou felicidade — exclamou o príncipe —, ela é com certeza a criatura mais bela do mundo.

Ele pegou o livro e olhou por muito tempo para a pequena figura da princesa. Era mesmo muito bonita. Estava vestida de branco, com um cinto dourado e uma coroa de margaridas douradas. Enquanto Michael olhava, ela se virava nas páginas e sorria para ele, até que o rapaz sorrisse de volta e não conseguisse desviar os olhos dela.

Ao ver isso, o mago tirou o livro das mãos do jovem e o escondeu, dizendo:

— Não pense mais na princesa Joan, por mais bela que seja, ou um dia se arrependerá amargamente.

O príncipe Michael não respondeu, e pensou ainda mais na pequena imagem da princesa. Após sair da torre e retornar ao palácio, ele não conseguia esquecê-la, pois sonhava com ela toda a noite e pensava nela todo o dia.

Na manhã seguinte, ele foi até o rei e disse:

— Meu pai, vim pedir que envie uma mensagem ao rei do país vizinho para perguntar se posso ter a mão da filha dele, a princesa Joan. Vi o retrato dela, não há ninguém mais no mundo a quem eu ame tanto.

O rei ficou encantado ao ouvir isso.

— Nossos bons vizinhos são ricos e poderosos — disse ele. — Será excelente que nosso filho se case com a filha deles.

Ele logo enviou um embaixador para pedir a mão da princesa Joan em nome do príncipe Michael.

Os pais de Joan ficaram encantados com a oferta, aceitando-a de imediato; mas o coração da rainha afundou dentro dela. Ela pensou: *Nossa pobre Joan não é como nenhuma outra donzela que já tenha vivido antes. Pode ser que, quando o príncipe Michael a vir e descobrir isso, ele se recuse a se casar com ela no final.*

Ela não externou esse medo, de modo que o embaixador retornou à corte carregado de presentes e trazendo uma mensagem de aceitação. O príncipe Michael não teve paz ou descanso até que ele retornasse, vagueando pelos montes sozinho, pensando em Joan. Ainda assim, em seu coração, ele se perguntava o que o mago queria dizer quando afirmou que, se pensasse muito na princesa Joan, um dia se arrependeria.

Por fim, ele disse a si mesmo:

— Vou me disfarçar como um homem pobre e ir até minha princesa para vê-la por mim mesmo antes que o embaixador retorne. Assim saberei o que o mago quis dizer.

Ele se vestiu como um camponês e partiu sozinho, sem contar a ninguém para onde ia. Viajou dia e noite até chegar ao país e ao palácio onde Joan morava. Caminhou perto dos jardins sem ser notado por ninguém, avistando em seguida um grupo de adoráveis damas sentadas juntas na grama.

O coração dele bateu mais forte ao olhá-las, pois no meio delas, estava a princesa Joan, a mais bela de todas. Os cabelos loiros da moça caíam até a cintura, o rosto era como uma flor rosada, os olhos azuis como não-me-esqueças.

Quando ela os ergueu, ele viu que eram claros e duros como vidro. Quando falava, a voz era como um sino frio e brilhante.

Uma criada correu até ela, chorando copiosamente enquanto dizia:

— Eu lhe imploro, princesa. Deixe-me voltar para casa por um tempo, pois meu pai, o caçador, quebrou a perna e está muito doente.

— Por que chora por isso? — perguntou a princesa. — É seu pai quem está machucado, não você. Mas pode ir, pois quando chora e seus olhos ficam vermelhos, você fica feia. Não gosto de vê-la assim, portanto, certifique-se de que, quando voltar, esteja bonita e radiante como sempre.

As damas pareceram zangadas ao ouvir isso, mas ninguém se manifestou. Quando a pequena criada foi embora chorando, um servo do palácio se aproximou e disse:

— Vossa Ateza Real, o cavalo que a senhora montou ontem morreu. Acreditamos que tenha sido porque a senhorita cavalgou muito longe quando ele já estava cansado, como havíamos dito.

— Está morto? — exclamou a princesa. — Pois veja depressa de me arranjar outro, para que eu possa cavalgar novamente amanhã. Certifique-se desta vez de que seja um cavalo forte e saudável, ou poderá ceder sob mim e encurtar minha cavalgada.

O criado saiu resmungando. As damas da princesa pareceram ainda mais sérias do que antes, mas o rosto dela estava brilhante como o céu de verão. Ela continuou a falar sem prestar atenção nos olhares tristes delas.

O príncipe Michael se afastou com o coração pesado.

— O mago dizia a verdade — disse a si mesmo. — Não haverá nada além de tristeza a todos os que amarem minha pobre princesa Joan.

No entanto, ele não conseguia suportar a ideia de deixá-la e voltar para casa. Por isso, permaneceu próximo ao palácio, observando-a por alguns dias sem ser notado enquanto ela caminhava e cavalgava, ouvindo tudo o que dizia. A cada dia ele se entristecia mais, pois ela jamais dizia uma palavra gentil ou amorosa a ninguém; mas, em contrapartida, a cada dia, ao ver como era bela, ele a amava mais e mais.

Quando voltou para casa, o rapaz encontrou grande alegria por toda parte, pois o embaixador havia retornado com uma mensagem do pai de Joan prometendo que ela se casaria com o príncipe. Preparativos para a chegada da princesa à sua nova casa estavam sendo feitos por toda parte.

— Agora, meu filho — disse o rei —, tudo está arranjado para que você viaje em grande estilo até a corte de sua noiva e a traga para cá. Espero que esteja feliz e não deseje mais nada.

Ao ouvir isso, o rosto do príncipe Michael ficou triste e sério, tanto que seus pais se perguntaram o que o afligia. Ele pensou: *Não me casarei com minha Joan até que ela me ame como*

eu a amo, mas como ela poderá fazer isso quando não ama ninguém, nem mesmo os próprios pais?

Grandes preparativos haviam sido feitos também na corte do pai de Joan. A empolgação estava por toda parte quando o príncipe Michael chegou com servos, cavalos e presentes para a noiva.

O rei e a rainha se sentaram de acordo com suas posições para recebê-lo. Joan estava ao lado deles, parecendo tão bela em um vestido azul como seus olhos, que todos ao redor diziam: "Como ele ficará feliz ao ver o quanto ela é adorável!".

Houve um toque de trombetas e repicar de sinos quando o príncipe Michael entrou seguido pelos acompanhantes. O rei, a rainha e os membros da corte se levantaram.

Ele percorreu o salão em direção aos tronos onde estavam sentados, agachando-se sobre um joelho para lhes beijar as mãos, beijando por último a mão da princesa, mas sem erguer os olhos do chão ou olhá-la no rosto. Sua própria face estava tão triste que as pessoas cochichavam entre si, dizendo: "O que há de errado? Por que ele parece tão infeliz? Sem dúvida deveria estar contente ao ver como ela é bela".

À noite, quando as festividades terminaram, o príncipe enviou uma mensagem à rainha, pedindo para falar com ela a sós. O coração dela afundou ao ouvir isso. Ela pensou: *Ele deve saber que há algo errado com Joan. Talvez esteja vindo dizer que não vai se casar com ela, afinal.*

Ela mandou todos embora, exceto a velha ama, pedindo ao príncipe que viesse.

Ele entrou e, ao ver a expressão triste da rainha, disse:

— Você adivinhou, rainha, por que venho lhe falar. Diga-me a verdade sobre o que aflige a princesa Joan. Por que ela é tão diferente de qualquer pessoa que já vi?

— Eu não sei; quem me dera saber! — respondeu a rainha, chorando amargamente.

Nisso, a velha ama disse:

— Eu sei e vou lhe contar, príncipe. A princesa Joan está enfeitiçada. Uma fada má a encantou quando ela ainda era um bebezinho. Até que esse encanto seja quebrado, ela nunca será como as outras pessoas.

— E qual é o encanto? — perguntou o príncipe.

— Isso eu não sei — disse a ama.

Ela contou a ele sobre a mulher amarela e o assovio que a rainha ouvira à noite. Enquanto ouvia, o príncipe suspirou e disse:

— Não há encanto que não possa ser quebrado se alguém souber como, mas isso é difícil de fazer, pois não sabemos qual é o feitiço, ou quem é a fada que o lançou. Ordene ao povo que cesse os preparativos, rainha. Interrompa as celebrações, pois não haverá casamento; pelo menos não até que eu tenha encontrado a fada que cometeu essa injustiça com minha Joan e a obrigue a libertá-la. Partirei amanhã, ao raiar do dia. Viajarei até os confins do mundo em busca de algo que quebre o feitiço. Mas eu peço, rainha, que Joan espere por mim durante sete anos. Se eu não tiver retornado, se não tiver notícias minhas ao passar desses sete anos, considere-me morto e case-a com quem quiser, pois, se vivo estiver, voltarei antes disso. Até que sete anos se passem, lembre-se de que Joan ainda é minha.

Ao ouvir isso, a rainha chorou ainda mais. Implorou ao príncipe que permanecesse e se casasse com Joan, ou que a esquecesse e voltasse para casa, pois se vagasse por terras de duendes e fadas, ninguém nunca mais saberia dele, tampouco encontraria a fada que encantara Joan ou descobriria como quebrar o feitiço. No entanto, o príncipe apenas balançou a cabeça e disse:

— Jurei que não me casarei com Joan até que ela me ame tanto quanto eu a amo, portanto, não posso voltar para casa e esquecê-la. Peça a ela que esteja pronta ao amanhecer de amanhã para se despedir de mim, mas não diga a ninguém que estou partindo até que eu tenha ido. Também peço que envie um mensageiro a meus pais, para contar a eles a razão

de eu não ter retornado. Não os verei antes de partir, para que não tentem me dissuadir também.

A rainha não disse mais nada, mas chorou muito. A velha ama sorriu e acenou para Michael, dizendo:

— Você faz bem. É um nobre príncipe e merecedor do amor de nossa princesa.

Na manhã seguinte, ao romper da aurora, a rainha acordou a princesa e pediu que se levantasse, pois o príncipe Michael a aguardava na porta do palácio para se despedir. As lágrimas encheram os olhos dele quando a princesa Joan surgiu, mais encantadora do que nunca sob a luz fraca do amanhecer. *É provável que nunca mais a veja*, pensou ele. *Ela nunca saberá o quanto a amei.*

— Adeus, Joan — disse ele. — Não me esqueça por sete anos, pois eu talvez ainda volte para me casar com você.

— E por que vai embora? — disse Joan. — Pensei que haveria um grande casamento, que receberia todos os presentes que estão sendo preparados para mim. Agora não terei nada; mas adeus, se deve ir.

Michael suspirou enquanto montava no cavalo e se despedia dela. Ao olhar para trás, Joan e a rainha ainda estavam à porta. A rainha soluçava, mas a princesa parecia bastante feliz e satisfeita, com um sorriso radiante.

O príncipe Michael cavalgou e cavalgou, até chegar à própria casa, onde virou de imediato para a torre onde morava o mago. Subiu a torre e encontrou o velho sentado sozinho como antes, mas muito sério e sem nenhum livro aberto diante de si.

— Sei por que veio — disse ele assim que Michael entrou na sala. — Você viu a princesa Joan. Ainda deseja se casar com ela?

— Eu me casarei com ela, ou com ninguém — disse Michael —, mas não até que descubra quem a enfeitiçou e quebre o encanto.

— Terá que procurar muito longe por isso — disse o mago. — Pode levar anos até que consiga libertá-la. Esqueça-se

239

dela, meu filho. Volte para casa. Não desperdice sua vida em uma busca infrutífera.

— Buscarei quebrar o encanto mesmo que leve toda a minha vida — disse Michael. — Diga-me o que é, e onde posso descobrir como quebrá-lo.

— Uma fada roubou o coração dela — disse o mago. — É por isso que ela não ama ninguém, nem pode sentir tristeza. Ela não tem um coração com o qual amar ou sentir compaixão. Até que seja encontrado e devolvido, ela será dura e fria como pedra. A fada jurou que se vingaria da mãe dela em razão de seu orgulho, e assim o fez.

— Nesse caso, encontrarei o coração dela e o trarei de volta — disse Michael. — Onde devo procurar? Diga-me ao menos onde a fada o escondeu.

— Ela o levou para um castelo onde são guardados todos os corações de homens e mulheres roubados pelas fadas, ou que seus próprios donos abandonaram. Além de ficar muito longe daqui, esse tal castelo é guardado por um velho gnomo, malicioso e cruel, que não dá ouvidos àqueles que lhe pedem para entrar. Desista da princesa e volte para casa, pois, se você for, será morto ou enfeitiçado como a pobre princesa Joan.

— Mesmo assim, eu irei — disse Michael. — Diga-me que caminho tomar para que eu parta imediatamente.

Ao ouvir isso, o feiticeiro tirou do peito um pedaço de vidro pequeno e arredondado, entregando-o ao jovem.

— Leve isto — disse. — É tudo o que posso lhe dar para ajudá-lo. Olhe através dele para as estrelas e verá que são de cores diferentes: azul, verde, vermelho e amarelo. Procure e siga aquela que for de um vermelho mais profundo e brilhante; ela o guiará por muitas milhas, tanto por terra quanto por mar. Siga com firmeza e não deixe nada desviá-lo do caminho. Assim, sem dúvida, chegará ao castelo onde o coração da princesa está aprisionado.

O príncipe agradeceu ao mago e pegou o vidro. Despediu-se dele e deixou a câmara, iluminada daquela maneira tão

estranha, descendo a escadaria escura e parando outra vez na colina do lado de fora. O céu negro estava repleto de estrelas brilhantes.

Michael ergueu o vidro e as olhou através dele. Quase gritou de surpresa, pois pareciam maravilhosas. Eram como joias de todas as cores: verde, azul, amarelo e cor-de-rosa. Ao sul, havia uma de um vermelho profundo e ardente, como uma rosa vermelho-sangue. Michael sabia que aquela era a estrela que deveria seguir.

Ele olhou de volta para o palácio do pai.

— Adeus — disse. — Um dia voltarei e trarei minha princesa Joan comigo.

Ele partiu. Viajou e viajou, até chegar a cidades e vilarejos nunca vistos antes. Durante toda a noite ele viajou, enquanto as estrelas brilhavam, tornando possível ver a estrela avermelhada que deveria seguir. Ao nascer do sol, quando as estrelas empalideceram, e as pessoas começaram a acordar para voltar ao trabalho, ele se deitou debaixo de uma árvore e dormiu profundamente.

Ao acordar, o dia estava quase terminando. O sol estava se pondo. Ele foi até uma pequena cidade próxima, comprou comida e descansou até que as estrelas brilhassem outra vez. Então se levantou e prosseguiu durante toda a noite, sempre no rastro da estrela carmesim. Assim se passaram muitos dias e noites, em viagens por terras estranhas, até que seu coração afundou ao pensar: *Assim poderei vagar por todo o mundo sem me aproximar da estrela ou do castelo onde está guardado o coração de minha pobre Joan.*

Por fim, ele chegou à beira-mar. Um grande mar gelado surgiu diante dele, sem nenhum sinal de terra além. Ele sabia que precisaria atravessá-lo para prosseguir, pois a estrela brilhava diretamente sobre ele. Era noite, o sol havia se posto, mas alguns pescadores ainda permaneciam na praia, descansando ao lado dos barcos. Michael se aproximou deles e, tirando

algum dinheiro do bolso, perguntou por quanto venderiam um daqueles barcos.

Os homens pareceram surpresos.

— Por que quer comprar um barco? — perguntou um deles. — Nós os usamos para pescar perto da costa. Nenhum barco ou navio jamais cruzou este mar, pois ninguém sabe que terra se encontra além.

— Nesse caso, serei o primeiro a descobrir — disse Michael. — Diga-me quanto quer pelo seu maior barco.

Os homens cochicharam entre si.

— Ele está louco — disse um.

— Sim — disse outro —, mas o dinheiro dele é bom mesmo assim. Deixe o louco ter o barco que quiser. Isso fará mal a ele, não a nós.

Assim, deram a Michael o melhor barco que tinham. Ele pagou bem, partindo em seguida para velejar na direção onde brilhava a estrela vermelha. Navegou a noite toda, até deixar para trás qualquer sinal de terra. Não via a costa adiante, apenas o mar frio e cinza por todos os lados. Mantinha o barco parado durante o dia, com receio de sair da trajetória da estrela, mas, ao cair da segunda noite, estava tão cansado que, mesmo não querendo, acabou adormecendo.

Ao acordar, viu que o sol já havia nascido. O barco estava à deriva, próximo à terra firme. Era uma costa plana e solitária, sem árvores ou grama à vista, com um imenso castelo de mármore negro adiante. O lugar não poderia ser mais sombrio, pois as janelas eram pequenas e altas, todas barradas com grades pesadas de ferro. O castelo não tinha pináculos ou torres, era um bloco preto e quadrado que mais parecia uma prisão do que um castelo. Havia um muro alto ao redor dele, com um fosso sem ponte do lado de fora.

Michael conduziu o barco até a costa, desembarcou e procurou alguma forma de atravessar o fosso e entrar no castelo. Avistou uma pequena cabana próxima, ao lado da qual um velho estava deitado e, aparentemente, adormecido. Ele era pequeno e sombrio, com um rosto cinza e enrugado como o de um macaco, sem nenhum cabelo na cabeça. Uma grande serpente estava enrolada ao lado dele, igualmente adormecida. Com receio de acordá-los, Michael estava observando os dois quando, sem dizer uma palavra, o homem cinza levantou a cabeça e, abrindo um par de olhos opacos e cinzentos, fixou-os nele. Ainda assim, ele nada falou, até que o príncipe, impaciente, foi até ele e disse:

— Amigo, peço que me diga como entrar no castelo, ou que me dê a chave, se a tiver.

Com isso, o velho respondeu:

— Eu tenho a chave. Ninguém pode entrar sem minha permissão. O que você me dará por ela?

— Ora — disse Michael —, não tenho nada além de dinheiro. — E tirou algumas moedas do bolso enquanto falava.

Nisso, o velho riu.

— Seu dinheiro não significa nada para mim — disse. — Veja: estou construindo um muro de pedras pesadas, mas estou velho, minha força está me abandonando. Fique e trabalhe para mim naquele muro e, em troca, eu lhe darei a chave do castelo.

— Mas por quanto tempo devo trabalhar? — perguntou Michael. — A menos que eu possa entrar no castelo antes que sete anos se passem, a chave não terá serventia para mim.

— Olhe para essa serpente. Ela está sentada em ovos. Quando eles chocarem, você terá a chave e abrirá a porta do castelo. Até então, você deve ser meu servo.

— Eu o farei de bom grado — disse Michael, que ficou satisfeito —, pois nenhuma cobra levaria sete anos para chocar seus ovos.

O velho se levantou e entrou na pequena cabana, fazendo um sinal para que o príncipe o seguisse. Pegou um par de algemas presas por uma corrente de ferro pesada em um prego na parede, deslizando-as sobre os pulsos de Michael enquanto murmurava algumas palavras. Imediatamente, as algemas se prenderam como se estivessem trancadas, impedindo Michael

de movê-las ou soltar as mãos. Em seguida, o velho desceu outra corrente pesada e a passou sobre a primeira, prendendo-a com anéis de ferro nos tornozelos, de modo que ele só podia mover um pouco os braços e as mãos, não conseguindo erguê-los até o alto, além de andar apenas com passos lentos e cuidadosos. Feito isso, ele apontou para uma parede de onde pendia uma espada dourada e cintilante, com um cabo ornamentado com pedras preciosas.

— Aquilo — disse ele — é a chave do castelo. Você precisa apenas empurrar as portas com a ponta para que todas se abram; mas enquanto suas mãos estiverem acorrentadas, você não poderá alcançá-la para trazê-la para baixo. Os anéis de ferro cairão quando a serpente terminar de chocar os ovos. Então, você mesmo poderá pegar a espada de onde está e abrir caminho para dentro do castelo. Agora vá ao trabalho. Trabalhe duro, ou poderá se arrepender.

Ele mostrou a Michael como mover as pedras pesadas e onde construir com elas, sentando-se ao lado da serpente para observar enquanto o príncipe trabalhava com o coração leve, pois pensava: *Será um trabalho árduo, mas não durará muito tempo. Também não é muito a fazer se com isso conquistar minha Joan.*

Ele trabalhou duro até o pôr do sol, quando o velho se levantou, dizendo "basta" antes de o chamar de volta para a cabana e lhe dar comida e bebida. Ele mesmo não comeu nada, mostrando, em seguida, um canto onde Michael poderia dormir. Ele se deitou e dormiu profundamente, sonhando com Joan.

Ao raiar do dia, foi despertado pelo velho, que mais uma vez lhe deu bastante para comer, mas nada comeu. O que lhe dava, tirava de uma urna no canto, colocando as sobras de volta quando terminava.

Michael trabalhou com afinco o dia todo. À noite, ao passar pela serpente, olhou para ela enquanto estava enrolada sobre os ovos, dizendo:

— Quão breve será o término de seu trabalho, ou do meu, boa serpente? Faça isso depressa, eu lhe peço, para que

eu possa encontrar meu caminho para o interior do castelo e voltar para minha princesa.

Passaram-se os dias. Cada manhã, o velho acordava Michael e lhe dava comida, colocando-o para trabalhar logo em seguida. Ele se esforçava bastante durante todo o dia, até que a noite se aproximava, hora em que o velho chamava, dizia *"Basta!"*, dava-lhe bastante comida e bebida, mas sem nunca comer ou beber. Além dessa única palavra, também nunca falava, permanecendo o dia inteiro de olhos fechados ao lado da serpente, como se estivesse dormindo.

Enquanto isso, as portas do castelo jamais se abriam. Ninguém era visto entrando ou saindo, mas, por vezes, ao anoitecer, ruídos estranhos podiam ser ouvidos de dentro de suas paredes. Às vezes havia lamentos e gemidos que enchiam Michael de horror ao ouvi-los, ou um canto tão doce que lhe trazia lágrimas aos olhos.

Mas os dias passavam sem que a serpente jamais se movesse de cima dos ovos. O coração de Michael começava a ser oprimido pelo medo, com receio de que o velho o estivesse enganando, que os ovos jamais chocassem. A cada dia que passava, ele colocava uma pedra sobre uma rocha nua, até que, um dia, ao contar as pedras para ver por quantos dias havia trabalhado, descobriu que mais de um ano se passara desde que o barco o trouxera para a costa.

Suas mãos haviam se tornado duras, marrons e rachadas do trabalho com pedras pesadas. O rosto e pescoço estavam queimados e cheios de bolhas em razão do sol intenso que o atingia enquanto trabalhava. As roupas estavam sujas e rasgadas, mas ele não parecia mais perto de entrar no castelo. Assim, ele se levantou e entrou na cabana, olhando ansiosamente para a espada que pendia lá em cima, na parede. Levantou os braços para tentar alcançá-la, mas as correntes o seguravam. Ao afastar-se dela em desespero, viu o velho parado na entrada, observando-o com aqueles olhos frios e sem brilho.

245

— O que faz aqui? — perguntou ele. — Não lhe ordenei que me servisse até que os ovos da serpente terminem de chocar, que será quando a espada será sua.

— E quando os ovos serão chocados? — gritou Michael, desesperado.

— Isso — continuou o velho — eu não posso dizer, mas um acordo é um acordo. Você mantém sua parte, que eu manterei a minha.

Ele se voltou para onde a serpente estava enrolada, deitando-se ao lado dela e fechando os olhos. Michael voltou ao trabalho com grande pesar.

O tempo passava, mas nenhuma mudança ocorria. Michael sentia o desespero no coração, mas não poderia escapar mesmo que quisesse em razão das correntes que pendiam de seus braços.

— Trabalharei aqui até o fim de sete anos — disse ele —, e então subirei no muro que construí e me jogarei no mar, acabando assim com os meus problemas.

Às vezes, à noite, ele tirava do peito o pedaço de vidro mágico que o mago lhe tinha dado, olhando através dele para a estrela que ainda se revelava de uma cor vermelha e brilhante.

— Por que me trouxe até aqui, estrela cruel — perguntou tristemente —, se não pode mais me ajudar? Você está brilhando sobre meu lar e minha princesa? Ela ainda se lembra de mim? Os sete longos anos em breve terão passado. Eles a casarão com outro rei, tornando em vão que eu tenha desistido de tudo para encontrar o coração dela, já que apenas parti o meu próprio.

Assim passou o tempo. Michael trabalhava duro durante o dia, mas à noite ele se deitava e chorava. Um dia, quando os sete anos já estavam quase se esgotando, ele se inclinou sobre uma poça d'água e viu a própria imagem nela, percebendo que seu cabelo estava ralo e marcado por fios grisalhos, o rosto sulcado e vincado, os olhos embaçados de tanto chorar, os ombros curvados pelo trabalho árduo. As roupas, outrora tão magníficas, agora pendiam como trapos sobre sua forma encurvada.

— Tudo agora é em vão — disse ele —, pois mesmo que eu volte para casa, ninguém me reconhecerá, tão mudado que estou. Matarei a serpente que causou minha miséria, bem como o velho que me enganou.

Ele se aproximou da serpente que estava deitada imóvel e enrolada sobre os ovos, como de costume. Estendeu a mão para agarrá-la pela garganta, mas, ao fazê-lo, suas lágrimas caíram e pingaram sobre a cabeça dela. Ela se contorceu horrivelmente e depois deslizou com tanta rapidez que ele não pôde ver para onde foi, deixando o monte de ovos cinzentos exposto sob sua mão. O velho estava deitado ao lado deles, imóvel como de costume, sem se mover nem abrir os olhos, nem mesmo quando a serpente passou sibilando por ele.

— Se a serpente escapou — gritou Michael —, ao menos posso destruir os ovos.

Ele ergueu o calcanhar e os golpeou com toda a força, mas o pé não deixou qualquer marca sobre eles, nem mesmo os moveu do lugar. Poderiam até mesmo ser feitos de ferro e pregados no chão, de tão duros e firmes que estavam.

Michael começou a chorar mais uma vez.

— Como sou tolo — disse. — E mau, também. Não é culpa da pobre serpente que seus ovos não tenham sido chocados. Talvez ela esteja enfeitiçada como eu, esperando pacientemente por eles.

Ele abaixou a cabeça, fazendo com que as lágrimas caíssem sobre os ovos. As cascas se quebraram, separando os pedaços. Uma pequena criatura em movimento saiu de cada ovo, embora Michael não tivesse visto o que eram, pois se levantou com um salto, e um grito de alegria encheu o ar e ecoou no castelo. Com isso, o velho abriu os olhos e se levantou, olhando com espanto para os ovos, como se estivesse atordoado.

— É um milagre — gritou, rindo de alegria.

Mas nenhum animal completamente formado saiu dos ovos. De um ovo saiu um pé, de outro uma perna, de um terceiro uma cauda, de um quarto ainda uma cabeça — cada

coisa parecendo pertencer a alguma fera diferente. No entanto, uniram-se tão bem, que as junções já não podiam ser vistas, formando um monstro horrendo e de muitas cores. Nesse momento, as algemas nos pulsos de Michael se partiram, levando as correntes ao chão.

— Agora — gritou ele —, pegarei para mim a espada na parede, reivindicando meu caminho para dentro do castelo. Nada mais me impedirá.

Ele se voltou e correu para a cabana. Estendeu a mão para a espada brilhante que pendia na parede e a segurou com firmeza, tirando-a do lugar.

— Juro sobre esta espada que — exclamou ele —, ao entrar no castelo, não direi uma palavra, nem para o bem nem para o mal, exceto para pedir o que vim buscar, para que eu não seja novamente retido por anos. Além disso, não provarei comida ou bebida; não até que tenha encontrado o coração de minha Joan para levá-lo de volta a ela.

Com a espada em mãos, ele passou pelo velho que ainda estava sentado rindo do monstro, ocupado demais para dar atenção a ele. Seguiu diretamente para o fosso sem ponte, atravessando-o com facilidade, pois não era largo, e subindo em seguida pelo banco de areia junto ao muro de pedra. Empurrou a porta com a ponta da espada, abrindo-a de imediato. Da área externa, ele viu uma porta pesada na parede do castelo, indo sem medo até ela. Ao tocá-la com a ponta da espada, ela também se abriu. Ele entrou.

Chegou a um corredor repleto de flores e adornado com cortinas de seda. Pisou em um tapete de veludo, o ar impregnado com doces fragrâncias, quando ouviu várias vozes cantando ao longe. Avançou por outra e outra porta, as coisas se tornando mais encantadoras a cada passo. Chegou, por fim, a uma sala esplêndida como nunca havia visto antes.

Havia pedras preciosas no teto, dispostas em padrões de flores e coroas, com cortinas de veludo macio e bordados nas paredes. A mobília era entalhada em ouro, prata e marfim. Flores

de uma beleza maravilhosa cresciam por toda parte, brotando do chão e se espalhando ao longo das paredes, enchendo o ar com fragrâncias suaves. Gaiolas contendo o que Michael pensou serem pássaros, pois cantavam da maneira mais doce possível, estavam penduradas nas paredes.

Havia um banquete preparado em uma mesa ao centro. Enquanto Michael olhava para aquilo e se perguntava para onde deveria ir, uma cortina foi afastada, revelando uma dama majestosa vestida em veludo preto. Ela veio sorrindo na direção dele e estendeu a mão, dizendo:

— Fico muito feliz em vê-lo. Sou a dona deste castelo, e você é muito bem-vindo; mas peço que antes de me contar de onde vem e o que procura, sente-se e compartilhe deste banquete comigo.

Michael estava prestes a responder, quando sentiu a espada na mão e se lembrou do juramento. Olhando nos olhos da recém-chegada, disse:

— Busco o coração da princesa Joan.

— E você o encontrará — respondeu a grande dama —, mas primeiro deve comer e descansar, pois deve estar cansado e faminto.

Assim dizendo, ela se sentou em uma das pontas da mesa e indicou que Michael se sentasse à outra, tirando as capas douradas dos pratos e se preparando para começar o banquete.

Michael não sabia o que fazer, mas se sentou à mesa em silêncio. Súbito, lembrou-se do vidro mágico em seu peito e, ao retirá-lo quando ela não estava olhando, olhou para ela através dele. O que viu não foi uma dama bem-vestida, mas uma velha ressequida, vestida de amarelo, com um rosto amarelo e maligno, de olhos amarelos e tão malignos quanto. Ele escondeu o vidro e ficou imóvel como pedra, embora a mulher amarela insistisse repetidas vezes que o príncipe provasse as diferentes iguarias.

Ele viu o rosto dela ficar branco de raiva. De repente, ela desapareceu. As luzes se apagaram, deixando-o sozinho na escuridão. Ele se levantou e procurou pela porta pela qual

havia entrado, mas não conseguia encontrar qualquer saída da sala. Ali estava ele, um prisioneiro sozinho com os pássaros que cantavam.

Não faz mal, pensou, ainda animado. *Finalmente cheguei ao interior do castelo. Com certeza encontrarei o coração de minha Joan. Se cumprir meu voto de não comer nem beber nada aqui, nem dizer nada além de pedir o que procuro, nada poderá me prejudicar.*

Ele se sentou, contente, à espera do que pudesse acontecer. Permaneceu ali a noite toda, mas ninguém se aproximou dele. Os pássaros cantavam com tanta beleza que ele quase se esqueceu da passagem do tempo.

Ao amanhecer, quando a luz tornou a brilhar através das janelas, ele procurou por toda parte por alguma saída da sala, mas a porta havia desaparecido por inteiro. Além disso, o banquete havia sumido da mesa. Ele passou o dia sozinho e, à medida que a noite se aproximava outra vez, ele se sentou e lamentou, completamente exausto e enfraquecido pela falta de alimento.

Quando a escuridão chegou, as lâmpadas ao redor do quarto se acenderam de súbito, como se por magia, fazendo com que tudo brilhasse. Uma cortina se abriu, e surgiu dali uma pequena criança com olhos e cabelos brilhantes, que segurava um cálice em uma mão e um prato cheio na outra.

Ela os colocou diante de Michael, dizendo:

— Minha senhora lhe envia estes alimentos. Ela pede que você coma e beba, pois deve estar com fome e sede.

Michael afastou o cálice e o prato, dizendo:

— Procuro o coração da princesa Joan. Peço que você o entregue.

Nisso, a criança não pareceu responder coisa alguma, mas, em vez disso, insistiu que ele apanhasse a comida e o vinho. Michael tirou o vidro mágico do peito e olhou através dele, vendo não uma adorável criança, mas a mesma bruxa amarela, de rosto enrugado e olhos malignos. Ela desapareceu com um

grito de raiva, mas, embora Michael procurasse por todo lado, não conseguiu encontrar o caminho por onde ela foi.

Agora, de fato, ele começou a sentir que, a menos que comesse, não sobreviveria por muito mais tempo.

— Ainda assim, não vou comer nem beber — disse ele, chorando de fraqueza —, não até que encontre o que vim buscar. A fada não poderá me recusar por muito mais tempo.

A noite passou. Chegado o dia, ele se deitou completamente imóvel em um sofá, fraco demais para se mover, mas temendo que algum feitiço fosse lançado sobre ele caso adormecesse.

Assim permaneceu por todo o dia, até o próximo cair da noite, quando começou a se desesperar, pois sabia que se passasse mais um dia sem comer morreria de fome.

— Ah! — gritou. — Por que trabalhei por tantos anos, conquistando por fim meu caminho até o castelo, se agora estou destinado a morrer de fome? Joan nunca saberá o quanto me esforcei por ela.

— E por que deveria morrer de fome, meu príncipe? — disse uma voz.

As luzes se acenderam quando entrou na sala a figura da princesa Joan, exatamente como ele a havia visto pela última vez, vestida de branco e dourado. Em uma das mãos, ela trazia um cálice dourado e cheio de vinho vermelho-rubi.

Michael deu um grito de alegria, estendendo os braços para abraçá-la, mas, ao fazer isso, a espada saltou ao lado dele. Lembrando-se do juramento, ele recuou e a contemplou sem falar.

Ela se ajoelhou ao lado dele e ergueu o cálice até próximo de seus lábios, dizendo com suavidade:

— Meu pobre amor, quanto tempo você trabalhou por mim! Beba agora, para que você possa se refrescar antes de começarmos nossa jornada de volta para casa.

O coração dele vacilou ao olhar para o rosto dela e ver como era bela. *Pode ser mesmo minha Joan? Eu a conquistei verdadeiramente?*, pensou ele, quase deixando que ela colocasse o

vinho em seus lábios enquanto acariciava seu cabelo e sussurrava para ele em uma voz suave.

Nisso, a taça bateu contra o vidro mágico em seu peito. Ele o retirou e a olhou, tremendo de horror e repugnância, pois já não via mais a adorável princesa Joan, mas sim a mesma bruxa amarela, que segurava em uma mão esquelética um cálice feito de crânio, do qual queria que ele bebesse.

Michael ficou de pé em um salto e a jogou para longe. O vinho rubi se esparramou pelo chão, seguido por um barulho terrível como um estrondo de trovão. A sala ficou tomada de fumaça e de gritos selvagens.

Ele agarrou a espada e ficou imóvel, tomado de tremores; mas quando a fumaça se dissipou, todo o aspecto da sala havia mudado. As cortinas de seda, o ouro, as pérolas e as flores, tudo desapareceu. Estava agora em uma sala cinzenta e sombria como um túmulo, e, diante dele, a bruxa amarela cujos olhos brilhavam de rancor. Os lábios dela sorriam com malícia, mas, em uma das mãos, ela segurava algo que encheu Michael de júbilo. Era uma coisa macia, cor-de-rosa e emplumada, com asas, mas em formato de coração, que tremia e tremelicava na mão dela.

— Pegue-o — exclamou ela —, pois você o conquistou. Pegue-o e conte à rainha quantos anos de trabalho e esforço custaram aquelas palavras orgulhosas e arrogantes. Quando a vir, aquela de quem o coração foi roubado, deixe-o voar, entoando estas palavras:

"Coração de Joan
Perdido e encontrado
Para casa a voar,
A jornada a terminar.
Receba a alegria
Receba a tristeza
Coração de Joan
Voe de volta, com certeza."

— O coração voará de volta para ela, para que não seja mais visto. Agora, desapareça daqui.

Michael agarrou o coração com um grito de alegria e êxtase, voltando-se e fugindo da sala através de uma porta de ferro aberta. Passou pelos corredores que já não eram mais revestidos de tapetes macios e adornados com seda, mas nus e sombrios, de pedra fria, onde os passos ecoavam e ressoavam.

Ele saiu do castelo o mais depressa possível. Do lado de fora, não parou para procurar o velho ou o monstro, nadando através do fosso para ir direto até onde o barco estava ancorado, como o havia deixado quase sete anos atrás. Não parou de remar até que o castelo cinzento e a praia quase desaparecessem da vista. Por fim, chegou novamente à costa onde havia comprado o barco dos pescadores, desembarcando ali antes de começar a caminhada até o país de Joan e o palácio do pai dela.

Ele não tinha dinheiro. Suas roupas estavam em farrapos, o cabelo, fino e grisalho. Os ombros estavam curvados. Parecia um pobre mendigo, tendo que pedir comida enquanto seguia; do contrário teria morrido de fome. Ainda assim, poderia ter chorado de alegria, pois levava consigo o pequeno e macio coração pelo qual havia ido tão longe para encontrar.

Ele caminhou tanto de dia quanto à noite, com grande pressa, pois sabia que os sete anos estavam quase acabando. Temia que já fosse tarde demais, que Joan já tivesse se casado com outra pessoa. Finalmente, depois de muitas milhas cansativas, ele chegou ao país dela e se aproximou do palácio onde a princesa morava. Ali ele descobriu que as pessoas estavam todas decorando suas casas e fazendo preparativos como se fosse algum grande festival.

Ele parou e pediu comida a uma mulher que estava à porta de uma casa. Quando ela lhe deu um pedaço de pão, pediu que lhe contasse o que estava acontecendo no país e qual era a razão de tamanha alegria.

— É por causa do casamento de Joan, a filha do rei — disse a mulher. — Amanhã ela se casará com o velho rei Lambert.

Será um casamento grandioso, mas ninguém no país está feliz com isso, pois ele é velho e feio. Dizem que ele não a ama nem um pouco, que só quer se casar com ela para se tornar rei deste país também. A rainha está muito aflita por causa disso, pois se recusou por sete anos a consentir com o casamento; mas esses sete anos acabam amanhã, quando eles se casarão. Os convidados já estão chegando ao palácio, cada um trazendo algum esplêndido presente.

— Serei um convidado nesse casamento — exclamou Michael. — Levarei o maior presente de todos para a noiva.

Ele se apressou novamente, sem se importar com o riso e o desprezo da mulher.

Ao chegar ao palácio, viu que estava enfeitado com bandeiras e arcos floridos que haviam sido erigidos em frente. Grandes senhores, senhoras e servos estavam à porta para receber os convidados que chegavam.

Michael se aproximou o máximo que ousou, com receio de ser expulso pelos servos, até avistar um jovem pajem. Foi até ele e disse:

— Por favor, diga-me onde está a princesa Joan, e o que ela está fazendo.

— Ela está sentada com o rei, a rainha e o rei Lambert na sala do trono para receber os convidados e aceitar os presentes que eles trazem — disse o pajem.

— Eu sou um convidado e trago um presente para ela — exclamou Michael. — Diga-me como posso entrar no palácio para entregá-lo a ela.

O pajem caiu na risada ao ouvir isso. Contou aos outros servos o que ele disse, deixando todos muito zangados. Eles agarraram Michael, uns querendo jogá-lo no lago, outros, levá-lo ao rei, mas disseram:

— Agora não. Esperem até amanhã, quando o casamento tiver terminado. Depois veremos como punir o mendigo por tamanha impertinência.

Eles o levaram para uma torre de pedra, fora dos portões do jardim, onde o empurraram para dentro e trancaram a porta. Havia apenas uma pequena janela com grades no alto, de onde era possível ver o palácio e os jardins.

Por fim, ele cedeu ao desespero.

— De que adiantaram todos os meus anos de trabalho, pelos quais estou velho e grisalho antes do tempo — gritou. — Se, afinal, quando conquistei aquilo pelo que trabalhei tanto, não posso entregá-lo a Joan? Devo permanecer prisioneiro e vê-la passar para se casar com outra pessoa?

Ele se jogou no chão e chorou alto. À noite, enquanto lamentava, ouviu sons de festa, música e risos vindo do castelo. Às vezes gritava:

— Joan! Joan! Estou aqui, eu que trabalhei por você por anos e trouxe de volta seu coração roubado! Ainda assim, você agora se casará com o rei Lambert?

Às vezes, batia nas grades da janela da prisão, mas tudo em vão. Quando todo o som no castelo havia cessado, ele ficou silencioso no chão, sem se importar mais com a vida.

Quando o sol nasceu, trazendo novamente algum movimento do lado de fora, ele se levantou e olhou pela janela. Avistou a velha ama que caminhava sozinha no jardim, parecendo muito triste.

— Você não me reconhece? — chamou Michael. — Pelo menos você, que me mandou embora e me elogiou na época, deveria se lembrar de mim agora!

Ao ouvir isso, a velha ama se aproximou da janela da prisão, olhou para ele e disse:

— Quem é você e por que está aqui? Meus olhos são velhos, meus ouvidos são surdos, mas acho que já o vi e ouvi sua voz antes.

— Há sete anos — disse Michael —, eu também era um noivo que veio para se casar com a princesa. Por sete longos anos, trabalhei para trazer de volta o coração que ela não tinha.

255

Pergunte à sua rainha por que ela quebrou a promessa de esperar por sete anos, até que o príncipe Michael retornasse.

— Príncipe Michael! É realmente o príncipe Michael? — gritou a velha ama com alegria. — Você chegou a tempo, pois nossa princesa ainda não está casada. Ela deve passar por aqui, a caminho da igreja. Então, você poderá chamá-la quando ela passar e falar por si mesmo.

— Nesse caso, fique por perto e me avise quando ela vier — disse Michael —, para que ela não passe sem me notar.

Logo todo o castelo estava agitado, com trombetas soando e clarins tocando. Quando o sol estava alto, Michael ouviu o estrépito de cavalos e o som de música.

— Ali vem ela — disse a velha ama.

Ele olhou através das barras da janela da prisão e viu uma grande procissão. Seu coração deu um salto, pois ao centro, usando um vestido dourado e montada em um cavalo branco, estava a princesa Joan, tão encantadora quando no dia em que ele partira sete anos antes.

De um lado dela estavam o pai e a mãe, a rainha com um rosto muito triste, os olhos vermelhos de chorar. Do outro lado, estava um homem velho e feio que Michael supôs ser o rei Lambert. Ele sorria e se curvava para o povo, mas as pessoas murmuravam e resmungavam ao olharem para ele, percebendo o quão feio e perverso ele parecia.

Quando Michael os viu se aproximando, ele tirou do peito o pequeno coração rosado, acariciando-o enquanto sussurrava sobre ele:

"Coração de Joan
Perdido e encontrado
Para casa a voar,
A jornada a terminar.
Receba a alegria
Receba a tristeza
Coração de Joan
Voe de volta, com certeza."

No mesmo instante, o coração bateu asas e voou através das barras da prisão, acima das cabeças das pessoas que gritavam: "Vejam aquele pássaro rosado!".

O coração parou por um momento ao lado da princesa Joan, desaparecendo em seguida. Ela deu um grito e começou a chorar.

— Mãe! Pai! O que houve? Oh, vejam, é o príncipe Michael, ele retornou! — E antes que pudessem impedi-la, ela voltou o cavalo em direção à janela da prisão e estendeu os braços brancos através das barras para abraçar o príncipe. — Michael, meu amor! — exclamou ela. — Como está grisalho e cansado! O quanto deve ter trabalhado por mim ao longo desses anos! Agora, como posso retribuir, senão amando você por toda a minha vida? — E tentava de toda forma derrubar as barras da janela da prisão.

Ao ouvirem isso, as pessoas exclamaram:

— É o príncipe Michael, que partiu há sete anos e que todos pensávamos que estivesse morto. Ele retornou a tempo de se casar com nossa princesa! Agora teremos de fato um casamento. Ela se casará com o príncipe que tanto trabalhou por ela!

O rei, a rainha e o povo riram de alegria. O rei Lambert se enfureceu e gritou que a princesa estava prometida a ele, mas foi em vão.

— Não! — disse a rainha. — Ela esteve comprometida com o príncipe Michael por sete anos. Lamentamos por sua causa, rei Lambert, mas não podemos quebrar nossa palavra real.

Nisso, as pessoas invadiram a prisão e trouxeram Michael, todo esfarrapado e grisalho como estava, para que a princesa Joan o beijasse na frente de todos, suplicando que se casassem naquele instante, a fim de que todos pudessem ver o quanto ela o amava e o quanto era grata.

Michael foi colocado em um belo cavalo branco, com sela e rédeas douradas. Ele cavalgou até a igreja ao lado da princesa, onde eles se casaram. As pessoas jogaram flores diante deles, os sinos e as trombetas soaram. Todos estavam felizes.

No final, Michael estava vestido de roxo e dourado. Mensageiros foram enviados até seus pais e ao velho mago, para que pudessem vir e ver como ele havia retornado vitorioso. As festividades tomaram conta de todo o país.

— Sem dúvida teremos um bom rei — disse o povo. — Veja bem, ele já mostrou do que é capaz. Certamente ninguém mais poderia ter encontrado o coração da princesa Joan!

Princesas quase Esquecidas

HELGE KJELLIN
1913 ◊ Sagan om älgtjuren Skutt och lilla prinsessan Tuvstarr

A Saga do Alce Skutt e da PRINCESA TUVSTARR

Uma graciosa princesa faz amizade com um alce e eles caminham floresta adentro. Em um filosófico enredo sobre não se deixar fascinar por tentações e estímulos passageiros, a pequena Tuvstarr acaba perdendo muito mais do que sua coroa.

T alvez você já tenha estado nas extensas florestas ao Norte, e talvez já tenha visto uma daquelas lagoas escuras e misteriosas, que se escondem lá no fundo da floresta, e que parecem mágicas e até assustadoras. Em volta, o silêncio é completo — a vegetação cerrada de abetos e pinheiros jaz serena ao redor. Por vezes, as árvores se debruçam sobre a água, mas o fazem com muito cuidado e timidez, pois só têm curiosidade acerca do que se oculta nas profundezas. Lá embaixo cresce outra floresta, envolta no mesmo encanto e imobilidade. Mas jamais as duas florestas conversaram entre si, o que é o maior dos mistérios.

Na beira, e aqui e ali na água, vê-se as mais doces moitas, vestidas em marrom-musgo, e sobre as moitas encontram-se florzinhas brancas e lanosas. Tudo é tão silencioso — nem sequer um barulho, nem sequer um bater de asa, o balanço de uma brisa —, toda a natureza parece estar prendendo a respiração, e escute — escute com o coração palpitante: logo, logo, logo.

E assim começa um burburinho no topo dos altos pinheiros, e as copas se aproximam e se espaçam num suspiro cantante: sim, já o viram, longe, longe daqui, logo ele estará aqui, ele vem, ele vem. E o suspiro avança pela floresta, os arbustos sopram e falam em segredo, e as florzinhas brancas se curvam uma diante da outra: sim, ele vem, ele vem. E o espelho d'água se mexe e murmura: ele vem, ele vem. Ouve-se, de longe, alguns estalidos, que se aproximam e se misturam num estrondo, que aumenta, cresce, tornando-se uma quebradeira de arbustos, ramos e galhos; ouve-se algumas pisadas rumorosas e aceleradas, uma bufada ofegante e, com o peito úmido, um alce macho sai do mato e avança até a beira, detém-se e sacode seu focinho arquejante e fareja ao redor. Ele agita sua galhada, as narinas tremem; depois, fica parado como uma estátua, mas, no instante seguinte, segue seu caminho a passos imponentes, sobre o fundo instável das moitas, e desaparece do outro lado da floresta.

Essa é a vida real. Agora a saga começa.

O sol brilha como ouro luzente sobre o prado ao Castelo do Sonho. É verão, e o prado exibe milhares de flores perfumadas. Entre as flores, está sentada uma menina loira e rosada, cuidando de seus longos cabelos amarelo-claros. Por entre seus dedinhos, escorre o dourado sol de verão. No chão, ela coloca sua coroa de ouro.

A menina é a princesinha do Castelo do Sonho, e hoje ela saiu de fininho do magnífico salão, onde Rei Pai e Rainha

ARTES DE JOHN BAUER

Mãe sentam-se em tronos de ouro, com cetro e orbe nas mãos, regendo seu povo natal. Hoje, a princesinha queria estar sozinha e livre, e andar pelo prado em flor, que sempre foi seu lugar de brincar favorito.

A princesa é pequena, esguia e bela, e é ainda uma criança. Traz um vestido do mais branco dos brancos, de seda e musselina fina como gaze.

Tuvstarr — assim que a chamam.

Com seus delgados dedinhos, ela cuida dos seus cabelos dourados e sorri para o brilho dos caracóis anelados. Um alce relincha e passa adiante. Ela ergue o olhar.

— Quem é você?

— Eu sou Pernalonga Skutt*. E como te chamam?

— Tuvstarr**, a princesa. Vê? — E assim ela pega a coroa sobre a grama e a mostra para ele.

O alce para e olha para a princesa por muito tempo, e baixa a cabeça, pensativo.

— Você é bela, pequena.

Tuvstarr se levanta, vai de mansinho até ele, se apoia sobre seu focinho trêmulo e o acaricia gentilmente.

— Você é tão grande e imponente. E também tem uma coroa. Me leve! Me deixe montar em você! E me carregue pela vida afora!

O alce fica em dúvida.

— Minha criança, o mundo é frio e grande, e você é tão pequena. O mundo é cheio de maldade e de dor, e pode te machucar.

— Ah, bobagem; eu sou jovem e calorosa, tenho calor para todos. Sou pequena e bondosa; quero oferecer minha bondade.

— Tuvstarr, princesa, a floresta é sombria, e o caminho é perigoso.

— Mas você está comigo. Você é grande e forte, e pode proteger nós dois.

O alce então ergue a cabeça e sacode sua enorme galhada. Seus olhos brilham como fogo. Tuvstarr bate palmas com suas mãozinhas.

---

* *Skutt*, em sueco, significa "salto", "pulo". [N.E.]

** *Tuvstarr*, em sueco, é também o nome de uma flor local, *Carex cespitosa*, uma espécie de junça perene que cresce em solos úmidos e produz hastes triangulares e flores quase imperceptíveis. No inglês, Tuvstarr foi traduzido como "Cottongrass", uma grama que possui uma ponta repleta de sementes que lembram algodão, que são dispersadas com o vento. [N.E.]

— Muito bem, muito bem. Mas você é alto demais — se agache para eu poder subir.

O alce docilmente se põe no chão, e Tuvstarr senta-se com firmeza sobre ele.

— Ótimo, estou pronta. E, agora, me mostre o mundo.

O alce se ergue devagar, com medo de ela cair.

— Segure firme na minha galhada!

Depois, ele segue pelo caminho com passos largos. Tuvstarr jamais tinha se divertido tanto, e nunca pôde avistar tanta beleza e novidade. Nunca antes ela deixou o prado no Castelo do Sonho. Eles vagaram por montes e montanhas, vales e planícies.

— Para onde você está me carregando? — pergunta Tuvstarr.

— Para a Floresta do Pântano — responde Skutt —, pois lá estou em casa. Lá não há nada para nos incomodar. Mas ainda falta um pedaço.

A noite se aproxima, e Tuvstarr fica com fome e sono.

— Já se arrependeu? — zombou de leve o alce. — Mas agora já é tarde demais para voltar. Fique calma. O pântano é repleto de frutinhas silvestres, amoras deliciosas que você vai poder comer. É lá que tenho minha morada.

Eles andam por mais um instante, e então a floresta começa a rarear, e Tuvstarr vê um pântano que se estende por milhas, onde as moitas se agrupam em macios montes e em poços, e onde somente um outro arbusto encolhido se aventura.

— Vamos ficar aqui — diz Skutt, se agachando para que Tuvstarr possa descer. — E vamos fazer nossa ceia.

Tuvstarr esquece toda vontade de dormir, e agilmente pula de moita em moita, como Skutt acabou de lhe ensinar, e colhe ramos de amoras silvestres, cheios de frutinhas deliciosas que ela devora, mas que também oferece para Pernalonga Skutt.

— Agora precisamos nos apressar até minha morada, antes que escureça ainda mais — diz Skutt e, com isso, Tuvstarr monta em suas costas.

Skutt segue adiante, com segurança, sobre o pântano, sem mesmo ter que testar suas pisadas para sentir se as moitas são firmes ou não. Afinal, foi ali onde ele nasceu.

— Quem são aqueles que estão dançando lá em frente? — pergunta Tuvstarr.

— São elfos. Tenha cuidado com eles! São belos e amistosos, mas não são confiáveis. E lembre-se do que eu digo: não fale com eles, e segure firme na minha galhada; finja que eles não existem.

— Sim — promete Tuvstarr.

Mas agora os elfos já os viram. Eles flutuam ao redor em cirandas, dançam para cima e para baixo diante do alce e avançam com zombaria contra Tuvstarr. Ela pensa em tudo que Skutt acabou de lhe dizer e se sente ansiosa, segurando firme na cabeça do alce.

— Quem é você? Quem é você?

Centenas de perguntas são sussurradas à volta dela, que sente o hálito frio dos elfos. Mas ela não responde.

Então os delgados elfos em véus brancos tornam-se mais e mais ávidos, tentam puxar seu comprido cabelo loiro e o vestido, mas não conseguem segurar direito. Skutt somente bufa e corre.

Tuvstarr percebe de repente que sua coroa está para cair da cabeça, e ela fica com medo de perdê-la — imagina o que o Rei Pai e a Rainha Mãe diriam; eles, que lhe deram a coroa — e assim ela se esquece do que Skutt disse, e grita contra eles, solta uma mão e leva ao cabelo. Mas então vocês deviam ter visto. Os elfos num instante tiveram poder sobre ela — embora não de todo, pois ela ainda mantinha a outra mão firme sobre a galhada do alce — e com uma risada de escárnio eles lhe arrancam a brilhante coroa e velozmente voam para longe.

— Ó, minha coroa, minha coroa — diz Tuvstarr, entre soluços.

— Sim, sua coroa. Por que não fez como eu lhe disse? — pergunta Skutt, repreendendo-a. — A culpa é sua. Jamais terá sua coroa de volta, mas fique contente por não ter sido pior.

Ela não podia, contudo, pensar em algo pior do que o que acabara de acontecer.

Entretanto, Skutt seguiu em frente, e logo indicou para Tuvstarr um grupo de arvorezinhas, com uma ilhota no meio do pântano.

— Lá está minha morada — diz Skutt —, e lá vamos dormir.

Eles logo chegam a um pequeno monte que se eleva do terreno pantanoso ao redor; graças ao abrigo de abetos e pinheiros, o terreno é seco e agradável.

Tuvstarr dá um beijo de boa-noite no seu querido amigo Skutt, despe-se do vestido e o pendura sobre um galho, e então se deita no chão para dormir, enquanto o alce de longas pernas a protege, posicionando-se sobre ela. A escuridão da noite é quase completa, e algumas estrelinhas brilham no céu.

Cedinho na manhã seguinte, Tuvstarr é despertada por Skutt, que encosta o focinho de leve sobre a testa da menina. Ela se levanta de um pulo e estica o corpinho nu contra a luz vermelho-amarelo da manhã, e depois junta gotas de orvalho nas mãos e bebe. Um coraçãozinho de ouro, que se pendura num colar ao seu pescoço, reluz como fogo ao sol.

— Hoje quero passar o dia nua — grita ela —, vou por o vestido na frente, e você me leva nas suas costas e me mostra um pouco mais do mundo.

Sim, o alce faz como ela quer. Ele não consegue lhe recusar nada. Por toda a noite, ele permaneceu acordado, apenas observando a menininha branca e peculiar debaixo dele, e, quando a manhã chegou, era como se tivesse lágrimas nos olhos. Ele não sabia bem o que o tomava; entendia que, com o chegar do Outono, sentia falta de lutas e perigos, e uma vontade de não andar sozinho. De repente, ele dispara contra a floresta. Tuvstarr tem muita dificuldade de se manter sobre ele. Os galhos acertam seu rosto e seu corpo, e seu coraçãozinho dourado no colar revira sobre o pescoço. Tão veloz quanto possível.

Mas, aos poucos, Skutt se acalma e diminui o passo veloz. Eles avançam através de uma floresta extensa e misteriosa. Os pinheiros portam longas e espessas barbas, as raízes se entrelaçam feito cobras no chão, e enormes pedras cobertas de musgo jazem como ameaças no caminho. Tuvstarr jamais viu nada de tão estranho.

Mas o que é o que se mexe entre as árvores? Parece uma longa cabeleira verde, com um par de braços brancos acenando.

— Ah, é a Ninfa da Floresta — diz Skutt —, seja educada, mas não pergunte nada e, acima de tudo, não solte as mãos da minha galhada.

Tuvstarr com certeza vai tomar esse cuidado.

A Ninfa se aproxima, deslizando. Ela jamais se mostra de fato, escondendo-se sempre pela metade detrás de um tronco, olhando com curiosidade, vindo sorrateira. Tuvstarr mal ousa

267

olhá-la, mas percebe que a Ninfa tem olhos frios e verdes, e a boca vermelha de sangue.

A Ninfa se esgueira de árvore em árvore e os segue, na velocidade com que o alce corre. A Ninfa conhece Skutt desde velhos tempos, mas aquela menina branca e pequenina que ele traz nas costas, a menina com cabelos ensolarados, essa ela não sabe dizer quem é, e ela precisa descobrir.

— Como você se chama? — grita a Ninfa, de repente.

— Tuvstarr, princesa do Castelo dos Sonhos — responde a pequena, com timidez, tendo o cuidado de não perguntar o nome de volta, bem como tinha sido avisada.

— O que é o que você traz diante de si? — pergunta a Ninfa.

— É o meu vestido mais lindo — responde Tuvstarr, com um pouco mais de coragem.

— Ó, posso ver? — pergunta a Ninfa.

— Sim, claro que pode. — E Tuvstarr solta contente uma mão da galhada e exibe o vestido.

Mas isso ela não devia jamais ter feito, pois num estalo a Ninfa agarra a vestimenta e desaparece em um segundo dentro da floresta.

— Por que você soltou uma mão? — reclama Skutt. — Se tivesse soltado a outra também, teria ido com ela, e jamais voltaria com vida.

— Sim, mas o vestido, o vestido — soluça Tuvstarr. Mas, aos poucos, ela se esquece dele.

E assim aquele dia também se passa, e, de noite, Tuvstarr dorme debaixo de um pinheiro, enquanto Skutt fica a seu lado, de guarda.

Quando ela acorda na manhã seguinte, o alce não estava por perto.

— Skutt, Pernalonga Skutt! Onde está? — grita ela, assustada, levantando-se de um pulo.

E lá vem o alce, ofegante, saindo do mato. Ele havia estado em cima do monte, olhando em direção Leste e farejando. O que

ele estava farejando? Isso ele não podia dizer. Mas o couro está suado, e o corpo tremendo.

Ele parece estar com pressa de seguir caminho e se agacha para Tuvstarr. Ela monta em suas costas, e ele toma o caminho velozmente. Para leste, para leste! Ele mal escuta o que Tuvstarr lhe grita, tampouco responde. Ele sente como se a febre ardesse em seu corpo. E como que furioso, ele abre espaço no matagal.

Sobem um monte, rumo ao sombrio interior da floresta.

— Para onde está me levando agora? — pergunta Tuvstarr.

— Para a lagoa. — É a resposta.

— E que lagoa é essa?

— Fica no fundo da floresta. É onde costumo ir quando chega o outono. Humano nenhum esteve lá. Mas você poderá vê-la.

Logo, as árvores clareiam, e brilha a água, de tom preto-marrom, com verde-dourado ao redor.

— Segure-se firme — diz Skutt —, há perigos escondidos no fundo — cuide bem do seu coração!

— Sim, que água estranha — responde Tuvstarr, inclinando-se para ver. Mas, *ai*, no mesmo instante, a corrente com o coração desliza de seu pescoço e cai nas profundezas.

— Ó, meu coração, meu coração de ouro, que ganhei da minha mãe ao nascer. Ó, que vou fazer?

Ela fica inconsolável. Olha e olha para o fundo e quer procurar seu coração andando pelas traiçoeiras moitas ao redor.

— Venha — diz Skutt —, aqui é perigoso para você! Eu sei como termina; primeiro, perde-se a memória. Depois, a razão.

Porém, Tuvstarr quer ficar. Ela precisa encontrar seu coração.

— Vá você, querido amigo, e me deixe aqui sozinha. Eu vou encontrar o coração.

E ela abre os braços em gratidão, abraça a cabeça do alce, beija-o amistosamente, e o acaricia devagar. Depois, pequena, delgada e nua, ela senta sobre uma moita.

Por muito tempo, o alce fica parado, olhando, somente observando-a com ar indagador; mas, quando ela não mais parece

269

notar sua presença, ele se vira e desaparece devagar, com passos arrastados pela floresta.

Muitos anos se passaram desde então. Tuvstarr ainda permanece sentada na moita, olhando para as águas, à procura de seu coração. A princesa sumiu, e agora há somente uma flor com o nome de Tuvstarr; uma florzinha branca, na beira da lagoa.

De quando em quando, o alce retorna, para e observa a pequena. Ele é o único que sabe quem ela é. Tuvstarr, a princesa. Então ela talvez acene e sorria — afinal, ele é um velho amigo, mas segui-lo de volta, isso ela não quer mais; isso ela não consegue mais, pelo tanto que o encanto durar. O encanto jaz lá embaixo.

Lá embaixo, no fundo das águas, dorme um coração perdido.

PRINCESAS quase ESQUECIDAS

Este livro foi impresso na fonte
Crimson Pro em papel Pólen® Bold
70g/m² pela gráfica Ipsis.

Os papéis utilizados nesta edição
provêm de origens renováveis. Nossas
florestas também merecem proteção.

MAIS TESOUROS CHEIOS DE CONTOS DE FADAS:

Contos de Fadas em suas versões originais

Histórias Secretas dos Irmãos Grimm

A Dança da Floresta
(inspirado em "As doze princesas dançarinas")

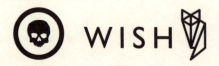

PUBLICAMOS TESOUROS LITERÁRIOS PARA VOCÊ

editorawish.com.br